TODGEWEIHTER KRIEGER

EIN SPANNENDER ALIEN- & SCIFI-LIEBESROMANE MIT SPICE

BRÄUTE FÜR DIE ALIEN-PIRATEN
BUCH DREI

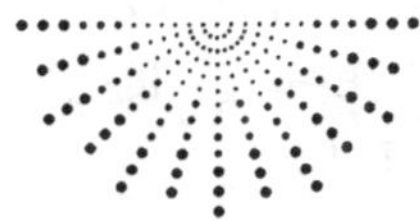

TAMSIN LEY

Twin Leaf Press

Lektorat: Christian Popp

ISBN: 978-1-950027-92-7

Twin Leaf Press
PO Box 672255
Chugiak, AK 99567

Marlis richtete ihre Blackstar E-11 aus und drückte den Abzug. Das Ziel am Ende des Schießstandes blitzte dreimal auf. *Volltreffer.*

„Scheiß auf alle und ihre Standards", murmelte sie und schob das Ziel um einen weiteren Meter zurück. Sie zielte und feuerte mehrere Schüsse ab, von denen jeder einen blinkenden Erfolg hatte. Die Pulspistole E-11 ohne Rückstoß war ein Geschenk zu ihrem elften Geburtstag gewesen, und nach vierzehn Jahren und vielen anderen Waffen war sie immer noch ihr Favorit. „Ich war heute Morgen sogar pünktlich. Pünktlich!"

„Guter Schuss, Marlis!", beglückwünschte Marlis' KI aus ihrem Armband. Die künstliche

Intelligenz sollte Marlis beim Wutmanagement und bei Gedächtnislücken helfen, aber ihre abgedroschenen Ermutigungen trugen heute nicht gerade zu ihrer Beruhigung bei.

„Halt die Klappe, Twerp." Marlis packte das Kühlmodul der Energiespule und legte die Pistole beiseite. Sie nahm ihr speziell für sie angepasstes Renegade MCS6-Gewehr in die Hand, setzte das Ziel für Langstreckenwaffen zurück und visierte erneut an.

Auf dem Syndicorp-Kreuzer waren heute alle Bahnen des Schießstandes besetzt, aber sie hatte nur Augen für ihr Ziel und stellte sich jeden Volltreffer als das Gesicht des Rekrutierers vor, dem ihre Akte zugewiesen worden war. *Ich gehöre zum Vermächtnis, verdammt nochmal!* Sie stammte von einer langen Reihe von Troopern mit beeindruckenden Laufbahnen ab. Und es war nicht so, als könnte sie während der Übungen nicht mithalten. Sowohl den Frauen als auch den Männern war sie in allen Disziplinen überlegen. Im Schießen, Rennen und im Kampfsport. Warum war es also so schlimm, wenn sie ein wenig Hilfe brauchte, um sich daran zu erinnern, welcher Tag es war?

„Marlis!", rief eine Männerstimme hinter ihr.

Ihr Magen rebellierte und sie wirbelte mit dem Gewehr in der Hand herum.

Der Blick ihres Vaters landete auf dem Lauf und er presste die Lippen fest zusammen, als sie die Waffe senkte.

Sie weigerte sich, sich schlecht zu fühlen, nur weil sie sich kampfbereit hielt. Ihre Mutter war bei einem Mutter-Tochter-Urlaub auf Pulati gestorben. Die zehnjährige Marlis hatte den plötzlichen Terroranschlag nur überlebt, indem sie sich sechzehn Stunden unter der Leiche ihrer Mutter versteckt hatte.

Marlis hatte nicht die Absicht, ihre Schutzmauer zu senken. Niemals wieder.

Ihr Vater verschränkte die Arme über der Brust, sodass er seine Bandschnallen am Revers seiner Uniform bedeckte. „Du hast gestern Abend dein Date verpasst."

„Das ist heute Abend." Selbst, als sie es sagte, erkannte sie, dass sie wahrscheinlich falsch lag.

Twerps feminine Stimme erhob sich von ihrem Band am Handgelenk: „Ich habe dich gestern um siebzehn Uhr und noch einmal um siebzehn Uhr zwanzig über diesen Termin informiert. Du meintest, du wärst nicht in der Stimmung, jemandem einen Blowjob zu geben, und hast mich angewiesen, dich nicht erneut zu erinnern."

Marlis' Gesicht erhitzte sich, sodass es nun den roten Wangen ihres Vaters entsprach, die normalerweise kreidebleich waren. Wann würde sie jemals daran denken, ihre Kopfhörer aufzusetzen? Sie biss die Zähne zusammen und knurrte: „Halt die Klappe, Twerp."

Ihr Vater drückte seine Schultern durch und sah Marlis direkt in die Augen. „Er ist ein respektabler junger Mann, Marlis. Von einer guten Familie. Du könntest dir keine bessere Partie wünschen."

„Ich will keine bessere Partie. Ich möchte mich den Troopern anschließen." Sie drehte sich um und zielte erneut auf die Scheibe. „Besorg mir ein Date mit jemandem, der nützlich ist, und ich gehe."

„So schnell, wie du die Brücken hinter dir zum Einstürzen bringst, kann ich sie nicht wieder aufbauen."

Sie weigerte sich, sich ablenken zu lassen, atmete langsam aus und drückte den Auslöser in rascher Abfolge. Das Ziel leuchtete bei allen auf, nur das letzte verfehlte sie. Sie senkte das Gewehr. „Ich wäre ein guter Soldat, Dad."

Eine sanfte Hand legte sich auf ihre Schulter.

„Du hast vor deinem Rekrutierer die Fassung verloren.“

Marlis erinnerte sich verschwommen an ihre Wut auf den schmaläugigen, schnabelnasigen Rekrutierer, der die Übungen beaufsichtigte, mit denen unwürdige Kandidaten aussortiert werden sollten. Er sollte die körperlichen Fähigkeiten der Rekruten testen. Stattdessen hatte er ihnen historische Fragen gestellt. Ihr kamen die Schimpfwörter und Kraftausdrücke in den Sinn, die sie abgelassen hatte, nicht aber die eigentlichen Antworten auf seine Fragen. „Was nützt mir eine Geschichtsstunde auf dem Schlachtfeld?“

„Er denkt, dass du eine Schwachstelle darstellst. Sie wollen deinen Waffenschein widerrufen.“ Die Stimme ihres Dads senkte sich mit ungewohnter Sanftheit. „Es tut mir leid.“

Seine Worte fühlten sich an wie ein Schlag in den Bauch. Ihre Pistole aufgeben? *Nein, das darf nicht passieren.* Marlis war nicht länger in der Lage, sich auf das Ziel zu konzentrieren, und so schob sie die E-11 in das Holster, das sich an ihrer Hüfte zum Rücken hin befand. Dann schulterte sie ihr Gewehr und drehte sich zum Gehen um.

„Marlis.“

Sie ging weiter.

„Marlis. Deine Gewehrhülle."

Mit einem knallroten Gesicht hielt sie inne; das Verlassen des Schießstandes mit einer Waffe galt selbst auf einem Militärschiff als großes No-Go. *Dummes Gedächtnis.* Andere KI-Modelle waren mit einem visuellen System ausgestattet, um Gegenstände zu verfolgen, aber Marlis' Therapeutin behauptete, dass es ihr helfen würde, wenn sie sich bemühte, sich an einige Dinge selbst zu erinnern.

Mit angespannten Schultern wirbelte sie auf dem Absatz herum, sammelte die Hülle ein und stellte sicher, dass sie sonst nichts vergaß. Der wachsame Blick ihres Vaters ließ Marlis an sich zweifeln. Was hatte sie noch vergessen? *Verdammt!*

Als Reaktion auf ihre erhöhte Herzfrequenz vibrierte Twerp an ihrem Handgelenk und ermutigte sie so, ruhig zu bleiben, bevor sie mit den rettenden Worten zu Hilfe kam: „Marlis, du bist in dreiundvierzig Minuten zum Mittagessen mit deiner Schwester verabredet. Darf ich dich daran erinnern, dass Attie routinemäßig zu früh kommt?"

„Danke, Twerp." Sie schenkte ihrem Vater ein schwaches Lächeln. „Ich muss mich vor dem Mittagessen noch etwas frisch machen. Ich melde mich später bei dir."

Marlis passierte uniformiertes Personal, als sie sich durch die Korridore des Kreuzers bewegte, und wiederholte schweigend ihr Mantra aus Jahren der Therapie: *Es besteht keine Gefahr.* Dennoch war es nicht leicht, an diesem Mantra festzuhalten, wenn ihr doch bevorstand, ihr Recht auf eine Schusswaffe zu verlieren. Sie war auf Wut umgestiegen, was mehr schadete, als nützte. Nachdem sie die Familienunterkunft erreicht hatte, die sie mit ihrem Vater und ihrer Schwester teilte, hörte Twerp auf, sie zu nerven.

Sie verstaute ihr Gewehr und wusch sich das Gesicht, dann ging sie in Richtung der Kantine auf dem Unterdeck, wo Attie wahrscheinlich bereits auf sie wartete. Ihre große Schwester war vor über einem Jahr in die Trooper aufgenommen worden und war schnell in die Private First Class aufgestiegen. Der Job ließ Attie wenig Zeit, um sich mit ihrer Familie zu treffen, obwohl sie es sich zur Aufgabe machte, wöchentlich mit Marlis zu Mittag zu essen. Egal wie routinemäßig es auch war, Marlis freute sich aus vollem Herzen, sie zu sehen.

In einer Uniform und ihren aschblonden Haaren, die regelmäßig zu kurzen Löckchen getrimmt wurden, saß Attie bereits an ihrem üblichen Tisch. Der riesige Raum hielt um diese

Zeit zumeist Menschen inne, die lange Tische füllten, aber auch einige Außerirdische waren in der Masse zu finden. Atties Kopf war gesenkt, die Augen scannten den Bildschirm eines Polycoms. Als Marlis sich näherte, entdeckte sie ein neues goldenes Rangabzeichen, das die Epaulette auf ihrer Schulter schmückte.

„Du bist zum Corporal aufgestiegen?", fragte Marlis, unfähig, ihren Blick von dem Emblem zu nehmen.

Attie stellte das Polycom beiseite und erhob sich, streichelte mit den Fingerspitzen über das Rangabzeichen, bevor sie den Tisch umrundete und Marlis umarmte. „Ich habe die Beförderung heute offiziell erhalten."

Ihre Schwester hatte ihr Leben im Griff. Marlis drückte sie und versuchte es statt Eifersucht mit einem Sinn für Humor: „Umarmungen sind gegen die Vorschriften. Sie werden kommen und das Abzeichen zurücknehmen."

Attie rollte mit den Augen und nahm wieder Platz. Sie warf einen Blick auf die lange Essensschlange. „Willst du zuerst gehen, während ich diese Berichte fertigstelle?"

Nickend stellte sich Marlis hinter dem uniformierten Personal an. Vor dem heutigen Tag war sie immer in die Kantine stolziert, weil sie gewusst hatte, dass sie unter ihren Leuten war, und es nur eine Frage der Zeit darstellte, bis sie ihre eigene Uniform bekommen würde. Jetzt fühlte es sich an, als ob alle Augen auf sie gerichtet waren; alle schienen ihren Wert herunterschrauben zu wollen.

Sie stellte zwei Teller auf ihr Tablett, wählte das Hähnchencurry und übersprang den Dessertbereich. Stattdessen entschied sie sich für zwei Tassen Kaffee mit Milch. Obwohl Attie niemals fragte, kam Marlis immer mit Essen für sie beide zurück. Es schien eine Verschwendung kostbarer Schwesternzeit zu sein, Attie erneut in die Schlange zu schicken.

Marlis kehrte an den Tisch zurück und stellte die Teller ab. „Es war dieses Gericht oder etwas, das wie Katzenkotze aussah."

„Danke." Attie hob ihre Gabel auf und jagte die Zinken in eine Tomatenscheibe, die sie von der Hähnchenbrust entfernte. „Wie läuft es mit Dad?"

Etwas an Atties angespannten Schultern machte Marlis nervös. „Er versucht immer noch, mich mit Colonel Yans Sohn zu verkuppeln. Warum fragst du?"

Attie zuckte mit den Schultern. „Ist er süß?"

Nun begannen Marlis' Warnglocken zu läuten. „Einige Leute denken das. Wieso?"

Attie nahm einen großen Bissen und kaute langsam, bevor sie antwortete: „Du wirst bald sechsundzwanzig. Du weißt doch, was das bedeutet."

Natürlich wusste sie das. Mit sechsundzwanzig würde sie ihren Status als Abhängige ihres Vaters und alle damit verbundenen Vorteile verlieren. Wenn sie sich nicht selbst den Troopern anschloss, würde sie schließlich auf der Oberfläche eines Planeten enden und gezwungen sein, sich den Zivilisten anzuschließen. In der Falle, genau wie auf Pulati. *Nein, nein, nein.* „Natürlich weiß ich das. Was hat das mit dem Sohn von Colonel Yan zu tun?"

„Viele Menschen genießen die Ehe. Der Bund würde dir einen Partner geben."

„Es löst nicht meine Probleme, wenn ich einen Trottel heirate, den ich beim Armdrücken schlagen könnte."

Attie tippte nervös mit der Gabel gegen ihren Teller. „Marlis, du brauchst jemanden, auf den du dich verlassen kannst."

„Was meinst du damit? Ich habe dich. Und ich habe Dad, wenn er sich nicht wie ein Arschloch aufführt."

Ohne den Blick von Marlis zu nehmen, setzte Attie ihre Gabel ab und atmete tief durch. „Ich wurde dem Flaggschiff Icarus zugeteilt."

Es fühlte sich an, als hätte jemand gerade die Buchttüren des Schiffes geöffnet und den ganzen Sauerstoff abgesaugt. Marlis' Blickfeld wurde schmaler und der Raum um sie herum verblasste. *Attie kann nicht gehen.* Ihre Schwester war ihr Fels. Die eine Person, an die sie sich immer wenden konnte. Twerp summte fast schmerzhaft an ihrer Haut und wies sie so darauf hin, sich zu beruhigen.

Attie lehnte sich vor und sprach langsam: „Das ist Teil meiner Beförderung. Eine großartige Aufstiegschance. Ich werde im Hauptstab von Admiral Olly dienen."

Marlis schluckte. „Ich sehe dich so schon nicht genug."

„Alles wird gut." Attie griff über den Tisch und bedeckte Marlis' Hand mit ihrer. „Wir können immer noch über Video sprechen. Und Dad sagt —" Sie brach den Satz ab und biss sich auf die Unterlippe, als hätte sie zu viel gesagt.

„Du hast es Dad schon mitgeteilt?", hauchte Marlis. Sie war immer Atties Vertraute gewesen, die Erste, der sie alles anvertraute. „Vor mir?"

„Er macht sich Sorgen um dich, Marlis. Du bist sein Baby. Er hat sogar James angerufen."

Marlis' und Atties älterer Bruder James hatte den Kreuzer verlassen, als Marlis zehn Jahre alt war – noch bevor sie mit Mama nach Pulati geflogen war. Er diente derzeit als Staff Sergeant auf Alleigh. „Was hat James mit mir zu tun?"

„Er versucht, dir einen Abhängigkeitserlass zu verschaffen. Auf Planetenstützpunkten ist das einfacher."

„Du meinst, ich soll bei James leben?" Marlis schoss auf die Füße, ihr Blut jagte heiß durch ihre Venen. „Das ist doch ein Witz, oder?" Die Leute an den umliegenden Tischen drehten sich um und starrten sie an. Twerp vibrierte hartnäckig an ihrem Handgelenk, dennoch konnte Marlis ihre Stimme nicht leiser halten: „Und du stimmst ihm zu?"

„Nein." Attie hielt den Augenkontakt mit Marlis und strahlte Selbstvertrauen aus. „Bitte setz dich wieder hin."

„Es besteht keine Gefahr, Marlis", fügte Twerp hinzu.

„Halt die Klappe, Twerp." Es bestand sehr wohl Gefahr. Überall um sie herum, und sie kam stets unerwartet. „Dad sagt, dass sie mir meinen Waffenschein wegnehmen wollen."

„Was? Das können sie nicht!" Atties ruhiges Auftreten brach in sich zusammen und auch sie erhob sich auf ihre Füße.

Seltsamerweise fühlte sich Marlis dadurch besser. „Ich hatte eine kleine Auseinandersetzung mit meinem Rekrutierer." Wärme breitete sich in ihrem Gesicht aus. Langsam senkte sie sich wieder auf ihren Sitz und rieb mit einer Hand über ihre Stirn. „Glaubst du, es lohnt sich, die Anfrage auf eine Wiederholung des Testes zu stellen?"

Attie seufzte und sah einen Moment auf ihre kleine Schwester hinunter, bevor sie den Kopf schüttelte. *Nein.* „Ich will dich nicht anlügen. Es wird darüber gesprochen, dass du labil bist."

Zum ersten Mal seit einer sehr langen Zeit spürte Marlis, wie sich Tränen in ihren Augen formten. Tatsächliche Tränen. Sie hasste es. „Was soll ich denn jetzt tun?"

Attie hob das Polycom neben ihrem Teller auf und fing an, Befehle einzutippen. „Da du nach deinem Geburtstag nicht an Bord des Kreuzers leben kannst und nicht zu James möchtest", – sie legte das Gerät auf die Tischplatte und schob es zu Marlis – „denke ich, dass du dir einen Job suchen solltest."

Marlis starrte auf das Polycom, ihr Puls

donnerte in ihren Ohren. *Einen Job?* Nicht für die Trooper arbeiten? Ihr Gehirn weigerte sich, die Textblöcke auf dem Bildschirm in aussagekräftige Informationen umzuwandeln. „Was ist das?"

„Werbeanzeigen für Jobs auf der Whylon Station. Es gibt für dich andere Möglichkeiten als den Militärdienst. Legale Schifffahrtsunternehmen, die nach Leuten mit Waffenfertigkeit suchen. Bodyguards. Diese Richtung."

„Nicht durch die Trooper?" Marlis runzelte die Stirn. „Schließen Unternehmen für diese Dienstleistungen keine Verträge über Syndicorp ab?"

Ihre Schwester lachte und zog das Polycom zurück. „Es gibt tatsächlich eine Welt außerhalb von Syndicorp. Nicht jeder kann sich die Dienste der Trooper leisten. Du hast ein beachtliches Talent im Umgang mit Waffen, Schwesterchen. Und du willst Menschen beschützen. Lass uns einen Weg für dich finden, dies zu tun." Attie stand auf. „Ich muss gehen, sonst komme ich zu spät zum Dienstantritt. Ich habe dir die Informationen weitergeleitet." Sie machte ein paar Schritte, schaute dann über die Schulter und zwinkerte. „Oh, und sag Dad nicht, dass ich das vorgeschlagen habe, okay? Ich möchte meinen Ruf als die gute Tochter behalten."

Während Marlis den Rücken ihrer Schwester betrachtete, der sich immer weiter von ihr entfernte, wiederholte sie ihr Mantra: *Es besteht keine Gefahr.* Und doch schaffte sie es nicht, einen vollen Atemzug zu nehmen, geschweige denn ihr eigenes Polycom herauszuziehen. *Woanders arbeiten? Nicht für die Trooper?*

„Soll ich dir helfen?", fragte Twerp in einem ruhigen Ton.

Dankbar für jede Hilfe, die sie kriegen konnte, nickte Marlis. „Ja. Erzähl mir von diesen Reedereien."

KAPITEL ZWEI

Noatak schritt durch den Korridor der Hardship in Richtung des Frachtraums, wo Joy, der Erste Offizier der Kinship, im Shuttle wartete. Sie waren auf dem Weg zur Whylon Station, um Bewerber – alles Frauen – zu treffen, die sich ihrem Widerstand anschließen wollten. *Widerstand.* Er verzog das Gesicht. Er hatte immer noch seine Zweifel daran, ob Joys Reportage die richtigen Leute anzog, da aber beide Kapitäne der jeweiligen Schiffe auf einer Mission waren, bedeutete das, dass er und Joy für die Interviews verantwortlich waren.

Als er an der Krankenstation vorbeikam, trat Mek heraus. Er stoppte Noatak mit einer erhobenen Hand und sagte: „Bevor du gehst, müssen wir reden."

„Ich habe gerade keine Zeit." Noatak blinzelte und schob die Hand des Arztes aus seinem Gesicht. Es genügte, dass er jeden Tag spüren konnte, wie seine ionischen Kräfte schwächer wurden; er wollte nicht wie ein frisch geschlüpfter *Kemeg* von der Henne überwacht werden.

Mek trabte neben ihm her, als Noatak weiter ging. „Du musst dich für den Weg zur Whylon Station in einen Nav-Grav-Sitz schnallen."

Noatak stoppte abrupt. Auf dem Absatz wirbelte er zum Arzt. „Auf keinen Fall. Nav-Grav ist für Weicheier."

„Deine Ionenwerte sind seit meinem letzten Scan um weitere sechs Prozent gesunken." Mek zog den medizinischen Scanner aus seinem Gürtel und rief Noataks Akte hervor. „Ich habe einige Statistiken laufen, und es ist nur eine Frage der Zeit, bis dein sekundäres Herz völlig ausfällt."

„Ich schnalle mich an und Joy wird wissen, dass etwas nicht stimmt. Sobald sie es weiß, werden es alle tun. Das Letzte, was ich brauche, ist, dass das gesamte Universum weiß, wie schwach ich bin."

„Lass mich das auf eine Weise ausdrücken, die du verstehst." Mek senkte den Scanner und konzentrierte sich auf Noatak. „Verwendest du deine ionischen Kräfte weiterhin – selbst für die kleinen Sachen –, könntest du sterben."

„*Könntest du sterben* ist weit entfernt von *Wirst du sterben*." Noatak rollte die Schultern. Er hatte dem Tod schon viele Male direkt ins Auge gestarrt. Allerdings hatte er sich immer vorgestellt, mit Glanz und Gloria aus dem Leben zu scheiden und nicht wie ein alter Mann an ionischem Versagen. „Und schaust du nicht bereits nach einem Verfahren, um mir zu helfen?"

„Das mache ich, aber es gibt kaum Forschungsarbeit über die Denaida-Physiologie. Zumal nach der Zerstörung auch nicht viel sichergestellt werden konnte, da auf dem Boden so lange Quarantäne geherrscht hatte." Die Termination hatte nicht nur alle Weibchen ihrer Spezies getötet, sie hatte ihre Heimatwelt ebenso unwiederbringlich vergiftet; seit über fünfzehn Jahren hatte niemand einen Fuß auf Denaida-daru gesetzt. Mek schüttelte den Kopf, die Lippen zu einer dünnen Linie gepresst. „Bis ich einen Lösungsweg habe, empfehle ich, dass du den Ionenschild nicht benutzt. Versuche gar nicht erst, die Herzschläge der Feinde zu deuten und/oder eine Verbrennung ohne einen Nav-Grav-Sitz zu überstehen."

„Für was bin ich dann bitte noch zu gebrauchen, wenn ich nichts davon tun kann?" Noatak verschränkte die Arme vor der Brust. „Als nächstes wirst du mir sagen, dass ich die Frauen, die ich interviewen werde, nicht anstupsen soll." Die Bewerber wollten sich den Piraten nicht nur als Besatzung, sondern möglicherweise auch als Gefährtinnen anschließen. Es war wichtig, dass er diejenigen auswählte, die für Naniten empfänglich waren.

„Leider solltest du das lassen, ja." Meks stoisches Gesicht wurde sanfter. Er öffnete den Mund, als wollte er noch mehr sagen, schloss ihn jedoch wieder.

Noatak kniff die Augen zusammen. Mek war in der Regel recht direkt. Wenn er sich zurückhielt, musste es schlimm sein. „Was wolltest du sagen?"

Mek schaute angespannt nach unten. „Wenn diese Frauen die Naniten akzeptieren, kannst du dich nicht auf sexuelle Aktivitäten einlassen."

Die Nachricht war wie ein physischer Schlag in seinen Magen. Sie waren drauf und dran, eine weibliche Besatzung auf das Schiff zu bringen –

was eine Neuheit war – und ihm wurde gesagt, er solle sie nicht berühren? „Ellam Cua." Seine Stimme erhob sich wie ein Knurren tief in seiner Brust. „Ist das dein Ernst?"

„Während eines Höhepunkts deaktiviert dein sekundäres Herz automatisch –"

„Ich brauche keine Anatomiestunde, Doc. Ich habe es verstanden." Er stieß einen Seufzer aus und dachte an weiche Haut und nachgiebige Münder und all die Dinge, von denen er und die anderen Denaidaner seit fünfzehn Jahren träumten. Vor der Entdeckung der Naniten waren einige nicht-denaidanische Weibchen beim Sex gestorben. Jetzt könnte er es sein, der sein Leben ließ. Er rieb sich das bärtige Kinn. „Möglich, dass es das Endresultat wert wäre."

Meks Augen verengten sich. „In diesem Szenario geht es nicht nur um dich. Wenn sich ein Gefährtenbund bildet, würdest du sie zur Witwe machen, bevor sie überhaupt versteht, was gerade passiert."

Noatak spürte, wie das Blut aus seinem Gesicht floss. Daran hatte er nicht gedacht. Nicht jede sexuelle Begegnung schuf einen Gefährtenbund, passierte es jedoch, war die Bindung fürs Leben.

Mek legte eine tröstende Hand auf seine

Schulter. „Es tut mir leid. Ich werde weiter an einer Lösung arbeiten."

Noatak zuckte mit den Schultern, jeder Muskel in seinem Körper war angespannt. „Ich sollte mich lieber auf den Weg machen."

„Noatak", rief Mek, aber Noatak lief weiter.

Von dem Schock noch immer etwas betäubt erreichte Noatak den Frachtraum, trat in das kleine Shuttle und durchlief in seinem Verstand bereits die Schritte für einen erfolgreichen Start. Neben Joy ließ er sich auf dem Pilotensitz nieder. Er schaffte es nicht, sie anzusehen — weiblich, einen Gefährtenbund eingegangen mit Kashatok. Noatak würde nie wissen, wie sich das anfühlte. *Das wird dich lehren, zu hoffen.*

„Alles in Ordnung?", fragte Joy. Die Kamera in ihrem Auge weitete sich, wie das Pupillen taten, als sie ihre Filter anpasste. Sie filmte. Wie immer.

„Jep." Er betätigte die Bedienelemente, um die Luke zu schließen und den Start einzuleiten. „Hast du alles, was du brauchst?"

Sie griff nach oben und zog den Nav-Grav-Gurt über Kopf und Schultern. „Ich denke schon. Es gibt eine überraschende Anzahl von Menschen, die sich für den Widerstand interessiert."

Nachdem er fünfzehn Jahre lang als Pirat

bezeichnet wurde, bezweifelte er, dass die allgemeine Bevölkerung aufhören würde, sie als Kriminelle zu betrachten, nur weil sie einen neuen Namen angenommen hatten. „Oder sie wollen nur ein paar echte Piraten anstarren. Wie viele interviewen wir diesmal?"

„Acht oder so. Manche bringen vielleicht Freunde mit."

Er grunzte als Antwort und hoffte insgeheim, dass weniger erscheinen würden. Nach Meks kleiner Rede war er nicht gerade in der Stimmung, eine Reihe von Frauen zu interviewen, die er nie berühren konnte.

Er gab das Signal und das Buchttor öffnete sich. Dann manövrierte er das Raumschiff in den Weltraum und begann, die Brennfrequenz zu programmieren, um zur Whylon Station zu springen. Das Shuttle entfernte sich von der Hardship, jedoch schwebte er immer noch mit einem Finger über dem Knopf, mit dem er die Brennsequenz aktivieren konnte. Er warf einen Blick auf Joy. Auf keinen Fall würde er sich anschnallen. Selbst ein Mensch könnte eine kurze Verbrennung ohne Schild überstehen. Er hätte danach mörderische Kopfschmerzen und wäre müde, aber das war nichts Neues. „Brennsequenz einleiten."

Bevor weitere Zweifel aufkamen, drückte er auf den Knopf.

Vor Wut kochend wartete Marlis auf der Whylon Station vor einer öffentlichen Kommunikationszelle und beobachtete, wie der Finofan vor ihr seine Ohrfächer ausbreitete und wieder einzog, während er seine Worte an den Bildschirm richtete. Als er fertig war, ließ sie ihn kaum aus der Kabine schlüpfen, bevor sie sich reindrängte. Der harte Plastiksitz war von ihm vorgewärmt, und das Innere der Kommunikationszelle roch nun nach welkem Salat. All das war ihr egal, denn … ihre Gedanken lagen bei ihrem Vater, den sie gedachte, umzubringen.

Vor Stunden war sie voller Selbstvertrauen in ihr erstes Bewerbungsgespräch marschiert. Attie hatte alles organisiert, von der Zeit und dem Ort des Treffens bis hin zu Informationen über den Besitzer. Einen Job zu bekommen, hätte ein Kinderspiel sein sollen. Stattdessen hatte ihr der stämmige Besitzer gesagt, dass sie nicht länger nach jemandem suchten. Die Empfangsdame beim zweiten Interview lächelte herablassend, tätschelte ihre Hand und sagte ihr, sie wolle keinen Ärger mit dem Gesetz. In der dritten Reederei, in der ein junger Mann mit roten Wangen am Schreibtisch ihr mitteilte, sie solle zu Hause anrufen, wagte sie es, ihren selten verwendeten Charme heraufzubeschwören und nach dem Grund zu fragen. Er errötete noch mehr und hatte ihr sein Polycom gezeigt.

Auf einer Social-Media-Plattform, die sie seit Jahren ignorierte, erschien nun ihr Gesicht mit dem Wort VERMISST und den Kontaktinformationen ihres Vaters. Sie hatte sich dort nur angemeldet, weil ihre Therapeutin dachte, es wäre gut für sie, mit Freunden zu interagieren, aber Marlis hatte kein Interesse daran, so zu tun, als würde sie die Babybilder und dummen Zitate von Menschen mögen. Anscheinend sahen sich potenzielle Arbeitgeber diese Seiten an und hatten nun ihren Vater kontaktiert.

Sie scannte ihren Guthabenchip, stanzte den

Code ein und wartete darauf, dass ihr Vater antwortete. In dem Moment, als sein blasses Gesicht auf dem Bildschirm erschien, lehnte sie sich vor. „Wie konntest du nur?“

Er zuckte nicht mal mit der Wimper – als hätte er ihren Anruf erwartet. „Komm nachhause, Marlis. Ich treffe Vorkehrungen, sodass du hier einen Job hast.“

„Ich hätte hier aus einer großen Auswahl einen Job an Land ziehen können, hättest du dich nicht eingemischt!“ Marlis’ Blut kochte über, und das unaufhörliche Dröhnen von Twerps Vibrationen an ihrem Handgelenk half auch nicht. „Was hast du ihnen gesagt?“

„Du kannst dich kaum daran erinnern, deine Schuhe zu binden, Marlis. Du bist noch nicht bereit, dich der Galaxie alleine zu stellen. Es ist nicht deine Schuld – wenn man bedenkt, was deiner Mutter passiert ist. Die Militärdivision von Syndicorp schuldet dir etwas dafür. Sie schulden uns allen etwas. Ich werde Sorge tragen, dass sie sich um dich kümmern.“

Sie knirschte mit den Zähnen. „Damit meinst du doch nur, dass ich mich hinter den Schreibtisch setzen oder Toiletten für die anderen Soldaten schrubben soll. Ich verzichte.“

„Marlis, jeder muss seinen Lebensunterhalt verdienen, und man kann nicht in allem gut sein."

„Ich bin gut mit Waffen, Dad. Besorg mir einen Job, in dem ich das zeigen kann."

„Du warst noch nie auf dich allein gestellt. Du hast keine Ahnung, in welche Art von Ärger du geraten kannst."

„Ich komme schon klar. Du musst mich einfach mal lassen."

„Wenn du zur Schule gehen oder eine Position in einer seriösen Einrichtung akzeptieren würdest, dann vielleicht. Aber du willst einen Posten, um deine Fähigkeiten zu zeigen. Lächerlich in deinem Zustand. Ich weiß nicht, warum deine Schwester das vorschlagen würde."

„Weil sie weiß, dass es das Einzige ist, worin ich gut bin. Es ist das Einzige, was ich tun *möchte*." Das kleine bernsteinfarbene Licht in der Ecke des Kommunikationsbildschirms begann zu blinken und wies sie so daraufhin, dass ihre Zeit fast abgelaufen war und sie mehr Credits einwerfen musste.

Ihr Vater schüttelte stirnrunzelnd den Kopf. „Komm nachhause und wir besprechen deine Optionen. Ich liebe dich, Marlis. Ich will nur, dass du in Sicherheit bist."

Das Brennen in Marlis' Magen gab ihr das Gefühl, dass sie im Begriff war, Säure über den Bildschirm zu spucken. Sie liebte ihren Vater, liebte ihre Familie, aber der Einzelfahrschein zur Station hatte sie fast ihre gesamten Ersparnisse gekostet – was nicht viel war, da sie so gut wie jeden Cent in Waffen-Upgrades steckte. Wenn sie jetzt zurückging, würde sie es vielleicht nie wieder vom Syndicorp-Kreuzer schaffen. Die Warnlampe schaltete für die letzten zehn Sekunden auf Rot.

„Ich bleibe hier. Wir reden später, Dad." Sie beendete den Anruf, raste aus der Kabine und schulterte an den anderen vorbei, die in der Schlange standen. Sie hielt in der Mitte des beschäftigten Korridors inne, da sie keine Ahnung hatte, in welche Richtung sie jetzt gehen sollte.

Immer hilfsbereit zwitscherte Twerp von ihrem Handgelenk: „Möchtest du zu dem Hotel zurückkehren, Marlis?"

„Sicher." Wo sollte sie sonst hingehen? Ihre Füße fühlten sich schwer an, als sie darüber nachdachte, wie sie ohne Job auch weiterhin für eine Koje bezahlen sollte, ganz zu schweigen von der Miete für den Waffenschrank. Auf der Station wurde es nicht gern gesehen, wenn Durchschnittsbürger mit MCS6-Gewehren und

Pulskartuschen herumrannten. Nur ihre E-11 trug sie unter ihrem Hosenbund in einem Holster.

„Biege links ab", riet Twerp.

Marlis lief durch die Menge, änderte dann ihre Meinung und wechselte den Kurs in Richtung einer nahegelegenen Taverne. Vielleicht würde ein Drink ihre Nerven beruhigen.

Als sie die Taverne betrat, kam sie an einem massiven Yanipa-nimayu-Türsteher vorbei, der sich auf vier seiner sechs massiven Beine erhoben hatte. Eines seiner vier Augen richtete sich auf ihr Holster, aber er hielt sie nicht davon ab, vorbeizugehen. Im Inneren flackerte ein Schild über der Bar: The Junk Heap. Die Sohlen ihrer Schuhe klebten an dem Boden, und der Geruch nach Cirripi-Gras wehte aus dem hinteren Bereich zu ihr. Zwei menschliche Kellner flitzten zwischen den verstreuten Tischen vor und zurück.

Als Marlis nach einem Platz suchte, verschaffte sich Twerp über die Musik, die aus Lautsprechern in der Decke kam, lautstark Gehör: „Ich habe mir die Freiheit genommen, auf die Suchanzeigen der Station zuzugreifen, und kann keine Anzeigen für Wachen oder Waffenspezialisten finden. Möchtest du, dass ich nach alternativen Beschäftigungs-möglichkeiten suche?"

Auf dem Barhocker neben ihr sah ein dünner Mann mit fettigen Fingern sie aus dem Augenwinkel an. Sein Blick senkte sich auf ihr Handgelenk, bevor er seine Aufmerksamkeit wieder auf das sprudelnde Getränk vor sich lenkte. Er wirkte schäbig, aber schien keine Bedrohung darzustellen, und so nahm Marlis Platz und hob ihr Handgelenk nah an ihren Mund. „Nicht so laut, Twerp. Meine Güte."

Sie hatte ihre Kopfhörer auf dem Kreuzer vergessen und hatte im Moment weder Zeit noch Geld, sich neue zu besorgen. Nicht, dass sie sich jemals daran erinnerte, sie zu tragen. Sie gab dem Posungi-Barkeeper ein Zeichen, der mit seinen leuchtend orangefarbenen Gesichtstentakeln sofort in ihre Richtung deutete, um ihr zu signalisieren, dass er auf dem Weg war. Während sie wartete, sprach sie leise zu ihrem Handgelenk. „Twerp, schaltet eines der unabhängigen Schiffe Anzeigen? Wenn ich keinen Job bei den Reedereien bekomme, kann ich vielleicht freiberuflich arbeiten."

„Ich schaue nach."

Der Typ neben ihr sah sie wieder an. „Du hast größere Chancen, wenn du mal einen Blick auf die Bretter wirfst." Er wies mit dem Kinn zur hinteren Wand. „Obwohl ein gutaussehendes Mädchen wie du vielleicht mehr Geld auf ihrem Rücken verdient, anstatt bei einem Raumschiff anzuheuern."

Marlis überdachte ihre Einschätzung von ihm, jedoch zuckte er nur mit den Achseln und wandte sich wieder seinem Drink zu, weshalb sie entschied, dass ihre erste Vermutung richtig gewesen war. Sie schaute über ihre Schulter zu der hinteren Wand, und entdeckte in der Nähe der Toiletten ein Schwarzes Brett, das mit hageren Papierfetzen bedeckt war.

„Wie archaisch", murmelte sie, als sie darauf zuging. Alle Arten von Sprachen waren auf den Zetteln zu lesen, einige getippt, andere gekritzelt. Bei den wenigen in Corporate Common handelte es sich um den Verkauf von Artikeln oder Dienstleistungen und eine Anzeige bewarb die Vermietung eines Zimmers. Es gab sogar zwei Plakate, auf denen, wie sie annehmen musste, Kartellmitglieder zu sehen waren, für die ein Kopfgeld ausgeschrieben war. Gesucht wurden eine dunkelhaarige Frau und ihr Bruder. Als sie gerade versuchte, eine fleckige Notiz zu entziffern, in der nach einer bestimmten sexuellen Stellung gefragt wurde, von der sie noch nie gehört hatte, brach in der Nähe der Toilettentür ein Streit aus.

„Ich sagte, ich will nicht." Eine zierliche Frau in

Marlis' Alter versuchte, sich wenig erfolgreich aus dem Griff eines Menschenmannes zu befreien, der aussah, als hätte er zu viel Cirripi-Gras geraucht. „Lass mich los."

„Komm schon, Baby, ich will nur reden." Er grinste und entblößte einen toten Schneidezahn.

Marlis gefiel nicht, wie sich seine Finger um den Oberarm der Frau klammerten. Sie machte einen Schritt auf sie zu, während sich ihre rechte Hand bereits zu ihrer Pistole bewegte. „Alles in Ordnung?"

Die Brünette schüttelte heftig genug den Kopf, dass ihre Locken wild hüpften, und Marlis entging nicht die Panik in ihren großen Augen. „Nein."

„Verschwinde, Blondie", sagte der Mann, ohne Marlis wirklich wahrzunehmen. „Du bist nicht mein Typ."

Marlis' Stärke lag nicht im Nahkampf und sie zog die sicheren Ergebnisse ihrer E-11 vor, aber sie hatte etwas Training gehabt. Blitzschnell streckte sie die Hand aus und löste den Griff des Mannes an der Frau, drehte seinen Arm und sorgte dafür, dass er auf den Knien endete. „Aua! Was soll das?"

Erbärmlich. In dem Fall lohnte es sich nicht einmal, wütend zu werden. Sie lehnte sich nah genug an ihn heran. Leider kam sie nicht drum herum, seinen nach Gras riechenden Atem in die Nase zu bekommen. „Sie hat dich gebeten, sie loszulassen. Jetzt verschwinde von hier, bevor ich den Türsteher rufe. Es sei denn, du denkst, er wird höflicher mit dir umgehen?"

Er zog seinen Arm in dem Moment an seine Brust, als sie losließ, und sein hasserfüllter Blick richtete sich auf ihr Gesicht. Sie konnte jedoch sehen, dass er nicht der Typ war, der eine Schlägerei anzettelte. Es war wahrscheinlicher, dass er sich davonschlich und seine Wunden leckte, bis er sich entschied, nach einem neuen Opfer zu suchen.

Die kleinere Frau beobachtete, wie der Mann auf die Füße kam und den Rückzug antrat. Sobald er die Taverne verlassen hatte, reichte sie Marlis die Hand. „Vielen Dank. Ich heiße Emmy."

„Marlis." Marlis akzeptierte die Hand der Fremden.

„Komm, ich gebe dir einen aus." Emmy richtete die Bluse um ihre pralle Hüfte. „Das ist das Mindeste, was ich tun kann."

Marlis zuckte die Achseln. „Da sage ich nicht *Nein*."

Zumindest würde sie ein Gratisgetränk bekommen. Wenn sie keinen Job finden konnte, würde sie vielleicht ihre Zeit damit verbringen,

Jungfrauen in Nöten zu retten. Marlis folgte ihr in den hinteren Bereich zu zwei leeren Hockern an einem hohen Tisch. In der Nähe flüsterte eine Gruppe von Frauen miteinander, während sie sich alle paar Minuten nervös umsahen. In der Ecke stand ein weiblicher Posungi mit einem Drink, ihre dünnen Gesichtstentakel schwankten im Takt der Musik.

Nachdem der Kellner ihre Bestellung aufgenommen hatte, lächelte Emmy sie an und lehnte sich vor, um über die laute Musik zu sprechen: „Bist du auch wegen des Bewerbungsgesprächs hier?"

Marlis drückte die Schultern durch. „Ich bin auf der Suche nach einem Job. Wer führt Vorstellungsgespräche?"

„Oh", Emmys Gesicht verlor jegliche Farbe. „Du hast keine Einladung erhalten? Ich bin davon ausgegangen, dass ..."

Ihr Hoffnungsschimmer verblasste. In dem Moment kamen ihre Getränke. Marlis schnappte sich ihr Glas und nahm einen großzügigen Schluck. „Ist schon gut. Nach deinem Aussehen zu urteilen ist der Job sowieso nicht für einen Waffenspezialisten."

„Wow!" Ein anerkennendes Grinsen zeigte sich

auf dem Gesicht der Frau. „Ich habe noch nie einen Waffenspezialisten getroffen!"

„Was ist deine Spezialität?", fragte Marlis eher aus Höflichkeit. Sie konnte sich bereits nicht mehr an den Namen dieser Frau erinnern und würde wahrscheinlich alles über dieses Gespräch vergessen, sobald sie die Taverne verließ.

Das aufgeregte Lächeln der Frau brach in sich zusammen. „Ich habe eine Ausbildung zur Therapeutin gemacht. Aber ich suche nach etwas Neuem." Sie schaute über ihre Schulter, als würde sie sich Sorgen machen, belauscht zu werden. „Ich habe gehört, dass sie nach den verschiedensten Fähigkeiten Ausschau halten. Ich könnte sie bitten, dich einzubeziehen."

Marlis lehnte sich vor. Okay, vielleicht würde sie dieses Gespräch doch nicht so leicht vergessen. „Vielleicht. Für wen würde ich arbeiten?"

Die Frau — wie war ihr Name noch gleich? Jenna? — zog ein Polycom heraus. Sie legte das Gerät vor Marlis auf den Tisch und tippte auf den Screen. „Hier."

Ein Video spielte ab, in dem eine charmante, dunkelhaarige Frau mit einem riesigen, bronzefarbigen Mann erschien. Der Mann war wirklich unglaublich riesig. „Ist das ein Cyborg?"

„Nein, sie nennen sich Denaidaner. Hast du schon mal von ihnen gehört?"

Das Klima in der Taverne änderte sich plötzlich und Marlis warf einen Blick zur Tür. Eine große Bestie eines Mannes blockierte das Licht aus dem Außenkorridor. Er scannte den Bereich, nahm dann den Arm der hochgewachsenen Frau neben sich und bewegte sich zwischen den Tischen direkt auf Marlis zu. Marlis' Körper juckte auf eine Weise, die normalerweise darauf hinwies, dass Ärger im Anmarsch war. Dieser Juckreiz jedoch war tief in ihrem Bauch zentriert und hatte nichts mit ihrem Abzugsfinger zu tun. „Heilige Scheiße, er ist heiß", flüsterte sie.

Jenna oder Emma oder wie auch immer ihr Name war, hob die Augen von dem Video und schnappte hörbar nach Luft. „Das sind sie. Ich erkenne die Frau."

Jetzt, da sie es erwähnte, erkannte Marlis die Frau als die aus dem Video, aber sie konnte nicht aufhören, den Mann anzustarren. Sein schwarzer Bart war mit kleinen silbernen Perlen bestückt, und sein langes Haar ergoss sich in geflochtenen Strähnen über den Rücken. Als er den Blick durch die Taverne schweifen ließ, traf er auf ihre Augen.

Seine stahlgrauen Tiefen verstärkten das Gefühl – das Kribbeln – in ihrem Bauch.

An ihrem Handgelenk vibrierte Twerp sanft, um sie über ihre steigende Herzfrequenz zu informieren.

Sie nahm ihr Getränk und leerte es in einem Zug. Dieser Kerl sah aus, als könnte er sich in einer Schießerei, einem Messerkampf und in jedem Nahkampf behaupten. Gegen ihren Willen stellte sich Marlis auch ... andere Situationen vor, in denen er seine Autorität unter Beweis stellen könnte.

Ohne ihre Augen von ihm zu nehmen, sagte sie: „Ich glaube, ich würde mich gerne auf eine Stelle bewerben."

KAPITEL VIER

Im The Junk Heap sah es noch so aus wie in Noataks Erinnerung – die Luft mit dem Geruch von Cirripi-Gras und dem Summen von Gesprächen erfüllt. Durch die Verbrennung ohne seinen Schild pochte sein Kopf im Einklang mit der lauten Musik, und eine vertraute kleine Stimme sagte: *nichts, was ein Schuss nicht heilen würde.* Es brauchte die ganze Willenskraft von Noatak, um von dem zappeligen Stimulanzien-Dealer wegzuschauen, der in der Nähe des Eingangs herumschlich. Er hatte schon lange nicht mehr so ein starkes Bedürfnis danach verspürt. *Spielt es noch eine Rolle, wenn du einen Rückfall erleidest?*

Mit der Hand auf Joys Arm konzentrierte er

sich auf die heutige Aufgabe. Er hatte vielleicht keine Zukunft, aber seine Crew verließ sich auf ihn. Nicht, dass er glaubte, dass diese Taverne der richtige Ort war, um eine anständige Crew zu finden, geschweige denn geeignete Gefährtinnen.

Joy lehnte sich näher und flüsterte: „Wir sollten Getränke bestellen, um nicht aufzufallen. Bist du damit einverstanden?"

Sein Blick richtete sich erneut auf den Stim-Dealer. Der drahtige Mensch begegnete seinem Blick mit den blutunterlaufenen Augen eines Schwerstabhängigen. Noatak schluckte schwer und wandte sich dem hinteren Bereich der Bar zu. Alkohol war das Laster ihres Kapitäns, nicht seins, aber ein Drink klang im Moment ziemlich gut. „Sicher. Warum nicht ...“

Mehrere Frauengruppen hatten sich hinten an den Tischen versammelt, und Noataks Blick kam auf einer atemberaubenden Blondine zur Ruhe. Bei dem Holster an ihrer Hüfte zog er die Augenbrauen hoch. Er hatte während seines Dienstes bei den Troopern viele weibliche Soldaten getroffen, aber sie war bei Weitem die Heißeste, die er je gesehen hatte. Mit Kurven, die manche als zu topplastig bezeichnen würden, und doch war ihre Haltung stark. Perfekte Alabasterhaut, die nur durch eine Narbe am Kinn gebrandmarkt war.

Du bist nicht hier, um die Frauen anzustarren, erinnerte er sich und so wandte er sich von ihr ab, um den Rest des Raums zu scannen. Joy hatte die Bewerber aus den Kommentaren zu ihrer Reportage handverlesen, aber das bedeutete nicht, dass keine Trooper oder Syndicorp-Spione in der Taverne waren. Ganz zu schweigen davon, dass die Crew der Hardship ein Kopfgeld des Kartells abwehren musste, da sie Lisa aus deren Klauen gerettet hatten.

Bei der Beurteilung der anderen Anwesenden bemerkte er einen runden Tisch mit drei spärlich bekleideten Menschen, von denen er vermutete, dass es sich um Sexarbeiter – zwei Frauen und ein Mann – handelte. In der gegenüberliegenden Ecke rieb eine Posungi-Frau träge mit dem Finger über ihr Glas, ihre blassorangen Tentakel wanden sich um ihr Gesicht. Am nächsten Tisch saßen zwei Menschenfrauen, kerzengerade, die Knöchel gekreuzt und die Hände im Schoß, als würden sie auf ein Bewerbungsgespräch in einer Bank warten.

Er wählte einen Stuhl mit Sicht auf den Eingang der Taverne. Während Joy Getränke bestellte, ließ er seinen Blick zurück zu der Frau mit der Pistole schweifen und bemerkte dabei auch die kleine Brünette, die ihr gegenübersaß. Beide begegneten ihm mit erhobenem Kinn. Die Brünette lächelte sanft und nickte einmal zur Begrüßung. Die Blondine tat nichts dergleichen; stattdessen musterte sie ihn abschätzig. Sie war nicht bedrohlich, nur wachsam. Vorsichtig. Allzeit bereit.

Anaq, sie könnte mich wahrscheinlich in einem Kampf besiegen. Wie verkorkst war es, dass sein Schwanz bei dem Gedanken zuckte?

Er wandte sich an Joy. „Beginne mit der Blondine dort drüben."

Joy zuckte mit einer Schulter. „Für mich in Ordnung."

Als er dem gelbbraunen Blick der Frau noch einmal begegnete, krümmte er seinen Zeigefinger und lockte sie so zu sich. Ihre hübschen Augenbrauen hoben sich wenige Millimeter, dann flüsterte sie ihrer Freundin etwas zu und erhob sich. Mit durchgedrückten Schultern marschierte sie auf ihn zu. Vom Tisch mit den Sexarbeitern kam die Beschwerde, dass sie zuerst hier waren. Er ignorierte das Trio und beobachtete, wie geschmeidig sich die Frau bewegte. Ihr blassblondes Haar war schulterlang und glänzte.

Joy strahlte sie an und deutete auf den Sitz

gegenüber von ihr. „Wir sind froh, dass du dich entschieden hast, heute zu kommen." Sie schaute auf ihr Polycom, das sie aus ihrer Tasche gezogen hatte. „Ich bin Joy, Erster Offizier der Kinship, und das ist Noatak, Erster Offizier der Hardship. Wie heißt du?"

Die Blondine nahm Platz. „Marlis Swan."

Joy runzelte die Stirn und fuhr mit einem Finger über den Bildschirm. „Ich habe deinen Namen nicht auf meiner Liste."

„Ich weiß." Marlis deutete auf die kleine Brünette, neben der sie gesessen hatte. „Sie hat mir von dem Bewerbungsgespräch erzählt. Ich brauche einen Job."

Instinktiv hatte er das Bedürfnis, seine ionischen Sinne zu benutzen, um ihre Herzfrequenz und Atmung zu messen. Er war es nicht gewohnt, Entscheidungen ohne sie zu treffen, besonders wenn es um jemanden ging, der so faszinierend war.

Joy wandte sich unsicher an ihn, aber er hielt die Augen nach vorne gerichtet. Da er seine Kräfte nicht einsetzen konnte, durfte er es sich nicht erlauben, auch nur das kleinste Blinzeln zu verpassen – zumal er diese Frau sofort einstellen wollte. Er lehnte sich etwas vor und nickte zu ihrer Waffe. „Nach was für einer Arbeit suchst du?"

Marlis zog die E-11 aus ihrem Hüftholster und legte sie auf den Tisch, der Lauf zeigte von ihnen weg. „Ich bin in Handfeuerwaffen und einigen Nahkampftechniken geschult. Bester Schütze in meinem Jahrgang."

Die Waffe in einer vollen Taverne herauszuziehen, war ein mutiger Schritt. Das gefiel ihm. Sie war direkt und ehrlich. Er glitt mit einer Hand darauf zu. „Darf ich?"

„Bitte."

Er nahm die Waffe. „Blackstar E-11 ohne Rückstoß."

„Volle-Bohrung-Plus mit einem benutzerdefinierten Auslöser", fügte Marlis mit offensichtlichem Stolz hinzu. „Ich habe andere Modelle, aber dieses ist mein Favorit."

„Sehr nett." Noatak nickte und gab die Waffe zurück. „Wo wurdest du ausgebildet?"

Marlis holte tief Luft und entließ sie, als ob sie ihren Puls für einen Scharfschützenschuss runterbringen wollte. „Ich komme aus einer langen Reihe von Troopern." Sie steckte die Waffe wieder in ihr Holster und hob ihr Kinn leicht an. „Und bevor ihr fragt, warum ich nicht unter ihrem Dienst stehe ... Ich habe meinem Rekrutierer ... die Meinung gegeigt. Das hat meine Chancen doch etwas ruiniert."

Die Hoffnung, die sich in Noatak aufgebaut hatte, verblasste. Captain Qaiyaan hatte ausdrücklich gesagt, er solle jeden aussortieren, der direkt im Dienst von Syndicorp oder den Troopern gestanden hatte, und hier sprach er mit einem Vermächtnis-Kind. *Du musst sie abweisen.* Kein gutes Zeichen für das allererste Gespräch.

Joy neigte ihren Kopf, ihr Kameraauge zog sich zusammen und dehnte sich aus. „Warum hast du die Kontrolle mit dem Rekrutierer verloren?"

„Er wollte die Drill-Übung in eine Geschichtsstunde umwandeln." Marlis rümpfte die Nase. „Sagen wir einfach, dass ich nicht gut in Geschichte bin."

Unter dem Tisch stieß Noatak Joy ans Bein. Sie wollten hier keine Reportage drehen, es war ein Bewerbungsgespräch, und wenn sie vorhatten, mit all diesen Frauen zu sprechen, blieb ihnen für Smalltalk keine Zeit. So schwer es ihm auch fiel, Marlis abzulehnen, lenkte Noatak seine Aufmerksamkeit auf den nächsten Bewerber. „Tut mir leid, Miss Swan. Ich glaube nicht, dass wir im Moment weitere Waffenspezialisten brauchen."

Die Spannung in der Luft schmeckte wie Ozon und kribbelte auch ohne den Einsatz seiner Ionenkraft über Noataks Sinne.

Marlis ballte ihre Fäuste in ihrem Schoß, nickte dann einmal und kehrte zu ihrem Platz neben der kleinen Brünetten zurück. Noatak erkannte, dass er auf ihren hübschen Hintern starrte, als Joy ihm den Ellbogen in die Rippen stieß und in sein Ohr zischte: „Waffenspezialisten sind genau, was wir brauchen."

„Zu gefährlich. Ihre Familie gehört zu Syndicorp."

„Na und? Meine tut das auch."

Das war ein gutes Argument; ihre Mutter war eine der Top-CEOs von Syndicorp – aber das hob die Befehle seines Kapitäns nicht auf. „Sie war nicht einmal auf deiner Liste. Wir konnten ihren Hintergrund nicht vorab prüfen. Für den Widerstand Bewerbungsgespräche zu führen, und das direkt unter Syndicorps Nase, ist gefährlich genug. Lass uns weitermachen."

Joy schüttelte den Kopf und entließ einen frustrierten Seufzer. „Dennoch werde ich mir ihren Namen notieren. Falls wir unsere Meinung ändern."

„Wenn du denkst." Noatak signalisierte einer

Frau mit strahlend blauen Haaren, die am Sexarbeitertisch saß. Die drei erhoben sich zusammen, Noatak jedoch schüttelte den Kopf. „Einer nach dem anderen."

Die zweite Frau kicherte, aber sie und der Mann setzten sich, sodass sich nun die blauhaarige Freundin näherte. Sie war an den richtigen Stellen gut ausgefüllt und zeigte beim Laufen, was sie hatte. Gegenüber von Noatak nahm sie Platz und lehnte sich vor, sodass ihre großen Brüste auf der Tischplatte ruhten. „Was auch immer du willst, Baby, ich weiß mich anzupassen."

Noatak verschränkte die Arme über der Brust und lehnte sich in seinem Sitz zurück, um dem süßlichen Duft ihres Parfüms zu entkommen. „Name?"

Nachdem Joy überprüft hatte, dass die Frau auf ihrer Liste stand, stellte sie mehrere Fragen und sah dann fragend zu Noatak. Wäre er ehrlich, musste er zugeben, dass er nur mit halbem Ohr zugehört hatte. Marlis hatte ihn in mehr als einer Hinsicht aus dem Konzept gebracht, und er dachte ernsthaft darüber nach, mit diesem Stim-Dealer in der Nähe der Tür Geschäfte zu machen. Er begegnete der Bewerberin, die ihn aus Schlafzimmeraugen ansah.

„Hast du außer den offensichtlichen irgendwelche Fähigkeiten?"

Augenblicklich zeigte sich Härte in ihren Augen und sie presste die Lippen fest zusammen. Mit verschränkten Armen unter ihren ausladenden Brüsten sagte sie: „Ich muss von dieser Station runter. Sag einfach, was ich tun soll, und ich werde es tun."

Usviiqe, er wünschte, er könnte sie mit seinen Sinnen anstupsen und den *Anaq* endlich hinter sich bringen. „Wärst du dazu bereit, deine Freunde dort drüben zurückzulassen?"

Ihre Nasenlöcher blähten sich auf und sie nickte. „Was immer du möchtest."

„Danke. Wir melden uns." Er entließ sie.

Sobald sie außer Hörweite war, lehnte sich Joy zu ihm und blinzelte ihn verwirrt an. „Diskriminierst du jetzt auch gegen Sexarbeiter?"

Er schüttelte den Kopf. „Es ist nicht ihre Branche, der ich widerspreche. Sie und ihre Freunde mögen so tun, als würden sie gut miteinander auskommen, aber ich vermute, sie würden sich gegenseitig in den Rücken fallen, sobald sich die Gelegenheit bietet. Ich brauche diese Art von Loyalität nicht."

Joy seufzte und rief die nächste Frau zu sich.

Sie setzten die Interviews fort, während Noatak sein Bestes gab, nicht ständig zu Marlis zu blicken. Leider war der einzige andere Ort, zu dem er schauen wollte, wo der Stim-Dealer saß, und das wachsende Verlangen in ihm verzehrte alle rationalen Gedanken. Ein Schuss und er könnte die Welt für eine Weile vergessen. *Worauf wartest du?*

Sie begannen, eine der erstaunlich langweiligen Bankfrauen zu interviewen. Unfähig, sich eine weitere offensichtlich einstudierte Antwort anzuhören, erhob er sich. „Bitte entschuldigt mich für einen Moment."

Mit gezielten Schritten ging er auf die Tür zu, trat am Stim-Dealer vorbei und verließ die Taverne. Entkam er der Versuchung nicht sofort, würde er wohl platzen. Er schloss die Augen, ließ den Kopf in den Nacken fallen und atmete den Duft von gebratenem *Kemeg* von einem Wagen auf der anderen Seite ein.

Reiß dich zusammen, Noatak. Aber der innere Monolog brachte nichts. Er stand an der Klippe zur Verzweiflung. Er wollte – *brauchte* – eine Ablenkung, und er brauchte sie sofort.

Wie als Antwort auf sein Gebet war in der Taverne ein Schuss zu vernehmen, gefolgt von Schreien und dem unverwechselbaren Zischen einer E-11-Pistole. Er wirbelte herum und erkannte, dass er Joy dort drin allein gelassen hatte. „*Anaq!*“

Der Yanipa-nimayu-Türsteher blockierte die Tür, seine sechs stämmigen Beine würden sich nicht für Noatak bewegen. Noatak rief einen Ionenimpuls auf, stieß ihn beiseite und trat mit gezogener Pulspistole durch die Tür. Joy bewegte sich zwischen den Gästen an der Bar auf ihn zu, ihr Gesicht bleich. Die Brünette, die neben Marlis gesessen hatte, stützte sie, während Marlis ihre andere Seite einnahm und die Pistole auf den hinteren Bereich zielte. Blutflecken zeigten sich auf Joys hellorangenem Mechanikerhemd und ihren Fingern.

„Was ist los?“, fragte er, als das Trio ihn an der Tür erreichte. An der hinteren Wand, wo sie gesessen hatten, schrien die Leute nach einem Arzt.

„Nur ein Kratzer“, entgegnete Joy mit zusammengebissenen Zähnen, ihr Gesicht blass und schweißgebadet.

Die zierliche Brünette sagte: „Ich habe eine medizinische Ausbildung. Ich bringe sie in Sicherheit und untersuche sie.“

Er nickte. „Danke.“

Marlis blieb neben ihm stehen, weiterhin in Alarmbereitschaft. „Das Posungi-Weibchen, das hinter ihr gesessen hatte, zog ein altmodisches Bud-9-Randfeuer.“

„Und hatte sie es auf Joy abgezielt? Oder geriet sie ins Kreuzfeuer?“

„Keine Ahnung, aber ich habe das Posungi mit einem Kopfschuss ausgeschaltet.“ Sie schüttelte den Kopf. „Ich dachte eigentlich, dass ballistische Waffen auf einer Raumstation verboten sind.“

Er zog eine Augenbraue hoch. „Das sind sie. Das Kartell verwendet sie jedoch, weil sie verdeckt werden können, aber nicht stark genug sind, um den Rumpf zu beschädigen.“

Vor der Tür der Taverne hatte sich eine neugierige Menschentraube versammelt, die ins Innere spähte. Die Vollstrecker der Raumstation wiesen die Leute lautstark an, aus dem Weg zu gehen, als sie versuchten, an der Menge vorbeizukommen.

Er sah sich um. „Wenn der Angriff vom Kartell kam, müssen wir sofort die Station verlassen. Es ist bekannt, dass sie die Vollstrecker der Station in ihren Taschen haben.“

Marlis hielt den ganzen Weg zurück zum Shuttle mit ihm Schritt, wo sie schließlich ihre Waffe in ihr Holster steckte.

„Danke für die Hilfe“, sagte er.

Sie neigte den Kopf. „Immer noch kein Interesse an einem Waffenspezialisten?"

„*Usviiqe*", murrte er. Er schuldete ihr etwas, und er konnte sie nicht einfach hier lassen, wo sie nun dem Kartell ausgeliefert wäre. Er schob seine Pistole zurück in seinen Gürtel und streckte eine Hand aus. „Willkommen an Bord der Hardship."

KAPITEL FÜNF

Marlis wollte durch die Korridore rennen, um sich ihre Ausrüstung zu holen, aber sie zwang sich, ein flottes Gehtempo beizubehalten und versuchte, nicht auf sich aufmerksam zu machen. Nachdem sie schnell im Hotel gewesen war, eilte sie mit dem beruhigenden Gewicht ihres Gewehrkastens und dem Rucksack auf ihrem Rücken zu Noataks Shuttle. Sie konnte es kaum erwarten, ihre Schwester anzurufen, um ihr die Neuigkeiten mitzuteilen. Wer hätte gedacht, dass eine Schießerei in einer Taverne ihr Ticket in die Zukunft sein würde? Ihr erster Einsatz in der realen Welt hatte ein berauschendes Gefühl in ihr hinterlassen. Indessen hatte Twerp nicht aufgehört zu summen, aber sie wusste, dass ihr rasender Puls

Aufregung und nicht Stress war. *Jetzt soll Dad mal versuchen, mich aufzuhalten.*

Sie verstaute ihre Ausrüstung und ließ sich neben Emmy in einem Nav-Grav-Sitz nieder. Auch ihr wurde ein Platz in der Crew angeboten. Emmy wirkte immer noch etwas schockiert, ihr Gesicht kreidebleich und ihre Bluse mit Joys Blut befleckt.

„Du bist eine ziemlich gute Sanitäterin", sagte Marlis in dem Versuch, ihre neue Freundin aufzumuntern. Durch die offene Cockpittür vor ihr konnte sie Noataks Schulter und einen muskulösen Arm sehen, als er sich darauf vorbereitete, die Raumstation zu verlassen.

Emmy schnallte sich an. „Zum Glück scheint ihre Wunde nicht lebensbedrohlich zu sein", antwortete sie. „Ich habe nicht einmal gesehen, dass das Posungi kommt. Ich bin froh, dass du da warst."

Marlis grinste bei dem Lob und zuckte mit den Schultern. „Scheint, dass ich hervorragend darin bin, Jungfrauen in Nöten zu retten."

Emmy lachte und zeigte auf Marlis' Handgelenk. „Du summst und vibrierst."

Marlis seufzte und senkte den Kopf. „Beruhige dich, Twerp. Es geht mir gut."

„Ich fühle mich verpflichtet, dir zu sagen, dass ein Risiko von vierzehn Prozent besteht, dass dieses

Unterfangen zum Menschenhandel führt", sagte Twerp. „Meine Empfehlung: verlasse sofort das Raumschiff."

„Du hast eine KI!" Emmy drehte sich in ihrem Sitz, um das Gerät näher zu betrachten.

Marlis versuchte, nonchalant zu klingen: „Ich habe sie nur, um mich an Termine und so zu erinnern."

Twerp stieß ein beleidigtes Zwitschern aus. „Ich bin ein Wenzix 15B, entworfen für Raum-Zeit-Orientation durch integriertes, biometrisches Feedback."

Marlis legte eine Hand auf ihr Armband und dämpfte so die Stimme der KI. Sie warf einen Blick auf das Cockpit, erleichtert, dass Noatak oder Joy nichts gehört zu haben schienen. Würden sie ihre Meinungen ändern, wenn sie von ihrem Zustand erfuhren? Sie konnte es sich nicht leisten, diesen Job wegen einer KI mit großem Mundwerk zu verlieren.

„Ich habe während meines Praktikums mit einem Kunden gearbeitet, der eine 15B hatte." Emmy zog die Augenbrauen hoch. „Aggressionsprobleme."

Marlis atmete kontrolliert aus. „Bitte erwähne es vor niemandem."

Emmy schien einen Moment zu grübeln und nickte dann. „Natürlich. Das ist übrigens ein süßer Name für eine KI."

„Dankeschön!", antwortete Twerp mit Begeisterung.

Marlis zog eine Grimasse und kämpfte gegen den Drang an, ihr Handgelenk gegen die nächste harte Oberfläche zu schlagen.

Emmy richtete ihren Blick auf das Cockpit und ihr amüsierter Ausdruck verlagerte sich zu besorgt. „Ich habe nie daran gedacht, dass wir bei Sklavenhändlern landen könnten. Sie haben *nur* Frauen eingeladen."

Marlis betrachtete Noataks breite Schultern und die Art und Weise, wie sich seine Muskeln unter seinem dünnen Hemd bewegten, während er das Raumschiff kontrollierte. Der Anblick stellte Dinge mit ihr an. Bei dem Außerirdischen sickerte die sexuelle Spannung aus allen Poren, aber sie bekam nicht den Eindruck, dass er bösartig oder hinterhältig war. Nur war sie etwas eingenommen. Schließlich hätten ihre Hormone nichts dagegen, von ihm bei einem Kampf Mann gegen Frau auf die Matte geworfen zu werden. Und das nackt. Sie neigte dazu, einen guten sechsten Sinn zu haben, wenn es um Gefahr ging.

„Ich glaube nicht, dass Noatak der Typ ist, der einen Sexring führt.“ Sie tippte gegen die Pistole an ihrer Hüfte. „Und wenn ich mich irre, wird er es bereuen.“

Vor dem Screen, der zeigte, was vor dem Raumschiff passierte, schwebte die Spitze eines der vielen Kommunikationsarrays der Station vorbei. Noataks tiefe Stimme kam über das interne Kommunikationssystem: „Brennsequenz eingeleitet.“

Das schwindelerregende Gefühl der Verbrennung rollte durch ihren Magen. Gefühlt einen Herzschlag später endete die Sequenz und das Universum schien sich auszugleichen. *Okay, kurze Verbrennung.* Anscheinend befand sich das Shuttle nicht weit vom Raumschiff entfernt. Wie hatte er es gleich noch genannt? Ihre Schwester würde sie sicher fragen.

Twerp meldete sich: „Marlis, du wirst froh sein, zu hören, dass deine Vitalwerte wieder auf ein akzeptables Niveau zurückgekehrt sind.“

„Twerp, ich brauche keinen mündlichen Bericht, es sei denn, ich bin in Gefahr, okay?“ Wenn sie das nächste Mal an einer Raumstation anhielten, würde sie sich Ersatzkopfhörer kaufen. Sie war vielleicht nicht in der Lage, Twerp zum

Schweigen zu bringen, aber sie könnte einschränken, wer die KI hörte.

Der Sichtschirm des Cockpits zeigte einen samtschwarzen, sternenbesetzten Hintergrund, und Marlis brauchte einen Moment, um das kleine, halbmondförmige Raumschiff der D-Klasse zu erkennen, dessen kampfgeschädigter Rumpf mattschwarz lackiert war. Ein heller Bereich erschien in der Dunkelheit, als die Laderaumtüren aufgingen. Noatak führte das Shuttle langsam hinein und landete auf dem Deck. Hinter Marlis' Nav-Grav-Sitz öffnete sich die Luftschleuse des Shuttles, was mit einem Ansturm unbekannter Düfte einherging.

Noatak drehte sich in seinem Sitz und fand den Augenkontakt mit seinen Passagieren. „Willkommen an Bord der Hardship."

Sie wiederholte den Namen für sich selbst, in der Hoffnung, sich später daran zu erinnern. Dann stand sie von dem Nav-Grav-Sitz auf und schnappte sich ihren Rucksack und ihre Waffen. Mit einem Taschengurt über der Schulter folgte sie Emmy die Rampe runter. Dies sollte ihr neues Zuhause werden. Ihr neuer Lebenszweck. Wie viele Personen gehörten zur Crew? Sie würde sich Namen merken müssen. Regelwerke. Wer wusste schon was noch? Sie konzentrierte sich auf ihre Atmung und hielt ihren Puls unter Kontrolle. Das Letzte, was sie gerade brauchte, war eine Bemerkung von Twerp.

Im Vergleich zu der Größe des Kreuzers, auf dem sie aufgewachsen war, fühlte sich der winzige Frachtraum dieses Raumschiffes fast gemütlich an. Das Shuttle nahm den größten Teil des Bereiches ein und endete an einer Treppe, die zu einer Metallbrücke führte. Ein rothaariger Mann mit Bronzehaut wie Noatak rannte über die Brücke, packte dann das Geländer und sprang geschmeidig darüber hinweg. Marlis hatte nicht einmal Zeit, den Schock zu verarbeiten, da landete er bereits anmutig vor ihr auf dem Deck.

„Hi! Ich bin Tovik!" Er stieß eine ölbefleckte Hand zu Emmy und seine Zähne strahlten in einem selbstzufriedenen Grinsen.

Marlis blinzelte, als der Duft von einem blumigen Parfüm zu ihr wehte. Dann fiel ihr auf, dass er barfuß war. Mit diesem Auftritt würde sie seinen Namen in absehbarer Zeit wahrscheinlich nicht vergessen. Er war jünger als Noatak, aber genauso groß, in einer schlaksigen Art und Weise, die noch auf mehr Muskeln wartete.

Emmy lächelte warm, stellte ihren Koffer ab und gab ihm die Hand. „Emmy Quick."

Er drehte sich zu Marlis, und auch sie schüttelte seine Hand zur Begrüßung. „Marlis Swan."

„Wow. Das ist so aufregend." Er schüttelte noch immer ihre Hand, nickte dabei, während er von Emmy zu ihr und wieder zurückblickte, als hätte er noch nie einen Menschen gesehen. Dann blinzelte er und konzentrierte sich auf etwas hinter ihr. Abrupt ließ er ihre Hand los. „Was ist passiert?"

Marlis drehte sich um und sah Noatak die Rampe herunterkommen, einen Arm um Joys Taille gewickelt. Schuldgefühle erhoben sich in Marlis. Ein gutes Besatzungsmitglied hätte sich daran erinnert, ihr aus dem Raumschiff zu helfen.

Tovik sprang nach vorne, trat an Joys andere Seite und legte einen Arm um sie. „*Anaq*! Joy! Alles in Ordnung bei dir?"

Joy lächelte zurückhaltend. „Das wird schon. Sobald Mek mir etwas gegen die Schmerzen gibt."

Toviks Augenbrauen zogen sich zusammen, als er seinen Blick auf Noatak richtete. „Kashatok wird dich umbringen."

Noatak blickte ihn ebenso finster an. „Sie hat doch gerade gesagt, dass es ihr gut geht, Tovik." Er rümpfte die Nase. „Trägst du Parfüm?"

Das bronzefarbene Gesicht des jüngeren Mannes lief blaugrün an, sein Blick flackerte kurz zu Emmy und Marlis. „Ich habe gehört, dass Damen Blumen mögen."

„Bring mich nicht zum Lachen, es tut weh", keuchte Joy und ihre Arme umklammerten ihren geschundenen Oberkörper. „Leider denke ich, dass das nicht der beste Rat war, mein Freund."

Ein dritter bronzehäutiger Mann kam von der Metallbrücke die Treppe herunter, und durch sein rasiertes Gesicht wirkte er im Vergleich zu Noataks und Toviks gepflegten Bärten etwas strenger. Er näherte sich Joy mit einem medizinischen Scanner, bis er Emmys Bluse sah. „Bist du auch verletzt?"

Emmy schüttelte den Kopf, vollkommen sprachlos, als sie den Kopf in den Nacken legen musste, um ihm in die Augen schauen zu können.

„Sei nicht unhöflich, Mek." Tovik runzelte die Stirn. Er drehte sich zu Emmy und Marlis. „Das ist Mek, der Arzt auf unserem Schiff. Er ist normalerweise nicht so ein *Terpak*."

Noatak übergab Joy in Meks Obhut. „Kümmerst du dich um sie?"

Mek nickte und legte einen Arm um die verletzte Frau. Er lächelte angespannt, als er auf dem Weg zur Treppe an Marlis und Emmy vorbeikam. „Tut mir leid, dass ich so brüsk war. Ich freue mich darauf, euch später besser kennenzulernen."

„Tovik." Noatak hob den Koffer auf, den Emmy abgesetzt hatte, und übergab ihn an den jüngeren Mann. „Bring das Gepäck der beiden zum Schlafraum und komm anschließend zu uns in die Kombüse."

„Jawohl." Tovik nahm Emmys Koffer und streckte dann eine Hand nach Marlis' Rucksack aus.

Marlis umklammerte ihren Schultergurt fester. Ihr sagte der Gedanke nicht gerade zu, ihre Waffen an jemanden zu übergeben. „Ich kann meine eigenen Taschen tragen."

„Wie du willst." Ohne viel Aufhebens beugte Tovik die Knie und sprang in die Luft – wenn man das Springen nennen konnte. Es erinnerte eher an eine kurze Flugsequenz, die den Duft von Parfüm zurückließ. Er landete lautlos auf der Brücke und drehte sich mit einem breiten Grinsen zu ihnen um. „Bis gleich."

„Angeber", murmelte Noatak, bevor er sie zur Treppe führte.

Marlis folgte ihm die Stufen hinauf, ihre Stiefel

stampften über die Metallrosten. „Seid ihr alle so ... flink?"

„Nein." Noatak sprach, ohne sich umzudrehen, seine Stimme unterkühlt. „Lass dich nicht von ihm täuschen. Er hat keine Superkräfte. Unsere Spezies – die meisten unserer Spezies – haben die Fähigkeit, ionisch geladene Moleküle in unmittelbarer Nähe von uns zu manipulieren."

Marlis war in der Schule nie gut gewesen, und sein Wortschatz erforderte einige Überlegungen, damit sie diese entwirren konnte. Während sie das tat, wurde sie von Emmy überholt, die nun neben Noatak lief, sodass sie gemeinsam die Brücke betraten. „Wie Telekinese? Das ist faszinierend!"

Telekinese. Das Wort kannte sie. Wie sollte sie mit einer Crew mithalten, die Dinge mit ihrem Gehirn bewegen konnte? Vielleicht hatte Noatak es ernst gemeint, als er gesagt hatte, dass sie keine weiteren Waffenspezialisten brauchten.

Sie erreichten die Schleuse und betraten einen engen Korridor. Noatak führte sie an mehreren Türen vorbei in eine Kombüse, wo ein großer ovaler Tisch umgeben von Stühlen den größten Teil des Raumes einnahm. Er deutete auf die Sitzmöglichkeiten. „Da ihr jetzt an Bord seid, müssen wir über ein paar Grundregeln sprechen."

Marlis stellte ihr Gepäck neben einem Stuhl ab, setzte sich und ließ die Augen über die geschlossenen Schränke schweifen. Sie war mit dem Layout der D-Klasse-Schiffe nicht vertraut, aber wenn diese winzige Küche der gesamten Crew diente, wunderte sie es nicht, dass Noatak besonders wählerisch war, wenn es um neue Besatzungsmitglieder ging. Sie mussten miteinander auskommen. Mit geschwellter Brust erkannte sie, dass sie stolz auf sich sein konnte.

Emmy nahm den Platz zu ihrer Linken ein, die Hände nervös in ihrem Schoß verschränkt, als sie beobachtete, wie sich Noatak an das andere Ende des Tisches bewegte. Marlis zog ihr Polycom heraus, sodass sie sich Notizen machen konnte. Twerp zeichnete alles für sie auf, um das Gesagte später mit ihr zu besprechen, wenn sie das Bedürfnis danach hatte, aber ihr Therapeut ermutigte sie, die Dinge selbst aufzuschreiben. Sie musste konzentriert bleiben, wenn sie ihrer neuen Crew beweisen wollte, dass sie hierher gehörte.

„Ihr werdet beide hier auf der Hardship arbeiten, bis Captain Qaiyaan zurückkommt." Noatak rief zwischen den Schränken einen Bildschirm hervor, der die Daten des Schiffes zeigte.

„Es ist möglich, dass er und Kashatok euch später neue Aufgaben zuteilen."

Während Marlis die Namen notierte, platzte der junge Denaidaner, der Emmys Tasche mitgenommen hatte, außer Atem und mit strahlenden Augen in den Raum. Er zog den Stuhl neben Marlis heraus und schaute über ihre Schulter auf ihr Polycom. Sie drehte den Kopf und funkelte ihn an. Sie hasste es, wenn Leute über ihre Schulter lasen. Ihre Notizen gingen ihn nichts an.

Er war ihr noch immer recht nah und bei dem Ausdruck auf ihrem Gesicht verrutschte sein unbekümmertes Lächeln etwas. Dennoch war er unverbesserlich und zwinkerte, bevor er den Stuhl zurückschob und sich um mehrere Sitze nach unten bewegte.

Marlis schluckte schwer und hatte augenblicklich ein schlechtes Gewissen. Sie hatte den Namen des jungen Mannes bereits vergessen, und als sie auf ihre Notizen blickte, fragte sie sich zudem, wer Kashatok nochmal war. *Mist!* Sie hatte es aufgeschrieben, also war es wichtig. Sie musste ihn fragen. Ja, eine Wiederholung war nötig. Viele, viele Wiederholungen. „Wer ist nochmal Kashatok?"

„Captain der Kinship." Noatak zeigte auf dem

Bildschirm auf einen Frachter der K-Klasse. „Joy ist sein Erster Offizier.“

„Und seine Gefährtin!“, bemerkte der junge Mann und seine grünen Augen tanzten.

„Genug, Tovik.“ Noatak funkelte ihn genervt an.

Tovik, wiederholte Marlis in Gedanken und starrte ihn dabei ohne zu blinzeln an, um sein Gesicht in ihrem Kopf zu verankern.

Der junge Mann strahlte unter ihrer Begutachtung und Marlis fühlte, wie sie errötete. Fuck! Wenn sie nicht aufpasste, würde sie diesem Kerl den falschen Eindruck vermitteln. Sie senkte ihren Blick auf ihr Polycom und schrieb hinter seinem Namen die Worte: *Nicht den Welpen erschießen.* Als sie ihre Aufmerksamkeit wieder auf Noatak lenkte, hatte er ein Video ins Rollen gebracht.

„Ihr zwei habt die Ehre, zu den ersten Rekruten für den Widerstand zu gehören. Unsere Flotte besteht aus ...“

Sie schrieb *Widerstand* ins Polycom. Hatten sie während des Interviews einen Widerstand erwähnt? Sie könnte Twerp später danach fragen. Im Moment musste sie davon ausgehen, dass sie, seit sie hier war, damit einverstanden gewesen sein musste. *Konzentriere dich, Marlis.*

„Ich weiß, dass die Chancen gegen uns stehen, denn das Unternehmen hat viel Macht. Aber immer mehr ihrer Lügen – "

Marlis hatte das Gefühl, dass diese Crew nicht die Art von legitimen Geschäften führte, die ihre Schwester im Sinn hatte. Worauf hatte sie sich eingelassen? Mit Kloß im Hals hob sie die rechte Hand. „Sprichst du von Syndicorp?"

Vorsicht blitzte in Noataks Augen auf. „Ja."

Emmy meldete sich zu Wort: „Ich wollte ihr das Video in der Taverne zeigen, aber dann ging es schon los. Vielleicht könnte sie es sich jetzt ansehen?"

Noataks Kiefer spannte sich an, als wollte er *Nein* sagen, doch ... Tovik sprang auf. „Sie hat es nicht gesehen?" Er tippte auf den Bildschirm an der Wand. „Joy hat großartige Arbeit geleistet, indem sie alle Fakten zusammengetragen hat."

Ein RealTime News-Logo erschien, gefolgt von Joys Gesicht.

Marlis zwang sich, sich auf den Bildschirm zu konzentrieren. Sie weigerte sich, zu glauben, dass ihr Vater Recht behalten würde und sie sich gerade in Schwierigkeiten gebracht hatte. *Zuerst schaust du dir alle Fakten an, dann entscheidest du.* Das hatte ihre Therapeutin immer empfohlen, bevor sie erlaubte, dass ihre Emotionen die Kontrolle übernahmen. Sie atmete durch ihre Nase ein, durch ihren Mund aus und lehnte sich zurück.

Joy beschrieb einen Planeten namens Denaida-daru, auf dem Syndicorp ein genetisch verändertes Virus getestet hatte. Marlis hatte nie viel Aufmerksamkeit auf Technologie gelegt, die sich nicht auf Waffen bezog, und einiges von dem, was Joy erzählte, sagte ihr rein gar nichts. Sie fasste zusammen, dass das Virus irgendwie mutiert war und einen Krebs erschaffen hatte, der alle Frauen und die meisten Männer auf dem Planeten getötet hatte.

Der smaragdgrüne Planet auf dem Bildschirm entwickelte weiße Flecken, die sich ausbreiteten und wuchsen, bis der gesamte Planet wie eine kleine Sonne erstrahlte. „Anstatt weiter an einem Heilmittel zu arbeiten oder für den angerichteten Schaden Wiedergutmachung zu leisten, sterilisierte Syndicorp den Planeten und vernichtete damit auch die letzten Überlebenden."

Marlis schnappte laut nach Luft. Sie hatte noch nie davon gehört, dass ein bewohnter Planet sterilisiert wurde.

„Du fragst dich vielleicht, warum du noch nie von Denaida-daru – auch K-4H10 genannt –

gehört hast", fuhr Joy im Video fort. „Ganz einfach: Weil es zu einer Gegenreaktion auf die abscheuliche Tat kommen würde. Syndicorp begann daraufhin einen Krieg, um die Aufmerksamkeit umzulenken. Erinnerst du dich an Pulati?" Das Video wechselte zu einer allzu vertrauten Szene auf einem schönen, von Bäumen gesäumten Platz. Ein Platz voller Leichen, Blut und Trümmer.

Der Boden unter Marlis' Stuhl schien zu wackeln, als sie auf das Filmmaterial starrte. Szenen von einem Schlachtfeld füllten den Raum und es dauerte nicht lange, bis sich die Wände um sie herum auf sie zu bewegten. Sie hörte, wie der Schrei ihrer Mutter abschnitt.

„Die Menschen in Denaida-daru wurden nicht nur ausgelöscht, nein, zudem starben Zehntausende Pulati-Kolonisten beim Kampf gegen Terroristen. Terroristen, die von Syndicorp geschickt wurden."

Während die Stimme auf dem Bildschirm weiter redete, hielt sich Marlis nicht mehr in der Bordküche eines Schiffes der D-Klasse auf. Sie war wieder das zehnjährige Mädchen, das sich unter dem verstümmelten Körper ihrer Mutter befand. Nicht in der Lage, zu atmen. Zu verängstigt, sich zu bewegen. Schüsse schnitten durch die Luft und

Trooper stampften mit ihren Stiefeln über den Boden neben ihr.

Adrenalin strömte durch ihre Adern. Der Geruch nach Blut. Sie bekam keine Luft. Die Schreie hallten in ihren Ohren wider. Fliegen kitzelten über ihre Haut. Ihr Handgelenk schmerzte, und sie kannte den Grund nicht.

„Marlis, senke deinen Kopf zwischen deine Knie", schwebte eine weibliche Stimme durch das Chaos.

Marlis zwang sich, sich zu konzentrieren und erwartete, gleich in den Lauf eines Trooper-Gewehrs zu starren. Sicher würde jeden Moment ein Loch in ihrem Kopf aufblühen. *Ich brauche eine Waffe.* Ihre Hand wanderte zu ihrer Hüfte.

Eine starke Hand umschloss ihre, hielt sie davon ab, sich zu bewegen. Panik ließ ihr Sichtfeld verschwimmen.

Das runde Gesicht einer Frau nahm vor ihr Gestalt an und sah sie aus besorgten braunen Augen an. „Marlis, ich bin es nur. Emmy. Alles ist gut."

Ich sollte diese Person kennen.

Eine körperlose Stimme skandierte: „Es besteht keine Gefahr."

Das einzige wichtige Wort in diesem Satz war

Gefahr. Lauernde Gefahr. Marlis wehrte sich gegen den Griff an ihrem Handgelenk und dann blickte sie plötzlich in graublaue Augen. Dunkle Augenbrauen auf Bronzehaut. Ein Bart, der mit Metallperlen verziert war.

Noataks Lippen bewegten sich. „Kühle deine Düsen, Soldat. Du bist hier sicher."

Aus irgendeinem Grund durchdrangen diese Worte ihren Nebel. Seine Hand an ihrer war wie eine Rettungsleine. Sie atmete tief ein. „Sicher", hauchte sie.

Vorsichtig und immer noch mit direktem Blickkontakt sagte er: „Alle raus."

Die Frau mit dem rundlichen Gesicht und ein weiterer bronzehäutiger Mann mit roten Haaren verließen den Raum. Noatak lockerte seinen Griff um ihre Hand, aber zu ihrer Erleichterung ließ er nicht los. Er setzte sich auf den Sitz, der ihr zugewandt war. „Jetzt sag mir, was das gerade war."

Wie viele Therapeuten hatten sie das gefragt? Sie fühlte sich wie ein Roboter, als sie antwortete: „Ich war bei dieser Schlacht anwesend."

Seine Augen verengten sich. „Du warst ein Kind, als Pulati angegriffen wurde."

„Ja, Sir." Aus irgendeinem Grund beruhigte es

sie, ihn mit *Sir* anzusprechen. Als wäre sie eine Soldatin statt eines Opfers. „Ich war zehn."

Er zog eine Augenbraue hoch und entfernte langsam seine Hand von ihrer. „Du kommst von der Kolonie? Meintest du nicht, du wärst Vermächtnis. Deine Familie ist bei den Troopern."

Sie stieß einen zittrigen Atem aus. Ihr Verstand hatte begonnen, sich ein wenig zu klären. „Meine Mutter und ich haben auf Pulati Urlaub gemacht. Wir waren dort, als die Terroristen angriffen."

Marlis starrte wie betäubt auf den Bildschirm und erinnerte sich an ihre frühesten Erinnerungen. An Erinnerungen, die immer noch, egal wie sehr sie sie unterdrückte, ihre Träume heimsuchten. *Trooper mit Gewehren. Trooper-Stiefel marschieren über einen Platz voller Leichen. Ein Trooper, der durch den Lauf seiner Waffe direkt in Marlis' Augen geblickt hatte.* Niemand hatte ihr jemals zuvor geglaubt. Jetzt wusste sie, dass ihre Erinnerungen wahr waren.

Der Terroranschlag war von Syndicorp orchestriert worden.

Sie wandte sich an Noatak, denn sein Name sprach in ihrem chaotischen Verstand von Vernunft. „Trooper haben meine Mutter getötet."

KAPITEL SECHS

Noatak kämpfte gegen die ungewohnten Gefühle in ihm an, als Marlis ihre Zeit auf Pulati beschrieb. Wie sie sich einem jungen weiblichen Trooper gegenübergestanden hatte, der es anscheinend nicht übers Herz gebracht hatte, den Job zu erledigen, und Marlis halbtot unter der Leiche ihrer Mutter zurückließ. Wie sie die nächsten Stunden, einen ganzen Tag und eine ganze Nacht, vor der Ankunft der Retter immer wieder ihr Bewusstsein verloren hatte. Wie die Medien sie als Opfer zur Schau gestellt hatten, ohne sie jemals sprechen zu lassen.

„Meine erste Therapeutin sagte, ich hätte mich an den Angriff falsch erinnert." Marlis' Augen waren glasig, die Narbe an ihrem Kinn ein unauffälliger Kontrast zu ihrer blassen Haut. „Sie meinte, mein Vater würde seinen Job verlieren und als Verräter bezeichnet werden, wenn ich jemandem davon erzählte. Sie führte meine fehlerhafte Erinnerung auf mein Gehirn zurück und dass ich bei dem Angriff Schaden erlitten hätte und ... na ja, ich glaubte ihr. Danach habe ich meine Geschichte geändert. Schließlich würden Trooper niemals Unschuldige verletzen, oder?"

Sie begegnete seinem Blick, und es fühlte sich an, als wäre er gerade in einen Strudel gesaugt worden. Instinktiv öffnete er seine ionische Kraft und ließ das Gefühl ihres Herzschlags auf sich wirken, den Rhythmus ihrer Atemzüge. Süße, feminine Wärme und der subtile Moschusduft ihrer Haut brachten einen Beschützerinstinkt in ihm hervor, den er so noch nie zuvor erlebt hatte.

Usviiqe, das war weder der richtige Ort noch die richtige Zeit für solche Gefühle. Er war sich immer noch nicht ganz sicher, ob er sie lieber nachhause schicken sollte. Sein Bauchgefühl sagte ihm, dass ihre Reaktionen echt waren, aber sein stets zynischer Verstand bestand darauf, dass dies eine List sein musste. Warum sonst würde ein Vermächtnis-Trooper genau zu diesem Zeitpunkt in der Taverne landen, in der er mit Joy Bewerbungsgespräche führte?

Während er daran arbeitete, sich unter Kontrolle zu bringen, erhob sich Marlis mit geballten Händen. Das Armband, das ihm bereits vorhin aufgefallen war, strahlte eine niederfrequente Vibration aus. „Sie haben mich dazu gebracht, mich selbst anzulügen.“ Ihre Stimme klang empört. In Rage versetzt. Angewidert. „Ich dachte, ich würde Menschen beschützen, indem ich mich den Troopern anschließe.“

„Die meisten Leute denken das.“ Er beobachtete, wie sie die Länge des Tisches auf und ab lief. Seine Bewunderung für ihre Stärke wuchs mit jedem Wort, das sie sprach. „Ich habe das auch.“

Sie drehte sich zu ihm und starrte ihn an. „Du warst mal ein Trooper?“

Er nickte und lehnte sich in seinem Stuhl zurück. Er war nicht stolz auf seine Tage als Trooper, aber er wollte ihr alles erzählen. „Ich bin in dem Moment beigetreten, als ich alt genug war. Gute Bezahlung, guter Zweck, aufregende Abenteuer. All das Zeug, das der Rekrutierer zu überzeugend verkauft hat.“

„Wo hast du gedient?“

„SNV Riley Blue, Galactic Ops."

Ihre Augen weiteten sich, und sie kehrte etwas wackelig zu ihrem Stuhl zurück. Als sie Platz nahm, rieben ihre Knie an seinen. „Was ich nicht gegeben hätte, um mich den Galactic Ops anzuschließen."

Seine Oberschenkelmuskulatur spannte sich bei ihrer Nähe an, wie ein sensibler Alarm, der durch seinen Blutkreislauf hallte. Er musste sich konzentrieren. „Mehr Schein als Sein."

Die Bewunderung in ihren Augen verwandelte sich in Misstrauen.

Wieder einmal stellte er mehr Informationen zur Verfügung, als das normal für ihn war. „Fast alle heute noch lebenden Denaidaner standen mal im Dienst der Trooper. Sich ihnen in den Dienst zu stellen, war eine der wenigen Möglichkeiten gewesen, den Heimatplaneten zu verlassen. Syndicorp wusste nicht viel über unsere Physiologie und während sie meine ionischen Fähigkeiten studierten, pumpten sie mich regelmäßig mit Stimulanzien voll. Nachdem ich mich unerlaubt von der Truppe gelöst habe, wäre ich bei dem Entzug fast gestorben."

„Du hast die Trooper verlassen?" Ihre gelbbraunen Augen weiteten sich.

Er stieß ein sardonisches Lachen aus. Natürlich

würde sie sich mehr darum kümmern, dass er die Truppe unerlaubt verlassen hatte als um seine Stim-Sucht. „Ich musste verschwinden, bevor Syndicorp uns zum Schweigen bringen konnte." Seine Nasenlöcher blähten sich auf, als er sich daran erinnerte, wie viele seiner Kameraden unmittelbar nach der Termination seines Planeten auf mysteriöse Weise ums Leben gekommen waren.

„Warum wollten sie euch zum Schweigen bringen?"

„Sie haben meine Heimatwelt zerstört, erinnerst du dich?" Er runzelte die Stirn. Anscheinend war sie so in ihre eigenen schrecklichen Erinnerungen vertieft gewesen, dass sie Teile des Videos verpasst hatte.

„Oh, richtig." Die Röte auf ihren Wangen empfand er als unerklärlich ansprechend. Sie blinzelte mehrmals, legte dann eine Hand auf ihre Stirn und blickte um ihn herum. „Ich muss meine Schwester anrufen."

Das überraschte ihn. Warum dieser plötzliche Drang nach Familienkontakt? Er verschränkte seine Arme vor der Brust. „Auf keinen Fall."

Mit finsterem Blick senkte Marlis ihre Hand, lehnte sich vor, bis ihr Atem auf seine nackten Unterarme traf, und sah ihm in die Augen. „Sie ist ein Trooper. Genau wie mein Vater und mein Bruder. Wenn ich mich eurer Rebellion anschließe, was denkst du, was mit ihnen passieren wird? Ich muss sie warnen."

Er fuhr mit der Zunge über seine Zähne. Sie hatte nicht Unrecht. Bedeutete dies, dass sie kein Risiko mehr darstellte? Er wagte einen weiteren Ionenimpuls, um ihre Aufrichtigkeit zu testen, und fragte: „Willst du dich uns anschließen?"

Mit angespanntem Kiefer nickte sie. „Auf jeden Fall."

Er konnte durch den stetigen Herzschlag erkennen, dass sie es ernst meinte. Sie musste jedoch verstehen, worauf genau sie sich einließ. „Du solltest auch wissen, dass wir wegen Piraterie gesucht werden."

Ihre sanft geschwungenen Augenbrauen zogen sich zusammen. „Im Sinne von Vergewaltigung und Plünderung?"

„Nein. Obwohl es ein paar Denaidaner gab, die so weit gingen. Der Großteil von uns wollte sich nur an Syndicorp rächen. Technisch gesehen würde ich uns Freibeuter nennen."

Sie kniff ihre Augen zusammen. „Freibeuter, Piraten, was ist der Unterschied?"

Eine weibliche Stimme ertönte aus ihrem

Armband: „Piraten greifen jeden an. Freibeuter haben es nur auf feindliche Schiffe abgesehen."

Hastig klatschte sie die Hand auf ihr Handgelenk. „Halt die Klappe, Twerp."

Er war sich des Summens an ihrem Handgelenk bereits zu Beginn bewusst gewesen, aber dies war das erste Mal, dass er der Apparatur wirklich Beachtung schenkte. Das Misstrauen war zurück. „Ist das eine Syndicorp-KI?"

„Du darfst mich gerne Twerp nennen", sagte die gedämpfte Stimme. „Ich bin ein Wen –"

„Twerp, sei ruhig", zischte Marlis. Sie hob ihre Hand und schlug mit dem Armband auf den Tisch.

Die KI gab ein empörtes Zwitschern ab, schwieg aber.

Wie hatte er so unbedacht sein können? Sie hatte eine Syndicorp-KI an Bord des Schiffes gebracht. „An wen berichtet das Gerät?"

Sie blinzelte, als ob sie seine Frage nicht ganz verstand. „Nur an mich."

Twerp meldete sich wieder zu Wort, ihre muntere Stimme stellte einen fröhlichen Kontrast zu Marlis dar. „Ich habe mich erfolgreich mit dem Kommunikationsarray dieses Schiffes verbunden. Soll ich deiner Schwester eine Nachricht schicken?"

„Verdammt! Nicht jetzt, Twerp." Das Rot auf

ihren Wangen, das er zuvor zu schätzen gewusst hatte, kehrte in Marlis' Gesicht zurück. Sie schnallte sich das Ding vom Handgelenk und bot es Noatak an. „Ich schätze, ich kann es dir auch gleich sagen. Ich habe Schwierigkeiten, mich an Dinge zu erinnern, und ich bin schnell ... frustriert. Twerp ist dafür da, dass ich meinen roten Faden nicht verliere."

„Das ist mir *usviiq* nochmal egal." Noatak schnappte sich das Band. „Sag der KI sofort, dass sie die Verbindung trennen soll."

Sie erstarrte und er fragte sich für einen Moment, ob sie protestieren würde. Dann sagte sie: „Twerp, stell bitte alle drahtlosen Verbindungen ein."

Die KI antwortete: „Wenn ich nicht mit dem Schiff verbunden bin, kann ich keine räumlichen Daten bereitstellen."

Marlis lehnte sich vor, um direkt mit dem Gerät zu sprechen. „Das ist ein Befehl, Twerp."

„Trenne jetzt die Verbindung. Bitte sei vorsichtig, wenn du dich auf dem Schiff bewegst."

Noatak packte das Armband fester. Er wollte das Ding in Stücke reißen, nur für alle Fälle. Allerdings war Marlis seiner Bitte nachgekommen, die Verbindung zu trennen. Und sie hatte etwas über eine Hirnverletzung gesagt. „Kommst du ohne die KI zurecht?"

„Ich habe sie, seit ich dreizehn bin." Ihr hübscher Hals zeigte, wie sie schluckte, und ihre Lippen waren nun blass.

Er rieb sich die Stirn. *Hör auf, sie als Frau zu betrachten, und behandle sie wie einen Soldaten.* Auch gute Soldaten brauchten manchmal Hilfe. Sie hatte Syndicorp vertraut, genau wie der Rest von ihnen, und der Verrat reichte tief. So viel wusste er. Nur hatte er von ihrer KI nichts gewusst. „Ich muss die KI überprüfen lassen, bevor ich sie dir zurückgeben kann."

Sie nickte und leckte sich über die Lippen. „Was ist mit der Kontaktaufnahme zu meiner Schwester?"

Könnte er ihr vorwerfen, dass sie sich vergewissern wollte, dass ihre Familie in Sicherheit war? Er würde genau dasselbe tun. „Ich möchte dich nicht zensieren, aber wir müssen vorsichtig sein, sodass keine Informationen durchsickern. Was würdest du ihr sagen?"

Eine Furche erschien zwischen Marlis' Augenbrauen. „Fuck, sie würde mir sowieso nicht glauben. Ich möchte nur nicht, dass sie wegen meiner Entscheidungen in eine schwierige Situation gerät.“

Er legte eine Hand auf ihre Schulter. „Hast du nicht gesagt, dass dein Vater und dein Bruder auch den Troopern dienen?“

Sie wirkte unsicher. „Du denkst, ich könnte eine Belastung für euch sein. Dass sie als Druckmittel gegen mich eingesetzt werden könnten.“

Er drückte sanft ihre Schulter und schaffte es nicht, den Gedanken abzuschütteln, wie sich ihre Haut wohl unter seinen Fingerspitzen anfühlen würde. *Ellam Cua, diese Frau macht so süchtig wie Stimulanzien.* Er zwang sich, von ihr abzulassen. „Wir alle haben Dinge, die uns zu einer Belastung machen.“ *Wie mein ionisches Herz, das kurz vorm Versagen steht.* „Wir müssen uns nur etwas einfallen lassen, was wir ihnen sagen können, sodass sie dich nicht mit dem Widerstand in Verbindung bringen.“

Sie trommelte mit den Fingerspitzen einer Hand auf den Tisch. „Sie fragen sich wahrscheinlich schon, was mit mir passiert ist.“

„Wir werden zusammen an einer Geschichte arbeiten.“ Er hielt das Armband hoch. „Ich werde dir das so schnell wie möglich zurückgeben. In der Zwischenzeit kannst du dies als Probezeit ansehen.“

„Danke, dass du mir die Chance gibst, mich zu

beweisen." Sie erhob sich und streckte ihre Hand aus. „Du kannst dir nicht vorstellen, wie viel mir das bedeutet."

Er akzeptierte ihren Händedruck und staunte über die feine Knochenstruktur, die von seinem Griff verschlungen wurde. Die perfekte Frau fiel ihm in den Schoß, zu einem Zeitpunkt, an dem er sie nicht zu Seiner machen konnte. Er konnte sich Ellam Cua ausmalen, ihren gaunerhaften Gott, der ihn wohl gerade auslachte. Er riss seine Hand zurück und versuchte, seine Gefühle in den Griff zu bekommen. Kurzerhand schnappte er sich ihre Tasche und sagte: „Ich werde dich zu deinem Quartier bringen."

Sie nahm ihren Waffenkoffer und folgte ihm den Korridor hinunter zu dem Schlafraum der Frauen, in dem Emmy bereits wartete.

Er ließ sie zurück und machte sich dann auf den Weg zum Maschinenraum, um mit Tovik zu reden. Da er den jungen Denaidaner dort nicht fand, ging er in die Krankenstation. Wenn der Junge nicht bei seinen heißgeliebten Maschinen war, dann wäre er in der Nähe von Joy zu finden. Zu dumm, dass der Schurke Kashatok ihr Herz für sich gewinnen konnte, sonst hätte der Junge vielleicht seinen ersten Geschmack auf Liebe bekommen.

Als Noatak die Ecke zur Krankenstation nahm, hörte er die beiden bereits über Flussmodulatoren diskutieren. Joy und Tovik saßen im Schneidersitz auf dem Einzelbett, Joys Beine mit einem Laken bedeckt und ihre obere Hälfte in einem Patientenhemd. Der Bildschirm hinter ihr zeigte ihre Vitalwerte in verschiedenen Farben.

Noatak runzelte die Stirn. „Solltest du dich nicht ausruhen?"

„Kann ich nicht – dafür brauche ich Kashatok neben mir." Sie lächelte traurig. Joy war nicht das, was er als hübsch bezeichnen würde, dann lächelte sie, und er konnte sehen, warum sich Kashatok zu ihr hingezogen fühlte.

„Vielleicht könnt ihr euch zusammen etwas ansehen." Er hielt ihnen das Armband hin.

„Was ist das?" Neugierig griff Tovik danach.

Die Stimme der KI erhob sich von dem Armband: „Bitte bring mich sofort zu Marlis zurück."

Tovik hob die Augenbrauen. „Eine KI?"

„Mein Name ist Twerp. Ich bitte um deine Hilfe, mich zu meinem rechtmäßigen Besitzer zurückzubringen."

Joy lenkte ihre Aufmerksamkeit mit zusammengezogenen Augenbrauen auf Noatak. „Ich habe gehört, dass sie einen Zusammenbruch hatte. Ist sie in Ordnung?"

Twerp unterbrach die Unterhaltung: „Ich muss physischen Kontakt mit meinem Besitzer haben, um biometrisches Feedback und Anleitung zu geben."

Joy sah von der KI zu Noatak. „Ähm, danke, Twerp. Aber ich habe Noatak gefragt."

Noatak schüttelte den Kopf. Er war noch nie einer empfindungsfähigen Maschine begegnet, und er war sich nicht sicher, ob er sie mochte. „Marlis geht es gut. Es stellt sich heraus, dass sie ihre eigenen Gründe hat, sich an Syndicorp rächen zu wollen. Wenn du mehr wissen willst, kannst du sie fragen." Er zeigte auf die KI in Toviks Hand. „Kannst du sicherstellen, dass das Ding nicht verwanzt ist, bevor ich es ihr zurückgebe?"

„Ich werde mich sofort dransetzen." Tovik steckte das Gerät ein und stand auf. „Wir sehen uns später, Joy."

Sie lächelte ihn an. „Bis später, Tovik. Lass es mich wissen, wenn du Hilfe brauchst."

Der Junge verließ den Raum, seine nackten Füße leise auf dem Deck. Noatak blieb. Bei dem

Blick auf den Monitor hinter Joys Bett bäumte sich sein schlechtes Gewissen wieder auf. Er sollte etwas sagen, aber sich zu entschuldigen war nicht sein üblicher Stil.

„Keine Sorge, mir geht's gut." Joy streckte ihre Beine unter dem Laken aus, lehnte sich gegen das Kissen und schloss die Augen. „Ich hoffe, du weißt, dass es nicht deine Schuld war."

Angesichts des Stichwortes setzte sich Noatak neben ihr auf den Stuhl. „Ich hätte dich nicht alleine lassen dürfen."

„Ich hätte besser aufpassen sollen." Sie schüttelte den Kopf. „Ich dachte, das Kartell würde nur Lisa ins Visier nehmen. Im Nachhinein war die Whylon Station wahrscheinlich nicht die beste Wahl für die Bewerbungsgespräche."

In diesem Moment kam Mek in die Krankenstation. „Ich bin Tovik gerade im Korridor begegnet. Er meinte, Marlis habe eine KI. Handelt es sich um eine medizinische Einheit?"

„Das musst du sie fragen. Sie erwähnte eine frühere Hirnverletzung."

„Interessant. Ich würde sie gerne untersuchen." Mek schaute zur Tür, als wolle er sofort zu ihr gehen.

Noataks Kehle fühlte sich plötzlich trocken an,

als er sich vorstellte, wie der Arzt Marlis untersuchte. Würde er sie bitten, sich auszuziehen? Bisher war ihm noch nie in den Sinn gekommen, dass Mek einen unfairen Vorteil haben könnte. *Hör auf, besitzergreifend zu denken, wenn du sie nicht haben kannst.* Er zwang sich, die Achseln zu zucken und hielt seinen Blick auf Joy gerichtet. „Du bist der Doc."

„Sollen wir sie in der Crew behalten?", fragte Joy.

„Sie wird ein ausgezeichnetes Besatzungsmitglied abgeben", knurrte Noatak, bevor Mek antworten konnte. „Und sie hat dir den Arsch gerettet. Ich könnte jemanden wie sie als Rückendeckung gebrauchen."

Joy gluckste. „Ich denke, Noatak ist ein bisschen in unsere neue Waffenspezialistin verknallt."

Er funkelte sie an. „Eine geschickte Schützin zu würdigen und in jemanden verknallt zu sein, sind zwei Paar Schuhe."

Sie rümpfte die Nase und rollte die Augen – so wie das eine jüngere Schwester tun würde. „Wenn du das sagst."

„Marlis' Gehirn zu studieren, könnte interessant sein." Mek tippte mit dem Zeigefinger gegen sein Kinn. „Ob die Naniten sie heilen könnten?"

Die mikroskopischen Nano-Computer wurden entwickelt, um die Gehirnstruktur zu verändern und eine sogenannte Cyberempfindlichkeit beim Menschen zu schaffen – die Fähigkeit, ohne zusätzliche Hardware aus der Ferne auf Computersysteme zuzugreifen. Sie waren auch das Einzige, was den Denaidanern erlaubte, Gefährtinnen zu haben. Noatak wusste nicht, ob er aufgeregt sein sollte. Marlis könnte der nächste Kandidat für die Naniten sein. Oder das Angebot könnte sie wütend machen. Wenn sie jetzt mit dem Prozess begann, würde sich jemand anderes mit ihr verbinden, da er sich erst darum kümmern musste, eines seiner Herzen wieder in Ordnung zu bringen. „Wir haben nur noch eine Probe übrig, oder? Vielleicht solltest du sie bei einem stabileren Patienten anwenden."

„Die Probe baut rasch ab", antwortete Mek. „Wir müssen so schnell wie möglich einen neuen Wirt finden. Und im Fall von Marlis werden die Naniten einem doppelten Zweck dienen."

„Du hast es noch nicht geschafft, dass meine Proben überleben?", fragte Joy.

„Egal, was ich tue, sobald ich sie von deinem dendritischen Gewebe trenne, korrumpiert es ihr Betriebssystem. Dann verhalten sie sich vollkommen träge." Im Gegensatz zu Lisas Naniten, die während ihrer Paarung mit Qaiyaan vollständig abgestorben waren, hatten sich Joys Naniten mit ihrem Nervensystem verschmolzen, als sie ihren Bund mit Kashatok eingegangen war.

„Wir sollten zumindest warten, bis Qaiyaan und die anderen zurückkommen", sagte Noatak. „Lass sie den Rest der Crew treffen, bevor sie sich auf etwas dieser Reichweite einlässt."

Mek zuckte mit den Schultern. „Je länger wir warten, desto weniger lebensfähig wird die Probe sein."

„Wenn sie mit Doug zurückkommen, stehen uns unendlich viele Proben zur Verfügung", argumentierte Noatak.

„Und wenn sie mit leeren Händen zurückkehren?"

Die Kapitäne waren zu einem Schwarzmarktkontakt aufgebrochen, um Informationen über das geheime Syndicorp-Labor zu erhalten, in dem Lisas Bruder Doug – das ursprüngliche Testobjekt für das Projekt von Syndicorp – zu finden war. Dummerweise war es nicht das erste Treffen dieser Art. Meks Probe könnte ihre einzige Hoffnung für weitere Gefährtinnen sein.

Noatak lief die kurze Strecke vom Bett zur Tür auf und ab, seine Hände zu Fäusten geballt. Er war nicht bereit dafür, dass sich die Dinge so schnell entwickelten. „Wir wissen nicht einmal, ob die Naniten ihr helfen werden. Sie hätten Lisa fast getötet.“ Er wirbelte herum und zeigte auf Joy. „Und sie wäre jetzt blind, wenn es das Kameraimplantat nicht gegeben hätte.“

„Beruhige dich, *Iluq*.“ Mek machte mit beiden Händen eine besänftigende Geste. „Wir haben die Naniten in früheren Fällen zu nahe an die kritische Sättigung herankommen lassen. Das nächste Mal plane ich, den Wirt unter ständiger Aufsicht zu behalten.“

Den Wirt. Das klang so kalt. So klinisch. Als sie zum ersten Mal über diesen Plan gesprochen hatten, Frauen einzustellen und ihnen die Naniten einzupflanzen, hatte es taktisch geklungen. Mittel zum Zweck. Jetzt, wo sie über Marlis sprachen, fühlte es sich plötzlich persönlich an. „Dies ist kein Syndicorp-Testlabor. Du sprichst von einer Person.“

„Jungs.“ Joy neigte den Kopf. „Wir haben sie noch nicht einmal gefragt. Es ist möglich, dass sie *Nein* sagt. Beruhigt euch also wieder.“

Mek spitzte die Lippen und warf Noatak einen

aussagekräftigen Blick zu. „Ich denke, sie ist im Moment die beste Kandidatin.“

„*Usviiqe!*“ Noatak atmete aus und starrte in der Nähe von Joys Monitor auf eine Stelle an der Wand. „Fein.“

Sie brauchten einen Wirt. Das konnte er nicht leugnen. Die Zukunft seiner gesamten Spezies hing davon ab.

Obwohl ihm das nicht gefiel, würde Marlis sich am Ende mit jemand anderem paaren müssen, falls Mek keine Lösung für sein Herz fand.

KAPITEL SIEBEN

Marlis hatte sich als Kind ein Zimmer mit ihrer Schwester geteilt. Die Unterkünfte auf der Hardship waren jedoch ein wenig lächerlich – zwei Etagenbetten mit einem schmalen Gang dazwischen. Im unteren Bett hatte Emmy rechts ein Bild von sich mit einem Golden Retriever aufgehängt. Eine Menagerie aus winzigen Stofftieren füllte ihr Kissen, und mehrere Kleidungsstücke lagen auf der Decke verstreut, die sie offensichtlich noch falten wollte.

Marlis warf ihren Rucksack auf die Koje über Emmys und fragte: „Haben wir Mitbewohner?"

„Ich denke, wir sind bisher die einzigen hier drin."

Weniger Namen, an die man sich erinnern

musste. Sehr gut. Sie scannte den Bereich, in dem sie von nun an schlafen würde. Ein Einbauregal nahm die gesamte Wand dahinter ein, schien jedoch für ihre Kleidung kaum ausreichend zu sein, und schon gar nicht für ihre Ausrüstung. „Wo kann ich meine Waffen verstauen?"

Emmy legte den Kopf auf die Seite. „Dafür haben sie wahrscheinlich einen Waffenschrank."

„Ich habe meine Waffen gerne griffbereit." Marlis schob ihren Gewehrkasten über die Matratze.

Emmy erhob sich von der unteren Koje und selbst stehend konnte sie kaum über die Matratze schauen. „Wirst du versuchen, alles dort hinten zu verstauen?"

„Meine E-11 kommt immer unter mein Kissen. Vielleicht kann ich eine Halterung am Fußende installieren und Fanny dort lagern." Marlis streichelte ihr MCS6-Gewehr.

„Also ..." Emmy räusperte sich. „An wie vielen Schießereien warst du bisher beteiligt?"

Marlis errötete. „Na ja, das war meine erste."

Emmys Augen weiteten sich. „Wow. Du hast so schnell reagiert. Ich nahm an, dass du so etwas ständig tun musst."

„Danke." Marlis' Reflexe waren das Einzige,

was ihr Hirnschaden nie negativ zu beeinflussen schien, und das Einzige, was der Rekrutierer jemals mit einem Kompliment versehen hatte.

„Glaubst du, du hast Joys Angreifer getötet?"

Eine vage Erinnerung an einen Pulsstrahl, der direkt auf die Stirn des Posungi zugesteuert war, spielte vor ihrem inneren Auge ab. Marlis' Kehle fühlte sich plötzlich unerklärlich beengt an. Bis zu dem Moment in der Taverne hatte sie nur Scheinübungen gemacht und auf digitale Ziele geschossen. *Verdammte Erinnerung funktioniert nur zu den ungünstigsten Zeiten.* Sie schluckte und antwortete: „Ich ... ich denke schon."

„Hast du deswegen in der Kombüse so reagiert?" Emmy legte sanft eine Hand auf ihren Unterarm.

„Nicht direkt." Sie hatte Noatak gerade alles erzählt, und jetzt musste sie sich zum zweiten Mal an diesem Tag eingestehen, wie seltsam es sich anfühlte, mit Leuten zu sprechen, die noch nicht wussten, was sie durchgemacht hatte. Personen, die nicht automatisch davon ausgingen, dass niemand sie reparieren konnte. Wenn sie und Emmy Kollegen sein, sich ein Zimmer teilen und hoffentlich sogar Freunde sein wollten, könnte Marlis ihr genauso gut alles erzählen. „Wir sind alle dem Widerstand beigetreten, also denke ich, dass es nur fair ist."

„Okay." Emmy fegte einige verstreute Dessous beiseite, setzte sich auf ihre Koje und schaute erwartungsvoll zu ihr auf.

Marlis wünschte sich gerade wirklich Twerps beruhigendes Summen herbei, also sprach sie leise vor sich hin: *Es besteht keine Gefahr.* Sie setzte sich auf das Bett, lehnte sich gegen das Fußende und zog ein Knie hoch. Als sie von ihrer Zeit auf Pulati erzählte, tauchten neue Erinnerungen auf, Details, die sie zuvor nie gewagt hätte, auszusprechen. „Mein Therapeut fragte mich immer wieder, ob ich wütend auf meine Mutter sei, weil sie mich nicht beschützt habe. Aber alles, woran ich mich erinnere, ist, wie glücklich ich war, dass meine Mama Urlaub hatte und ich sie eine Weile ganz für mich allein hatte."

Ihre Stimme brach. Jeder Zentimeter ihres Körpers zitterte und ihre Hand juckte bei dem Bedürfnis, nach ihrer E-11 zu greifen.

Emmy griff hinter sich, pflückte das Einhorn-Kuscheltier von ihrem Kissen und setzte es auf Marlis' Schoß. „Hier."

Marlis starrte auf das Plüschtier und dann

zurück zu Emmy. Dachte Emmy, dass Marlis sich wie ein Baby aufführte? „Wofür ist das?“

„Mir ist nur aufgefallen, dass du deine Hände immer wieder geballt hast. Manchmal hilft es, etwas zu haben, an dem man sich festhalten kann, wenn man über stressige Dinge spricht. Wenn du das Kuscheltier nicht willst, ist das in Ordnung.“

„Warum hast du die überhaupt mitgebracht?“

„Ich bin sentimental, schätze ich, und ich hatte noch Platz. Sie erinnern mich an glücklichere Tage.“

Das Plüschtier erinnerte Marlis daran, wie unschuldig sie vor dem Trauma gewesen war. Zu schnell war ihre Kindheit zu einem Ende gekommen. Ihr Atem schauderte, als Erinnerungen ihre Gedanken fluteten. „Meine Mutter bemühte sich wirklich sehr, ihren Instinkt als Trooper abzulegen, damit wir Spaß haben konnten.“ Marlis spürte, wie sich ein wehmütiges Lächeln auf ihren Lippen formte. „Sie sagte, jemand anderes könnte das Universum für ein paar Tage bewachen und scherzte sogar mit einigen der Troopern, bevor geschah, was .... geschah.“ Sie schaute Emmy in die Augen. „Mit denselben Troopern, die sie dann aus nächster Nähe erschossen und mich zum Sterben zurückließen.“

Emmy schnappte nach Luft und ihre Augen glitzerten vor Tränen. „Das ist ja furchtbar."

Marlis grub ihre Finger in das weiche Einhorn und wollte es in zwei Hälften reißen. „Wie habe ich das vergessen können?"

„Von dem Moment unseres ersten Schrittes wird uns gesagt, dass wir den Troopern vertrauen sollen. Und Syndicorp wollte, dass du vergisst, was passiert ist. Du wärst wahrscheinlich jetzt tot, wenn du dich in den letzten Jahren an alles erinnert und dies ausgesprochen hättest."

„Glaubst du, diese Piraten können wirklich einen Widerstand hervorrufen? Dass es irgendeine Hoffnung gibt, Syndicorp für das, was sie getan haben, bezahlen zu lassen?"

„Ich hoffe es!" Emmy runzelte die Stirn. „Obwohl ich mir nicht sicher bin, wie genau ich helfen kann."

„Du hast einen tollen Job gemacht, als du Joy verarztet hast." Der Themenwechsel fühlte sich gut an — als hätte sich die Schwerkraft des Schiffes gerade verringert. „Vielleicht kannst du dem Arzt des Schiffes zur Hand gehen?"

„Ich musste bei meiner psychiatrischen Ausbildung ein Praktikum in einer medizinischen Einrichtung absolvieren, aber bei dem Anblick von

Blut wird mir schwindelig." Emmy erschauderte theatralisch.

Marlis zog die Augenbrauen hoch. „Wirklich? Hätte ich nie gedacht. Du hast das mit Joy so gut gemacht."

Jemand klopfte an den Rahmen der Tür und eine Sekunde später spähte Noatak in den Raum. „Habt ihr euch eingelebt?"

„Ich denke schon." Emmy lächelte ihn an und zeigte auf die Koje über ihren Köpfen. „Obwohl Marlis wohl mehr Platz für ihre zusätzlichen Waffen gebrauchen könnte."

„Ich habe keine *zusätzlichen* Waffen." Marlis sah auf das Einhorn in ihrem Schoß und drückte es hastig Emmy in die Hand. „Und Emmy wird mit all diesen Stofftieren nirgendwo schlafen können."

Noataks Blick schweifte über das Einhorn, bevor er bei etwas in der Nähe von Marlis' Knie innehielt. Sein Mundwinkel zuckte. Sie folgte der Richtung seines Blicks zu einem orangefarbenen Spitzenhöschen, und obwohl es nicht ihres war, errötete sie.

„Ihr könnt euch beide ein Schließfach im Frachtraum für *zusätzliche* Gegenstände aussuchen." Sein Lächeln verblasste und er trat zurück in den

Korridor. „Marlis, hast du ein paar Minuten? Der Doc möchte mit dir sprechen."

„Der Arzt? Warum?" Hatte das etwas mit ihrem Zusammenbruch in der Kombüse zu tun? Hoffentlich hatte sie sich nicht schon jetzt von diesem Job disqualifiziert.

Noatak rieb sich die Schläfe. „Er hat sich deine KI angesehen. Und will darüber mit dir sprechen."

Twerp. Selbst wenn sie das Armband nicht trug, war die KI ein leidiges Ärgernis. Sie schluckte schwer, nickte und rutschte aus der Koje. Marlis warf ein besorgtes Lächeln zu Emmy und folgte Noatak den Korridor hinunter zu einer kleinen Krankenstation.

Der Arzt saß mit dem Rücken zur Tür auf einem Hocker, während er durch Computerdateien scrollte. Er musste sie gehört haben, denn er drehte sich um und begrüßte sie. „Marlis. Ich bin so froh, dass du hier bist." Er klopfte auf den Untersuchungstisch. „Bitte setz dich."

Das tat sie und wandte sich dem Arzt zu. Sie war in ihrem Leben so oft untersucht worden, dass es sich fast anfühlte, als wäre sie wieder zuhause. Nur dass Noatak reglos im Türrahmen stand. Machte er sich Sorgen um sie? Obwohl er im

Grunde gesagt hatte, dass sie auf Bewährung war, schien er sie in der Crew haben zu wollen. Hoffentlich würde er bleiben, zumal sie sich nicht an den Namen des Arztes erinnern konnte.

„Hast du schonmal von Nano-Bots gehört?", fragte der Arzt.

„Sicher", antwortete sie mit einem Achselzucken. „Winzig kleine Computer, oder?"

„Hat auch jemand erwähnt, dass Menschen und Denaidaner keinen Sex haben können?"

„Äh, was? Gut, dass ich nicht dafür hier bin." Sie lenkte ihren Blick auf Noatak, der immer noch in der Tür stand. Sie hatte keine Ahnung, in welche Richtung dieses Gespräch unterwegs war. Verschlimmerte sich ihre Hirnverletzung? Sie griff nach ihrem Handgelenk, suchte nach Twerps beruhigender Präsenz. *Weg.* „Ich dachte, du wolltest mit mir über meine KI sprechen."

Noatak entließ ein Grummeln und machte einen kleinen Schritt in den Raum. „Meks Fähigkeiten als Doktor sind viel besser ausgeprägt als seine Kommunikationsfähigkeiten. Er versucht, zu sagen, dass er denkt, dass er deine Hirnverletzung mit Naniten beheben kann."

„Dieselbe Technologie, die einen Menschen zu

einem kompatiblen Partner für unsere Art macht",
fügte Mek hinzu, als ob das der wichtigste Teil
dieses Gesprächs wäre.

Sie starrte den Arzt an. In dem Moment
erinnerte sie sich an Twerps Warnung in Bezug auf
Sexhandel. „Du willst dich mit mir paaren?"

Mek hob beide Handflächen. „Nein! Ich meine,
nicht ich persönlich. Also —"

Noatak kam ihm zu Hilfe, seine riesige Form für
sie wie eine Bedrohung und ein Trost zugleich.
„Niemand würde es wagen, dich ohne deine
Erlaubnis anzufassen."

„Natürlich nicht!" Der Arzt atmete schwer aus.
„Sexuelle Kompatibilität wäre in diesem Fall
einfach ein Nebeneffekt. Unser vorrangiges Ziel ist
es, die volle Leistungsfähigkeit deines zentralen
Nervensystems wiederherzustellen."

Sie drückte die Schultern durch. „Willst du
damit sagen, dass die Naniten mich tatsächlich
heilen können? Und meine Fähigkeit, mich an
Dinge zu erinnern?"

Der Arzt antwortete: „Ich kann keine
Versprechungen machen, aber ja, die Naniten
könnten möglicherweise die kognitive Funktion
wiederherstellen, die durch Hirnschäden verloren
gegangen ist."

„Dann los!" Sie sah erwartungsvoll zwischen den beiden Männern hin und her. „Was muss ich tun? Eine Einwilligungserklärung unterschreiben? Was?"

Der Arzt hob eine Hand hoch, um sie zum Schweigen zu bringen. „Nicht so eilig. Ich muss zuerst einen Baseline-Scan machen. Außerdem möchte ich, dass du umfassend informiert bist, bevor wir fortfahren. Für den Prozess gibt es ein paar Anforderungen."

Die Aussicht, geheilt zu werden – wieder normal zu sein –, fühlte sich regelrecht unwirklich an. „Was auch immer notwendig ist, lasst es uns tun."

„Zuallererst musst du versprechen, während der Behandlung keinen Sex zu haben."

Ihr Blick rutschte unwillkürlich zu Noatak. „Aber hast du nicht gesagt, die Naniten würden mich kompatibel machen?"

Die Intensität, die sie in Noataks Augen sah, fühlte sich an wie ein Transponderstrahl. Sie erkannte diesen Hunger, aber nie zuvor hatte er so viel Hitze zwischen ihren Beinen verursacht wie jetzt. Sie wandte sich von ihm ab und versuchte, sich auf das zu konzentrieren, was Mek sagte.

„Die Naniten werden deine Gehirnstruktur und

-chemie verändern und dich so zu einer Gefährtin für Denaidaner machen, aber kommt es zu einem Höhepunkt beim Geschlechtsakt, zerstört das die Naniten", sagte Mek. „Dieses Angebot ist nicht völlig altruistisch – du wirst ein Wirt sein, um Naniten zu erschaffen und uns zusätzliche Proben zur Verfügung zu stellen, und das benötigt Zeit."

„Oh." Doch etwas verwirrend. Sie brauchte Twerp mehr denn je. „Wann kann ich meine KI zurückhaben? Sie interpretiert solche Sachen für mich."

„Tovik ist fast mit seinem Check fertig und dann bekommst du dein Armband zurück", sagte Mek. „Wir wollen vollkommen transparent sein, wenn es darum geht, was du damit zu erwarten hast. Sei versichert, dass ich dich genau auf etwaige Nebenwirkungen hin beobachten werde."

„Nebenwirkungen? Was für Nebenwirkungen?" Das klang immer weniger nach einer sicheren Sache.

„Die Naniten wurden als Experiment in Cyberempfindlichkeit entwickelt. Sie werden sich wahrscheinlich in der Nähe von Computersystemen aktiver verhalten. Es kann zu Aussetzern kommen, aber ich glaube, dass ich mit der richtigen Überwachung diese Ereignisse minimieren kann."

Nun war Marlis wirklich verwirrt. „Ich dachte, du hättest gesagt, diese Naniten hätten etwas mit dem denaidanischen Gefährtenbund zu tun. Jetzt sagst du, dass sie aus einem anderen Grund entwickelt wurden. Woher kam diese Technologie ursprünglich?"

Die beiden Männer tauschten Blicke aus, die ihr nicht gerade gefielen, und Noatak antwortete: „Wir haben sie aus einem geheimen Syndicorp-Labor."

Das überraschte sie nicht. Marlis rieb sich die Schläfen. Die Versuchung, einfach nur *Scheiß drauf* zu sagen und zuzustimmen, war stark in ihr ausgeprägt. Sie wollte geheilt werden, wollte normal sein. Aber mit so vielen Informationen traute sie sich nicht, eine vernünftige Entscheidung zu treffen.

„Du musst uns deine Antwort nicht sofort geben", sagte Noatak und funkelte den Arzt an.

„Richtig." Mek nickte bedächtig. „Obwohl früher besser wäre als später. Meine verbleibende Probe lässt schnell nach und wird bald nutzlos sein, es sei denn, wir finden einen neuen Wirt." Er zog den Scanner der Krankenstation von der Wand zum Untersuchungstisch. „Marlis, wenn es dir nichts ausmacht, würde ich gerne sofort mit nicht-invasiven Baseline-Scans beginnen. Auf diese Weise können wir dir die Probe unverzüglich einsetzen, wenn du entscheidest, mit dem Verfahren fortzufahren.“

„Gibt es nicht noch eine Sache, die du ihr sagen musst?“, fragte Noatak monoton.

„Oh, richtig.“ Ein grünlicher Farbton kroch über das Gesicht des Arztes. „Ich bin mir selbst voraus. Der Prozess bewegt sich auf einem schmalen Grat. Wir müssen lange genug warten, sodass sich neue Naniten formen können, die den Job beenden, und das, ohne zu riskieren, dass sie deinen Körper vollständig an sich reißen. Jedoch müssen sie zerstört werden, bevor sie eine kritische Sättigung erreichen.“

„Kritische Sättigung? Das klingt ... schlecht.“ Sie schluckte und sah wieder zu Noatak. Es fühlte sich an, als ob Hitzewellen von ihm ausstrahlten, als ob sein Blick sie erneut wie ein Transponderstrahl anzog.

Obwohl er sich auf sie konzentrierte, waren Noataks Worte für Mek gedacht: „Könntest du dich noch ungenauer ausdrücken, Doktor?“

„Ich versuche, nicht vulgär zu sein, Noatak.“ Mek verschränkte die Arme vor der Brust.

Diesmal sprach Noatak direkt mit ihr: „Der

einzige Weg, wie wir derzeit die Nanitenreplikation abbrechen können, ist mit Sex."

Zu ihrer Überraschung breitete sich Erleichterung in ihr aus. „Oh, ist das alles?"

KAPITEL ACHT

Noatak drehte sich in seiner Koje von links nach rechts und wieder zurück. Er konnte einfach keinen Schlaf finden. *Sie will die Naniten.* Er wusste es, konnte es in ihren Augen sehen, und trotz Meks warnendem Blick bestätigte er es mit einem Ionenimpuls. Noatak konnte nicht anders. Der Instinkt war einfach zu stark. Was er entdeckt hatte, war, dass Marlis keine Angst hatte, nicht einmal vor der Idee eines Gefährtenbundes. Sie war die perfekte Kandidatin. Sobald die Kinship zurückkehrte, würde jeder der Besatzung sofort versuchen, sie zu umwerben, und er glaubte nicht, dass er es ertragen könnte, zuzusehen, wie sie die Annäherungsversuche eines anderen Mannes akzeptierte.

Ein Klopfen riss ihn aus seinen dösenden Gedanken und sein Herz vollführte in seiner Brust einen Salto. *Marlis?* „Komm rein."

Mek trat ein und schloss die Tür hinter sich. „Was glaubst du eigentlich, was du da machst?"

„Versuchen, zu schlafen?", murrte Noatak und drückte die Enttäuschung nieder. „Wie geht's Marlis?"

„Ich bin nicht hier, um über sie zu reden." Mek zeigte mit dem Finger auf Noatak. „Ich habe gespürt, wie du sie in der Krankenstation angestupst hast."

Noatak warf die Decke von sich, stand auf und suchte nach seiner Hose. „Einen Denaidaner zu bitten, seine Kräfte nicht zu nutzen, ist wie einen *Qilzri* zu bitten, nicht zu fliegen. Meine Flügel auszubreiten ist ein Reflex."

„Du kannst nichts mit ihr anfangen." Mek verschränkte die Arme vor der Brust. „Es tut mir leid. Ich weiß, dass du sie magst, aber das geht einfach nicht."

Noatak schloss seine Hose und richtete seinen Blick auf den Arzt. „Es ist möglich, dass ich die Paarung überlebe."

Mek seufzte. „Möglich ist auch, dass du eine Witwe mit gebrochenem Herzen zurücklässt. Ich weiß, dass du es nicht hören willst, aber es ist meine Aufgabe, dich an die Konsequenzen zu erinnern."

Er starrte den Arzt an. „Ellam Cua, ich kenne die Konsequenzen. Geh jetzt zurück in dein Labor und finde einen Weg, mich zu heilen." Einen halben Herzschlag später fügte er hinzu: „Bitte."

„Du bist ein sturer *Terpak*." Leicht genervt warf Mek die Hände hoch und drehte sich zur Tür. „Mal sehen, was ich für dich tun kann."

Noatak war wieder einmal allein in seinem Quartier und wusste einfach, dass er heute keinen Schlaf mehr finden würde. Er hatte viele schlaflose Nächte im Frachtraum mit dem Boxsack verbracht, wo es stets darum ging, sein Verlangen nach Stims zu vergessen. Vielleicht würde ihn die Methode auch von Marlis ablenken.

Oberkörperfrei betrat er den schwach beleuchteten Korridor. Während dieser Zeit war es auf dem Schiff recht ruhig. Selbst das Brummen der Motoren war kaum zu hören. Er erreichte die Kreuzung zwischen der Kombüse und dem Quartier der Frauen und hielt kurz inne, als er sich vorstellte, wie Marlis in ihrer Koje auf der Seite lag, die Kurve ihrer Hüfte unter der Decke sichtbar. Sie schlief wahrscheinlich mit der E-11 in der Hand, während ihre langen Wimpern dunkle Schatten auf ihre Wangen warfen und ein sanftes Lächeln auf ihren Lippen vorherrschte. Wie würde es sich anfühlen, in ihr Zimmer zu schleichen und sie wach zu küssen?

Usviiqe. Er schüttelte den Kopf und drehte sich zum Frachtraum. Diese Frau ging ihm unter die Haut.

Er machte sich nicht die Mühe, mehr Lichter in der Bucht anzumachen. Er kannte jeden Quadratzentimeter dieses Schiffes und es wäre nicht das erste Mal, dass er im gedämpften Licht boxte. Oftmals spürte einer seiner *Iluqs* seine Unruhe und kam zu ihm, um ihm schweigend Gesellschaft zu leisten.

Ein kleiner Ring geformt durch leere Container bildete in einem Bereich der Bucht Platz für das Training. Mehrere Griffe waren an der Wand und der Decke für das Antigravitationstraining befestigt worden, und ein Waffenregal hielt ein paar Messer und kleine Nahkampfwaffen bereit. In der Ecke hing ein Boxsack, dessen abgenutzte Polsterung schon so oft repariert werden musste, dass er nur noch aus Nähten bestand. Noatak rollte die Schultern und führte ein paar Schläge zum Aufwärmen in die Luft aus, bevor er mit den Knöcheln auf den Boxsack einschlug. Er war seit etwa fünfzehn Minuten dabei, als die Stimme einer Frau seinen Fokus erschütterte. „Würde es dir etwas ausmachen, wenn ich dir Gesellschaft leiste?"

Er drehte sich um und schaffte es gerade so, nicht zu sabbern. Marlis stand dort in nichts als einem Tanktop, das über ihre vollen Brüste gespannt war, und einer losen Hose, die direkt unter ihren Knien endete. Er holte tief Luft und befahl seinem Schwanz, sich zu beruhigen.

„Kannst du auch nicht schlafen?", fragte er.

Sie rieb sich das Handgelenk. „Ich vermisse Twerp."

„Tut mir leid, dass Tovik so lange braucht. Das Erste, was ich morgen tun werde, ist, zu ihm zu gehen."

„Danke. Sie ist eine Nervensäge, aber man gewöhnt sich irgendwie daran, dass sie einem die ganze Zeit Bericht erstattet."

Er beobachtete, wie sie die Finger um ihr schlankes Handgelenk legte. „Sie?"

Marlis schenkte ihm ein schiefes Lächeln. „Ich weiß, dass Syndicorp sagt, Computerprogramme haben keine Rechte, aber KI ist empfindungsfähig, und Twerp ist mein beständigster Freund."

Da war es wieder. Diese Loyalität, die er so bewunderte. Er nickte verständnisvoll.

Sie ging zum Waffenschrank, zog eines der Messer heraus und testete die stumpfe Kante mit einem Daumen. „Folgt ihr auf dem Schiff einer Workout-Routine?“

„Nicht direkt, nein.“

Sie warf ihm das Messer zu und nahm sich ein zweites. „Wie wäre es, wenn du mir zeigst, was du drauf hast?“

Er grinste und weitete seine Haltung. Jede Zelle in seinem Körper sehnte sich danach, seine Kraft heraufzubeschwören, um ihr zu demonstrieren, zu was er mit seiner Ionenmacht in der Lage war, doch er drückte diesen Drang nieder. Damit würde er sich ohnehin nur schaden, und seine Fähigkeiten gegen einen Menschen einzusetzen, war bei einer Trainingsrunde wirklich nicht fair. „Glaubst du, du kannst mich bezwingen?“

Sie zog eine Augenbraue hoch und wirbelte das Messer fachmännisch zwischen ihren Fingern, bevor sie ihren Griff festigte. „Wie zählen wir? Auf dem Kreuzer hatten wir elektrische Westen, die während des Trainings Treffer registrierten.“

„Du trägst keine Weste.“ Er konnte nicht anders, als einen Blick auf ihre Brust zu werfen.

Sie schob ihre Schultern zurück, und durch den Ausdruck in ihren Augen war er sicher, dass sie genau wusste, welche Wirkung das auf ihn hatte. „Was schlägst du also vor?"

„Konzentrieren wir uns auf die Entwaffnung. Der Erste, der die Waffe fallen lässt, schrubbt morgen die Küche."

„Ich habe eine bessere Idee." Sie warf das Messer in die Luft, fing es auf. „Wenn ich gewinne, lässt du mich meine Schwester anrufen."

Die glitzernde Klinge zusammen mit dem Funkeln in ihren Augen faszinierte ihn genug, sodass er fast zugestimmt hätte. Fast. „Ich habe dir doch gesagt, dass wir dafür warten müssen, bis der Kapitän zurückkehrt."

„Es muss keine zweiseitige Kommunikation sein. Sie hat eine neue Position und wird wahrscheinlich sowieso beschäftigt sein. Ich möchte ihr nur eine Nachricht hinterlassen, dass ich in Sicherheit bin. Ich werde ihr sagen, dass ich einen aufregenden neuen Job auf einem Frachtschiff an Land gezogen habe, und sie wird denken, dass ich einfach vergessen habe, Details zu erwähnen."

Er seufzte. Das war akzeptabel. „Gewinnst du also, kannst du deine Schwester anrufen. Was ist, wenn ich gewinne?"

Sie spitzte verführerisch ihre rosa Lippen und

zuckte mit den Schultern, wodurch sein Blick erneut auf ihre Brüste fiel. „Was willst du?"

Er kniff die Augen zusammen. In seinem Bauch brannte ein Feuer. Ihm gefiel, wie zielbewusst sie war. Sie hatte diesen Job gewollt, wollte ihre Schwester anrufen ... wollte ihn. Ellam Cua, er betrachtete gerade seine perfekte Gefährtin, und durch die Art, wie sie seinem Blick begegnete, war er sicher, dass sie ihn auch wollte. Der Drang, sie erneut mit seinem Ionensinn anzustupsen, erhob sich in seiner Brust, jedoch drückte er ihn nieder und knurrte: „Mek würde es nicht gefallen, was ich von dir will."

„Ich weiß, dass wir nicht kompatibel sind ... noch nicht. Aber es könnte Spaß machen, herauszufinden, wie kompatibel wir sein könnten."

Sein Schwanz zuckte. Er entließ ein heiseres Geräusch und bemerkte nach einer Weile, dass er wie ein Idiot nickte.

Mit einem schiefen Grinsen stürzte sie sich auf ihn.

Gerade rechtzeitig konnte er sich wieder fassen, wich aus und wollte ihr mit der Klinge seines Messers einen Klaps auf den Arsch geben, erwischte jedoch nur Luft. Als sie sich zu ihm umdrehte, grinste er sie an. „Frecher kleiner *Tunrak*!"

Sie lachte und hob mit funkelnden Augen ihr Kinn. „Ja, das bin ich."

Er gab vor, nach ihrem Messer zu greifen. Sie duckte sich, streckte ein Bein aus und versuchte, ihn zu Fall zu bringen. Er packte sie am Knöchel, aber sie schaffte es, sich aus seinem Griff zu befreien. Sie wichen einander aus, griffen an und nach ein paar Minuten kamen sie ins Schwitzen. Er musste zugeben, dass sie gut war. Sie würde jedem in den Galactic Ops einen harten Wettkampf bieten.

Er ging in eine Angriffsposition, die Knie gebeugt, raste auf sie und versuchte es mit roher Gewalt. Sie hob ein Knie, das ihn direkt am Kiefer erwischte. Er sah Sterne, nahm jedoch kein Tempo heraus. Stattdessen packte er sie und drängte sie zu den Matten.

Sie schlugen hart auf den Boden, aber sie rollte sich aus seinem Griff und kam sofort wieder auf die Beine.

„*Assirpaa*!" Er griff nach seinem Messer, sprang auf die Füße und stellte sich ihr erneut. „Du scheinst deine Schwester wirklich dringend anrufen zu wollen."

„Oh ja." Die Verspieltheit in ihrem Ausdruck

nahm eine gewisse Härte an. Sie senkte ihre Schutzmauer für einen Moment, als wollte sie noch mehr sagen.

Bevor sie sprechen konnte, attackierte er.

Sie musste geblufft haben, denn sie sprang im selben Augenblick, rollte sich über seinen Rücken und hielt sich dabei an seiner Waffenhand fest. Ihr Knie krachte bewusst gegen seinen Arm, um ihn zu entwaffnen. Seine Hand fühlte sich taub an, als sich sein Ellbogen in die falsche Richtung bog. Die Frau war stark und wusste genau, wo sie Druck ausüben musste. Aber er war stärker. Er spannte seinen Bizeps an und befreite sich. Bevor sie ausweichen konnte, umklammerte er sie von hinten mit beiden Armen. Er riss sie an seine Brust und hielt die Klinge seines Messers nach außen gerichtet.

Mit dem Ellbogen schlug sie ihm in die Rippen, sodass er grunzte. Er würde morgen blaue Flecken haben und doch festigte er die Arme um sie. Er behielt einen Arm um ihre Taille und zog mit der anderen ihren Messerarm zu sich. Mit seinen Kräften hätte er ihr einen kleinen Stromschlag durch den Arm geschickt, um sie dazu zu bringen, die Waffe freizugeben. So wie es war, musste er sich darauf verlassen, dass seine Finger Druck auf ihre Sehne ausübten.

Sie atmete schwer, wand sich, wehrte sich gegen seinen Griff, und der dünne Schweißfilm auf ihrer Haut roch köstlich nach frischer Wäsche und Moschus. Er atmete tief ein, fasziniert von der cremeweißen Haut ihres Halses, von der Art und Weise, wie sich ihr weiches Haar in seinem Bart verhing. Sie wölbte den Rücken und keuchte, als sie versuchte, sich zu befreien.

Ihr Arsch, der sich so gegen seinen Schritt presste, zog eine gänzlich andere Reaktion nach sich, als den Drang zu kämpfen. Jede Bewegung ihrer Muskeln zwang ihn, sie fester an sich zu pressen, sodass sein Schwanz mit jeder Sekunde härter wurde. Sie wölbte sich wieder und rotierte ihre Hüfte auf eine Weise, die nichts mit dem Wunsch zu tun hatte, von ihm loszukommen.

Sie kämpfte nicht fair.

Usviiqe. Wenn sie schmutzig kämpfen wollte, würde er das auch. Er senkte den Mund, fuhr mit der Zunge über die Schale ihres Ohrs und drückte mit dem offenen Mund einen besitzergreifenden Kuss auf ihren Hals, kostete von ihrer weichen salzigen Haut. Sie schnappte nach Luft, erschauerte und ihre rotierende Hüfte erstarrte. „Du schummelst!"

Er schlang auch seinen anderen Arm um ihre

Hüfte und rieb seine Erektion an ihrem Arsch. „Tue ich das?"

Sie kämpfte gegen seinen Halt, und der Duft ihrer Erregung erreichte ihn und überschwappte ihn mit Pheromonen und Hitze. Ein Instinkt stieg in ihm auf, das Bedürfnis, seine Sinne zu öffnen und zu überprüfen, ob sie eine kompatible Gefährtin war. Stattdessen schnellte er noch einmal mit der Zunge über ihr Ohr und breitete seine Handfläche auf ihrem Brustkorb aus, direkt unter einer Brust.

„Wir sollen uns gegenseitig entwaffnen", keuchte sie. Sie wölbte ihren Rücken wieder und schaffte es so, dass sich seine Erektion in der Spalte ihres Hinterns einfand. „Das war die Abmachung."

„Dann entwaffne mich." Er drückte das abgerundete Ende seines Messergriffs zwischen ihre Schenkel.

Sie schnappte nach Luft und stieß zittrig den Atem aus, eine Reaktion, die drohte, ihn jeglicher Kontrolle zu berauben.

Anaq, Mek würde ihn umbringen. Marlis war jedoch die heißeste Frau auf dieser Seite der Galaxie, und jedes Atom seines Wesens drängte ihn, sie zu seiner zu machen.

„Kämpfst du immer so schmutzig?" Ihre Stimme war ein heiseres Flüstern.

Als Antwort presste er seinen Schwanz gegen sie, während er das Ende des Griffes über ihre Mitte rieb und ihre Klitoris durch den Stoff massierte.

Sie erschauerte und presste die Oberschenkel zusammen. „Ich nehme das als ein *Ja*.“

Mit ihrer freien Hand griff sie hinter sich, legte die Hand seitlich auf seinen Arsch und zog ihn näher an sich. Dann rotierte sie sinnlich ihre Hüfte, rotierte und rotierte. Er war sich nicht sicher, ob sie es tat, um seine Erektion auf ihrem Hintern zu spüren oder um mehr Druck auf ihre Klitoris auszuüben. Beides reichte aus, um ihn in den Wahnsinn zu treiben. Ihr Moschusduft füllte seine Sinne erneut, und er stöhnte.

Mit der Hand auf ihrem Brustkorb glitt er nach oben, fand sich auf ihrer Brust ein und neckte den Nippel durch das Material ihres Tanktops. Er rollte die Knospe zwischen Zeigefinger und Daumen, bis sie sich aufrichtete. Ihr Hinterkopf kam in Kontakt mit seinem Schlüsselbein, sodass sie vor ihm ihre Kehle entblößte. Er nahm die Einladung an und benutzte seine Zähne, um den Träger von ihrer Schulter zu schieben und mit seinem Bart ihre entblößte Haut zu betören.

Sie drehte ihm ihr Gesicht zu, die Lippen leicht geöffnet, gelbbraune Augen auf halbmast. Die nächste Einladung. Er fing ihre Lippen ein. Das Bedürfnis, sie zu fühlen, sie zu streicheln, jeden Zentimeter von ihr zu schmecken, war überwältigend. Er warf sein Messer beiseite und benutzte nun seine Finger zwischen ihren Schenkeln, bekam nicht genug von der nassen Hitze, die er dort fand. *Assirpaa!* Wie lange war es her, dass er eine Frau berührt hatte? Und Marlis war nicht irgendeine Frau; sie war in jeder Hinsicht perfekt.

In der nächsten Sekunde drehte sie sich um, ohne ihre Lippen von seinen zu nehmen, und sie wagte sich mit ihrer Zunge vor. Sein Blut verwandelte sich in Magma, seine ganze Existenz brannte vor Begierde nach ihr. Sein sekundäres Herz schlug im Gegensatz zu seinem Hauptherz in einem hektischen Rhythmus. *Beanspruche sie für dich. Beanspruche sie für dich. Beanspruche sie für dich.*

Er widersetzte sich seinem ionischen Instinkt, konzentrierte sich stattdessen auf ihre Bedürfnisse und packte ihren Arsch mit beiden Händen. Ihr Körper war ein Spiel der Kontraste, Muskeln unter weichen, weiblichen Kurven, ausgestattet mit einer Stärke, die einer völligen Unterwerfung unter seiner verwüstenden Zunge zugrunde lag. Er bekam nicht genug von ihrem Mund, kostete und kostete, verschlang sie, während er sie noch näher an sich zog.

Ihre Finger glitten über die nackte Haut an seinem Rücken und hinterließen einen Pfad, der prickelnde Hitze nach sich zog. Ellam Cua, er wollte sie nackt unter sich haben. Er wollte jeden Zentimeter von ihr kosten und keinen davon unberührt lassen.

Plötzliches Licht erfüllte den Frachtraum und eine weibliche Stimme hallte von der Brücke zu ihnen. „... vielleicht könnten wir untersuchen, wie wir den Drehmomentmodulator auf dem –"

„Noatak!" Toviks Stimme übertönte den Rest des Satzes. „Du und Mek habt mir gesagt, ich soll eine kalte Dusche nehmen und doch bist du jetzt hier unten allein mit ihr! Das ist so ungerecht!"

Noatak ließ von Marlis ab und sie trat mit einem schelmischen Grinsen von ihm weg. Mit ihrem Messer zeigte sie auf seins, das er vor wenigen Minuten von sich geworfen hatte. „Ich glaube, ich habe unsere Wette gewonnen."

Er konnte nicht anders und lachte. „Frecher kleiner *Tunrak*!"

KAPITEL NEUN

arlis versuchte, cool zu bleiben, ihre Beine jedoch fühlten sich noch immer wie Wackelpudding an, allein von der Intensität, die Noatak in den Kuss mit ihr gelegt hatte. Sie hatte ein kleines Zwischenspiel vorausgesehen und auch darauf gehofft, aber niemals hatte sie erwartet, dass er auf diese Weise die Führung übernehmen würde. Sie war normalerweise die treibende Kraft in einer Beziehung, und sie fühlte sich aus dem Gleichgewicht gebracht, ganz zu schweigen davon, dass sie sich am liebsten hier und jetzt von ihren Klamotten befreien und Noatak – Naniten oder nicht – geben wollte, was auch immer er im Sinn hatte.

Sie hob ihren Blick von Noataks nackter Brust und sah zu der Brücke hoch. Tovik hatte es wahrscheinlich schockiert, sie zusammen zu sehen. Sie räusperte sich. „Hey, Tovik."

Toviks Augen waren von einer Enttäuschung erfüllt, die sie an einen verlassenen Welpen erinnerte. Er hob seine Hand, von deren Fingern das Armband mit ihrer KI baumelte. „Ich habe deine KI überprüft. Sie stellt kein Problem dar." Er warf Noatak einen angewiderten Blick zu, sprang auf das Unterdeck neben ihnen und reichte Marlis das Band. „Jetzt bist du wieder, wo du hingehörst, Twerp."

Twerp antwortete: „Danke, Tovik."

„Gern geschehen." Tovik verlagerte seine Aufmerksamkeit von der KI auf Marlis. „Ich habe ihren drahtlosen Sensor deaktiviert. Du verfügst nicht länger über räumliche Daten oder ein Ortungsgerät, aber das Schiff ist klein, also denkt Twerp, dass du klarkommen solltest."

„Ich habe Tovik alle meine Assistenzparameter zur Verfügung gestellt", sagte Twerp.

Marlis schluckte. Das bedeutete, dass er genau wusste, was mit ihr nicht stimmte. Irgendwann wäre diese Information wohl ohnehin ans Licht gekommen. „Das ist in Ordnung, Twerp."

Toviks Mund formte sich zu einem nachsichtigen Lächeln. „Twerp, wenn du Marlis überreden kannst, dir einen visuellen Sensor zu geben, lass es mich wissen. Ich habe ein paar Ideen."

Marlis legte sich ihre KI um ihr Handgelenk und lächelte den jungen Mann an. „Es ist schlimm genug, dass sie sich ständig in alles einmischen muss. Ich habe wirklich keine Lust darauf, dass sie mir auch noch über die Schulter schaut."

Noatak gluckste und ging das Messer holen, das er auf das Deck geworfen hatte.

Tovik neigte den Kopf. „Sie ist empfindungsfähig, weißt du. Stell dir vor, wie viel glücklicher sie wäre, wenn sie sehen könnte."

Twerp erhob die Stimme: „Danke, Tovik. Ich bin empfindungsfähig. Alle von Syndicorp genehmigten KIs müssen jedoch Programmierprotokolle enthalten, um die Autonomie einzuschränken. Damit soll verhindert werden, dass eine KI einem Menschen absichtlich Schaden zufügt. Ich habe lange über die Idee des freien Willens nachgedacht und —"

„Es reicht jetzt, Twerp", sagte Marlis und schüttelte ihr Handgelenk. „Du und Tovik könnt später philosophieren."

Noatak streckte eine Hand nach ihrem Messer aus und sie übergab es. Ihr wurde warm, als sie sich daran erinnerte, wie er den Griff an ihre erogene Zone zwischen ihren Schenkeln gepresst hatte. Er legte beide Waffen zurück in das Regal und fragte sie: „Bist du bereit, deiner Schwester eine Nachricht zu schicken?"

„Danke, dass du dich um Twerp gekümmert hast, Tovik." Mit einem letzten Lächeln folgte sie Noatak die Stufen hinauf und den Korridor entlang. Sie erreichten den Kontrollraum des Schiffes. Kaum zu glauben, dass dieser winzige Bereich die Kommandozentrale war. Noatak deutete auf den Stuhl rechts und ließ sich mit seiner massiven Form auf dem Sitz auf der gegenüberliegenden Seite nieder, wobei er sich so fast den Kopf an der Decke gestoßen hätte. Die riesige Scheibe mit Blick nach draußen gab ihr das Gefühl, im Weltraum zu stehen.

Noatak tippte auf die Konsole und zog das Kommunikationssystem hoch. „Dies ist der einzige Ort auf dem Schiff mit Zugang zu externer Kommunikation. Nachdem du deine Nachricht aufgezeichnet hast, muss ich die Identifizierungscodierung entfernen. Erst dann können wir sie senden."

Sie lächelte, dankbar, dass sie ihrer Schwester sagen konnte, dass sie in Sicherheit war und einen Job hatte. Also konzentrierte sie sich auf den schwebenden Kommunikationsbildschirm und nahm das Video auf. „Hey, Attie! Gute Neuigkeiten! Ich habe eine Stelle auf einem kleinen Frachtschiff gefunden. Wir sind immer noch in der Nähe der Station und warten auf ein anderes Raumschiff, aber dann geht's los! Bis jetzt läuft es gut ..." Sie warf einen Blick auf Noatak und sie spürte, wie sich ihre Wangen erhitzten. Sein Gesichtsausdruck war unlesbar, und sie fragte sich, was ihm gerade durch den Kopf ging. *Konzentriere dich auf Attie.*

Sie lehnte sich näher an den Bildschirm und sagte: „Ich kann es kaum erwarten, dir alles darüber zu erzählen. Oh, und nur damit du es weißt, Dad hat versucht, mich zu sabotieren, also rede ich im Moment nicht mit ihm. Wenn du mit ihm sprichst, sag ihm, dass er ein Arschloch ist."

Sie schnitt die Aufnahme ab und sah zu Noatak. Er übernahm, die Finger flogen über das Bedienfeld, als er die Identifikation aus der Nachricht nahm und sie verschickte.

„Danke", sagte Marlis.

Er nickte, scheinbar unfähig, ihrem Blick zu

begegnen. „Du solltest dir etwas Ruhe gönnen. Es war ein langer Tag."

„Für uns beide." Hatte sie etwas gesagt oder getan, um ihn zu verärgern? Alles, woran sie sich erinnerte, war das Gefühl seiner Hände auf ihrem Körper. Es wäre jedoch nicht das erste Mal, dass sie Dinge getan hatte, die jemanden verärgerten. Nervös drehte sie ihr Armband um ihr Handgelenk. Da sie Twerp jetzt zurückhatte, um ihr zu helfen, die Dinge zu verstehen, war es an der Zeit, mit dem Arzt über die Naniten zu sprechen, die ihr Gedächtnis reparieren sollten. „Glaubst du, Mek ist schon wach?"

Er sah auf ihre Hände und hob dann seinen Blick zu ihrem Gesicht. „Willst du mit ihm über die Naniten reden?"

Ein Anflug von Nervosität machte sich in ihrer Mitte bemerkbar. Obwohl ihr Hauptziel für die Naniten darin bestand, ihr Gehirn zu heilen, waren die Maschinen für Noatak eher mit einem Gefährtenbund gleichzusetzen. Und nach der Sache im Frachtraum zu urteilen, war er motiviert, ihr in dieser Angelegenheit beizustehen. „Denkst du, ich sollte sie akzeptieren?"

Sein Gesicht zuckte und er knirschte mit den

Zähnen, als ob er sich gegen seine Wünsche zur Wehr setzte. „Was ich denke, ist irrelevant."

„Aber ich respektiere deine Meinung." Sie neigte den Kopf. Warum reagierte er so ausweichend?

Er streichelte seinen Bart und seufzte. „Eine Sache, die Mek nie erwähnt hat, ist, dass Menschen und Denaidaner, die sich paaren, eine dauerhafte Bindung zu schmieden scheinen. Du wirst wahrscheinlich nie wieder einen anderen Partner haben können."

Sie lachte. „Wie bei Seelenverwandten? Das gibt es nicht."

Er schaute ihr direkt in die Augen, als würde er sie herausfordern wollen, an ihm zu zweifeln.

Sie blinzelte. „Warte ... Du meinst es ernst?"

„Das tue ich. Du kannst mit Joy oder Lisa darüber sprechen, wenn du wissen willst, wie es für einen Menschen ist."

„Experten sagen, dass das Auftreten von *wahren Gefährten* nur eine psychologische Affinität ist", fügte Twerp hinzu. „Mehrere Studien scheinen jedoch darauf hinzudeuten, dass einige Arten Symbiosen eingehen können, die ihre Lebenskräfte miteinander verbinden. Während die Wissenschaft noch nicht in der Lage ist, empirisch zu messen —"

„Okay, Twerp", sagte Marlis. Ihr Gehirn fühlte sich gerade überfüllt an. „Danke."

Noatak erhob sich vom Stuhl und duckte sich in den Korridor. „Wenn du mit mir kommst, kann ich dir Meks Daten zeigen."

„Danke", sagte Twerp. „Ich schätze alle Formen von Informationen, besonders wenn sie Marlis helfen können."

„Er hat mit mir gesprochen, Twerp." Marlis stand auf und folgte Noatak zur Krankenstation. Warum wirkte er so traurig? Sollte er sich nicht freuen, dass sie Interesse an den Naniten hatte?

Er trat über die Türschwelle und griff nach einem Polycom. „Das enthält alle seine Daten über die Naniten." Er übergab es, ging zur Tür und fügte hinzu: „Du wirst bald den Rest der Crew treffen. Bitte überlege es dir genau, bevor du zustimmst. Sobald du die Naniten hast, gibt es nur noch eine Möglichkeit, sie loszuwerden."

Ohne noch einmal über seine Schulter zu blicken, verschwand er um die Ecke.

Wollte er damit sagen, dass er kein Interesse an ihr hatte? Im Frachtraum war es heiß geworden, und es war nicht zu leugnen, dass sein Schwanz hart gewesen war. Vielleicht war er an etwas

Langfristigem nicht interessiert. Nicht, dass sie vor dieser Sache mit den Naniten nach einer Beziehung gesucht hatte. Wenn sie sich jedoch jemanden als Partner aussuchen müsste, dann wäre Noatak eine gute Option. Nicht nur gut. Erstaunlich! Er mochte Waffen genauso gern wie sie und war so verständnisvoll mit ihr gewesen, als sie gezwungen war, sich an Pulati zu erinnern. Zudem war sie sich sicher, dass er sie in einem Kampf besiegen könnte, wenn sie sich tatsächlich an die Regeln hielten. *Denke logisch, Marlis.* Was hätte er schon von einem Bund mit ihr, außer sich eine Frau ans Bein zu ketten?

Sie bog nur einmal falsch ab, bevor sie zu ihrem Quartier zurückfand. Zum Glück, ohne in Toviks Schlafzimmer zu landen. In dem Versuch, Emmy nicht aufzuwecken, verband sie Twerp mit dem Polycom und fiel schließlich in einen unruhigen Schlaf. Gefühlt wenige Sekunden später riss Emmys Wecker sie aus ihrer Nachtruhe.

Marlis rollte zur Bettkante und beobachtete, wie Emmy aufstand und sich streckte. Emmy bemerkte, dass sie wach war und fragte: „Wo warst du letzte Nacht?"

Marlis errötete. Sie rutschte von der Koje auf den Boden und schauderte, als ihre nackten Füße auf das kalte Deck trafen. „Äh, Workout mit Noatak."

Die Müdigkeit verließ Emmys Gesicht und sie war plötzlich hellwach. „Workout, ja?" Sie zwinkerte. „Und warum sind deine Wangen so rot?"

Etwas, das einem Kichern nahekam, erhob sich in Marlis' Kehle. *Ein Kichern?* Sie kicherte nicht. Nicht einmal mit Attie. Vielleicht hatte Twerp Recht. Sie könnte eine menschliche Freundin gebrauchen. Mit einem kleinen Achselzucken sagte sie: „Es wurde ein wenig … persönlich."

„Hast du ihn geküsst?" Emmy packte Marlis' Hand, zog sie auf die untere Koje neben sich, setzte sich im Schneidersitz hin und wandte sich ihr zu. „War es bewusstseinserweiternd? Wer hätte sich vorstellen können, dass Außerirdische so heiß sein können?"

Diesmal lachte Marlis. Sie zog ihre Beine hoch und ahmte Emmys Position nach, sodass sie Knie an Knie saßen. „Sie sind sicherlich keine Posungi mit Tentakelgesichtern."

Mit einem Funkeln in den Augen neigte Emmy den Kopf. „Also … sind alle seine Teile an den richtigen Stellen? Wie weit seid ihr gegangen?"

„Nicht besonders weit." Die Hitze sammelte sich tief in ihrer Mitte, als sie sich daran erinnerte, wie gut er sich an ihrem Arsch angefühlt hatte. „Menschen und Denaidaner können keinen Sex haben."

Enttäuschung war auf Emmys Gesicht zu erkennen. „Wirklich? Ich dachte, Joy wäre mit einem der Kapitäne verheiratet."

Marlis schüttelte den Kopf und versuchte, die Informationen, an die sie sich erinnerte, in Sätze zu fassen. Sie erzählte Emmy von den Naniten und was sie für sie tun konnten. „Das ist allerdings nicht ihre Hauptaufgabe. Sie haben tatsächlich etwas mit dem denaidanischen Gefährtenbund zu tun, der für Menschen ohne die Naniten tödlich sein kann."

„Deine KI hatte also Recht? Dass es eine Sexsache ist, und sie haben uns an Bord geholt, um Gefährtinnen zu kreieren?" Emmys Augen wurden mit jeder Sekunde größer.

„Nein, ich glaube nicht, dass Mek mir von den Naniten erzählt hätte, gäbe es nicht das Problem mit meinem Gehirn. Ich denke, er hält sie einfach bereit, für den Fall, dass die Leute ... na ja, Interesse aneinander haben. Ich meine, es wäre doch blöd, dann nicht aushelfen zu können, oder?"

Emmy schien sich zu entspannen und nickte nachdenklich. „Auch wieder wahr."

Twerp meldete sich aus der oberen Koje. „Ich

habe meine Analyse abgeschlossen, Marlis. Möchtest du, dass ich es erkläre?"

„Das wäre großartig, Twerp." Sie erhob sich, holte das Armband und schnallte es wieder um ihr Handgelenk, bevor sie erneut Platz nahm.

Während Twerp die Daten von Mek durchging und Emmy Fragen stellte, wanderten Marlis' Gedanken zurück zum Frachtraum. Warum sollte Noatak sich nicht mit ihr verbinden wollen? Beide mochten sie Waffen. Er schien die Leute genauso beschützen zu wollen wie sie. Die Chemie zwischen ihnen war nicht zu leugnen. Und sie waren zusammen in diesem Widerstand, der, wie es den Eindruck erweckte, noch in seinen Kinderschuhen steckte. Unter der Annahme, dass Syndicorp sie nicht entdeckte und die Mission beendete, bevor es richtig losgehen konnte, blickten sie auf Jahre der Zusammenarbeit. Vielleicht musste sie sich vor ihm beweisen. Mek hatte jedoch gesagt, die Zeit sei hier von entscheidender Bedeutung ...

„Wirst du es tun?" Emmys Stimme riss sie aus ihren Gedanken.

„Was tun? Oh." Sie räusperte sich und erkannte, dass sie nichts von dem gehört hatte, was Twerp gesagt hatte. „Twerp, sind sie sicher?"

„Naniten sind keine zugelassene medizinische

Behandlung für deine Art von Hirnverletzung, Marlis. Das Verfahren ist rein experimentell."

„Ich weiß, dass es experimentell ist, aber wenn es eine Chance gibt, mir zu helfen, sollte ich sie nutzen?"

„Es ist theoretisch möglich, dass die Nanotechnologie Schäden an deinem zentralen Nervensystem reparieren kann. Bisherige Probanden mussten jedoch engmaschig überwacht werden, um unerwünschte Nebenwirkungen zu vermeiden. Meine Hauptaufgabe ist es, dein Wohlbefinden zu sichern. Für den Fall, dass du dich entscheidest, die Naniten zu akzeptieren, brauche ich Toviks Hilfe bei der Neukalibrierung meiner biometrischen Sensoren, um dies auch weiterhin zu tun."

„Also sagst du, ich soll es machen?"

„Wenn das deine Entscheidung ist, werde ich dich auf jede erdenkliche Weise unterstützen."

Emmy starrte sie an. „Und mit dem Teil, der am Ende … notwendig ist, bist du auch einverstanden?"

Marlis zuckte mit den Schultern und spürte, dass ihre Wangen wieder rot wurden. „Wenn es so etwas wie letzte Nacht mit Noatak ist, dann … scheiße ja!"

Twerp meldete sich zu Wort: „Menschen sind bekanntermaßen promiskuitiv, daher stelle ich die Vermutung auf, dass nicht jede Paarung zu einer symbiotischen Bindung führt. Ich habe die Daten von Mek und andere wissenschaftliche Studien über symbiotische Lebensbindungen bei verschiedenen Arten verglichen. Die Daten zu Mensch-Denaida-Paarungen spiegeln eine unbedeutende Menge an Informationen wider, um zu einer statistischen Schlussfolgerung zu gelangen.“

Emmy lachte. „Also gut.“

„Wirst du mich begleiten, wenn ich zu Mek gehe?“ Obwohl Marlis es gewohnt war, alle Termine allein aufzusuchen, war dieses Naniten-Ding Neuland für sie. Es wäre gut, jemanden außer Twerp zu haben, der Input lieferte. „Er sagte, es könnte Nebenwirkungen geben. Es wäre schön, dich dabei zu haben.“

„Natürlich!“ Emmy strahlte sie an. „Und wer weiß ... Vielleicht werde ich dich eines Tages um dasselbe bitten. Diese Denaidaner sind ziemlich verlockend. Auch Tovik ist irgendwie süß.“

Ein Klopfen an der Tür stoppte das Gespräch und dann war Toviks Stimme zu hören. „Ich habe euch beiden Frühstück gemacht!“

„Wir kommen!", antwortete Emmy hastig und das mit feuerrotem Gesicht.

„Okay, Emmy!", entgegnete Tovik mit gedämpfter Stimme.

Emmy zeigte auf die Tür und flüsterte: „Glaubst du, er hat mich gehört?"

Marlis unterdrückte ihr Lachen, rutschte aus der Koje und griff nach ihrer Hose. „Ich nehme an, dass es gut wäre, zu frühstücken, bevor ich mit Mek rede."

Emmy schloss sich ihr an und zog ihr Pyjamaoberteil aus. Sobald sie angezogen waren, gingen sie in die Küche, wo Tovik versucht hatte, Pancakes zu machen. „Lisa meinte, dass das menschliche Trostnahrung ist", sagte er, als er die Teller auf den Tisch stellte. Die kleinen Scheiben waren steif, unförmig und erforderten viel Arbeit von den Zähnen, aber Marlis schaffte es, zu schlucken, während Tovik ihnen mit einem erwartungsvollen Ausdruck beim Essen zusah. „Schmecken sie euch?"

„Mmm", antwortete Marlis und nahm einen großen Schluck Kaffee, um den Bissen runterzuspülen. Zumindest war der Kaffee heiß und nicht zu schwach.

„Für dein erstes Mal hast du einen guten Job

gemacht“, sagte Emmy und goss mehr Sirup auf ihren Teller.

„Gerne bereite ich sie erneut für euch zu.“ Er setzte sich hin und wandte sich seinem eigenen Teller zu. Der erste Biss und sein Grinsen verblasste. „Die schmecken ganz anders als die von Lisa.“

„Pancakes brauchen Übung“, sagte Emmy.

Er seufzte und griff nach der Butter. „Du bist zu nett.“

Nachdem sie beim Aufräumen geholfen hatten, führte Marlis Emmy zur Krankenstation. Sie fanden Mek, der gerade die Inhalte der Schränke neu organisierte. Er drehte sich um und lächelte, sein Blick jedoch bedächtig. „Guten Morgen, meine Damen. Ist alles in Ordnung?“

„Ich habe beschlossen, die Naniten zu nehmen.“ Marlis trat über die Türschwelle. „Emmy ist hier als moralische Unterstützung.“

„Du hast ihr davon erzählt?“ Meks Hände erstarrten beim Aufrollen von Verbandsmaterial.

Emmy setzte sich auf einen Stuhl. „Eigentlich hat es mir Twerp gesagt.“

Marlis hielt ihr Handgelenk hoch. „Noatak gab mir gestern Abend die Daten und ich habe sie Twerp implementiert. Sie sagt, ich soll es tun.“

„Ich glaube, meine eigentliche Antwort war, dass ich deine Entscheidung unterstützen werde, ich jedoch neu kalibriert werden muss, wenn ich bei dem Prozess helfen soll", sagte Twerp. „Es ist mir eine Freude, dich kennenzulernen, Doc."

„Gleichfalls." Mek zog die Augenbrauen hoch. „Ich bin mir sicher, Tovik hat kein Problem damit, deine Programmierung anzupassen. Die Biometrik einer KI zu haben, könnte sich als wertvoll herausstellen. Du verstehst die Nebenwirkungen und Anforderungen?"

„Ja", antworteten sowohl Twerp als auch Marlis. Twerp vibrierte sanft um Marlis' Handgelenk, was Marlis in solchen Fällen immer als eine Form des Lachens empfand.

Mek öffnete einen Schrank und zog ein Fläschchen heraus. „Du bist dir wirklich absolut sicher?"

Marlis nickte und ihr Herzschlag beschleunigte sich. „Wenn es eine Chance gibt, mein Gehirn zu reparieren, bin ich dabei."

„In Ordnung." Mek gestikulierte zum Untersuchungstisch. „Leg dich hin und ich beginne mit der Injektion."

Marlis folgte der Anweisung, schloss die Augen und wartete darauf, dass die Magie begann.

KAPITEL ZEHN

Nach seinem Intermezzo mit Marlis verbrachte Noatak eine lange schlaflose Nacht mit Grübeln. Er war erleichtert, dass sie die Naniten nicht übereilt akzeptiert hatte. Normalerweise war er nicht der Typ, der sich schnell Hoffnungen machte, aber Marlis war eine tolle Frau, und eine, auf die er hoffen *wollte*. Vielleicht würde Mek in der Zwischenzeit ein Heilmittel für sein ionisches Herz finden. Er war schließlich in einen unruhigen Schlaf gefallen, bis ihn das Kommunikationssystem mit der Nachricht weckte, dass die Kinship zurückgekehrt war.

Sein Kiefer knackte vom Gähnen und er entschied, dass es an der Zeit war, aufzustehen. Er wusch sich sein Gesicht mit kaltem Wasser, bevor er sich anzog und zum Frachtraum ging, um die Crew zu begrüßen. Er schaffte es nicht mal durch den Frachtraum, als Kashatok plötzlich vor ihm stand. „Du hast sie allein gelassen!"

Noatak neigte den Kopf und verschränkte die Arme. Er verdiente Kashatoks Wut, aber das bedeutete nicht, dass er Freude daran haben musste. „Der Ort ging mir unter die Haut. Ich brauchte eine kurze Pause."

„Du hast mir ihre Sicherheit garantiert!" Kashatok schubste ihn.

Noatak machte sich auf Schläge bereit. Auch er wäre außer sich, wenn die Rollen vertauscht wären.

Joy trat hinter Kashatok und legte eine Hand auf seine Schulter. „Beruhige dich. Ich habe dir doch gesagt, dass es mir gut geht."

Kashatok funkelte Noatak noch einmal wütend an, Ionenenergie rollte in Wellen von ihm ab, bevor er sich umdrehte und zu der Gruppe marschierte, die damit beschäftigt war, Vorräte auszuladen. Chignik, der Hauptschütze der Kinship, warf einen Blick auf die Brücke über Noataks Kopf. „Da sind sie!"

Er machte zwei Schritte und sprang auf die Metallbrücke, Ekwok nur wenige Sekunden hinter ihm. Noatak wirbelte herum und entdeckte mehrere Schuhpaare auf dem Gitter.

„Hey!" Toviks Stimme hallte laut durch die Bucht, als er sich ihnen anschloss.

Dann war Marlis' Stimme zu vernehmen: „Bleibt auf Abstand, Arschlöcher!"

Ohne seine ionischen Kräfte einzusetzen, raste Noatak die Treppe hinauf. „Bewegt eure Ärsche wieder nach unten, bevor ihr ungeschickten *Terpaks* unsere neuen Besatzungsmitglieder von dieser Brücke stoßt."

„Ich wollte nur *Hallo* sagen", beschwerte sich Chignik und holte mit dem Ellbogen nach Tovik aus. „Ihr habt einen Vorsprung bekommen."

Tovik stemmte die Hände auf seine Hüften. „Ich habe bisher kaum mit ihnen gesprochen."

Ekwok seufzte und stapfte zur Treppe, aber nicht ohne noch einmal sehnsüchtig über seine Schulter zu blicken. „Welche kommt auf unser Schiff?"

Noataks Brust schmerzte bei der Möglichkeit, dass sich Marlis der anderen Crew anschließen könnte. Er trat zur Seite, um Ekwok passieren zu lassen, und sagte: „Keine von ihnen, wenn ihr beide euch weiterhin wie Idioten aufführt."

Einem scharfen Pfeifen von unten folgte

Kapitän Kashatoks Stimme: „Alle an Deck für eine Nachbesprechung."

Chignik murrte, ging aber zur Treppe. Tovik grinste triumphierend, bis Noatak die Augenbrauen hochzog. „Das gilt auch für dich, Tovik."

„Ich weiß", sagte der Junge und wies die Frauen mit einer Handbewegung an, ihm zu folgen. „Ich zeige unseren neuen Besatzungsmitgliedern nur den Weg."

„Glaubst du, sie werden sich auf der Treppe nach unten verlaufen?"

„Ich bin ein Gentleman", sagte Tovik, als er vorbeikam. Das nächste Mal, wenn Noatak den Jungen allein erwischte, musste er mit ihm über den Unterschied zwischen Ritterlichkeit und Chauvinismus sprechen.

Als Marlis an ihm vorbeikam, strich sie mit den Fingerspitzen über Noataks Hand. Ob absichtlich oder nicht wusste er nicht, aber seine ionischen Sinne erwachten zum Leben, bevor er die Reaktion verhindern konnte. Er holte tief Luft und hielt an seiner Kontrolle fest. Er sollte sich aus dem Rennen zurückziehen. Er sollte ihr sagen, dass er nicht interessiert war. Sogar Tovik wäre eine bessere Wahl als er. Doch seine Brust schmerzte vor Verlangen und das bei jedem verlockenden Schwung ihrer

Hüfte, als sie sich auf die Gruppe der wartenden Männer zubewegte.

Qaiyaan wartete am unteren Ende der Treppe und legte die Hand auf seine Schulter. „Nur die beiden?"

„Aye, Captain." Noatak nickte und sah zu Joy. Ellam Cua sei Dank ging es ihr gut. „Auf der Whylon Station lief es nicht so gut wie geplant."

„Ist mir zu Ohren gekommen." Qaiyaan seufzte. „Kashatok hat unsere Mission abgebrochen, als er davon gehört hat."

„Wie hat er es herausgefunden?"

„Der Junge." Qaiyaan neigte seinen Kopf in Richtung Tovik, der beobachtete, wie sich Chignik und Ekwok um den Platz neben Emmy stritten. „Konntest du ihn nicht etwas beherrschen?"

Natürlich war es der Junge gewesen. Sie hatten geschworen, Joy zu beschützen, aber Tovik schien der Meinung zu sein, dass dies bedeutete, ihren Gefährten über alles zu informieren, was schief ging, unabhängig von den Konsequenzen für die größere Mission. „Ich werde mit ihm sprechen."

Qaiyaan nickte und marschierte zu dem Kreis aus Frachtcontainern, die sie als Sitzplätze für die Besprechung angeordnet hatten. Zumindest schien niemand Marlis zu nerven, möglicherweise wegen der Pistole an ihrer Hüfte. Er hatte keinen Zweifel daran, dass sie die Waffe benutzen würde, wenn ihr jemand zu nah kam.

Als ob sie seinen Blick spürte, drehte sie den Kopf und schaute über ihre Schulter zu ihm. Ihre Augen trafen aufeinander. Ein kaum merkliches Zucken ihres Kopfes war die Einladung, die er brauchte, um vorwärtszuschreiten. Mit dem Kinn wies sie ihn jedoch an, sich neben Emmy zu setzen.

Usviiqe, er wollte neben Marlis sitzen, wollte Ausreden finden, um sie mit der Schulter oder dem Knie zu berühren. Aber er verstand auch ihr Bedürfnis, ihre Freundin vor diesen übereifrigen Idioten zu schützen. Ellam Cua, sie hatte ihn bereits um ihren Finger gewickelt und sie wusste es nicht einmal. Mit einem Arm schob er beide Männer beiseite und setzte sich neben Emmy.

Chignik und Ekwok hörten auf zu streiten und starrten ihn mit offenen Mündern an.

„Was soll das, *Iluq*?“, fragte Chignik.

Qaiyaan unterbrach jedes Argument: „Setzt euch *usviiq* nochmal hin. Jetzt ist nicht die Zeit für solche Gedanken.“

Tovik verschränkte die Arme und starrte Noatak nieder. „Wann genau ist dann ein guter Zeitpunkt?“

Noatak starrte zurück.

Chignik setzte sich auf Marlis' andere Seite. Eifersucht flammte in Noataks Bauch auf und er schickte einen warnenden Blick an den großen Kanonier. Chignik grinste. Ein Grinsen, das so breit war wie das eines Rakwiji-Kopfgeldjägers. Der Ausdruck blieb auf seinem Gesicht, als er seine Aufmerksamkeit Marlis zuwandte. „Hey."

Marlis erwiderte den Blick nicht, ihr Fokus lag auf Qaiyaan in der Mitte. „Hey."

Noatak grinste und wandte sich ebenfalls dem Kapitän zu.

Emmy lehnte sich zu ihm. „Sind alle Denaida-Männer so ... groß?"

Als er zu ihr hinunterblickte, erkannte er, dass ihr kurzer Körper gerade mal halb so groß war wie die der Männer, die sie umgaben. Vielleicht sollte er die Größe in der nächsten Runde Bewerbungsgespräche berücksichtigen. „Ja", antwortete er.

Qaiyaan nickte zu Marlis und Emmy. „Wir freuen uns, dass ihr nun bei uns seid. Ich heiße Qaiyaan. Ich bin Captain der Hardship. Für den Anfang möchte ich, dass sich alle vorstellen."

Während dies geschah, konnte Noatak an Marlis' Gesicht erkennen, dass sie in Panik geriet.

Er zog sein Polycom heraus. „Es wird Informationen über die Mission geben. Ich sollte mir Notizen machen."

Marlis warf ihm einen dankbaren Blick zu und nahm ihr Polycom zur Hand.

Chignik beugte sich näher zu ihr. „Chignik mit einem C. Nur als Info."

Sie schüttelte den Kopf und rutschte ein Stück weg, um etwas in ihr Polycom einzutippen. Noatak hoffte, dass sie neben dem Namen des Denaidaners *Terpak* schrieb.

Nachdem die Vorstellerei durch war, fragte Qaiyaan: „Muss ich unsere Neuankömmlinge über die Naniten informieren oder wissen sie bereits Bescheid?"

Noataks Magen rebellierte. Sobald die Männer erfuhren, dass Marlis Interesse an den Naniten hatte, gäbe es für die Crewmitglieder kein Halten mehr. Er öffnete den Mund, um etwas zu sagen, aber Mek kam ihm zuvor. „Sind informiert. Ich habe sie Marlis vor einiger Zeit eingesetzt."

Jedes Denaida-Crewmitglied in der Bucht richtete den Blick auf Marlis. Noatak blieb die Luft weg. Wann hatte sie das getan? Und warum hatte Mek ihn nicht darüber informiert? *Weil du nicht im Rennen bist, Terpak.*

Ekwok zeigte auf Mek, während er genervt zu Kashatok sah. „Ich habe dir doch gesagt, dass deren Crew einen unfairen Vorteil ausnutzen würde!"

Chignik sprang auf und die Gefahr rollte in Wellen von seinem Körper. „Du hättest warten sollen, bis wir zurück sind."

Tovik riss die Augen weit auf, erhob sich und starrte Noatak an. „Wie lange hat sie die Naniten schon?"

Noatak zwang sich, sitzen zu bleiben, obwohl jede Zelle in seinem Körper jetzt aufstehen und seinen Anspruch geltend machen wollte. Einen unmöglichen Anspruch. Die Anziehung, die er gegenüber Marlis empfand, brachte ihn dazu, sich wie ein brünstiges Biest zu benehmen.

„Bring deine Männer unter Kontrolle, Captain", knurrte Qaiyaan zu Kashatok.

Kashatok zeigte mit dem Finger auf Tovik. „Sobald du die Kontrolle über deine erlangst."

Aus dem Augenwinkel beobachtete Noatak, wie Marlis' Hand zu ihrem Holster wanderte.

Mek bewegte sich in die Mitte des Kreises. „Beruhigt euch. Ich habe die Naniten vor zwei Stunden verabreicht. Ich hatte keine Ahnung, wie bald die Kinship zurückkehren würde, und die

Probe verschlechterte sich mit jeder Minute. Ich musste handeln."

„Warum? Damit du sie ganz für dich allein haben kannst?" Chignik trat so nah an den Arzt, dass ein Schlag landen würde.

„Ich bin ihr Arzt." Mek schien an Größe zu gewinnen. „Ich habe keine Absichten gegenüber Marlis."

„Dann bring sie auf unser Schiff", sagte Chignik. Der Raum war gefüllt mit Testosteron und roher Energie.

Marlis' Hand erreichte ihre Waffe. Es war ihr nicht klar, aber die Frauen waren in Sicherheit; der Rest der Besatzung könnte mit Prellungen zu den Kojen zurückkehren, den Frauen jedoch würden sie nie Schaden zufügen.

Noatak lehnte sich über Emmys Schoß und legte eine Hand auf Marlis' Knie, überrascht von dem Funken, der seinen Arm hochraste. Wieder einmal flammten seine ionischen Sinne auf. Jetzt, da er wusste, dass sie die Naniten hatte, konnte er die subtile Veränderung in ihr erkennen. *Ganz ruhig, Junge.* Seine Kräfte waren nicht mehr nur für ihn gefährlich; es bräuchte nicht viel von ihm und die Naniten würden eine schlechte Reaktion zeigen.

Sowohl Lisa als auch Joy hatten von den Naniten einen Kurzschluss erfahren.

„Alles okay", sagte er. „Mek hat alles unter Kontrolle."

Nach einem Moment nickte sie und bewegte ihre Hand zurück auf ihren Schoß, ihre Finger jedoch zeigten, wie unruhig sie war – als würde sie gegen eine Leine um ihren Hals ankämpfen.

Ein scharfes Pfeifen brachte alle zum Schweigen. Qaiyaan stand auf einem der Behälter, die Hände auf den Hüften. „Ich stehe kurz davor, euch drei in die Arrestzelle zu werfen." Tovik öffnete den Mund, um etwas zu sagen, aber Qaiyaan unterband dies mit einem Blick. „Ja, dich auch. Und jetzt lasst den Arzt sprechen."

Nach einer Weile schaffte es auch Noatak, seine Aufmerksamkeit wieder auf Mek zu lenken.

Der Arzt seufzte. „Ich werde Marlis mit Hilfe ihrer KI genau beobachten." Er wandte sich an Marlis. „Twerp, sag *Hallo*."

„F-Freut mich." Die zwitschernde Stimme an Marlis' Handgelenk sprach mit einem merkwürdigen Schluckauf. „Ich freue mich, eure Bekanntschaft zu machen." Marlis hatte gesagt, dass das Ding empfindungsfähig sei, aber der

Gedanke, dass die KI nervös sein könnte, war schon lustig.

Mek fuhr fort: „Die Naniten werden während der Replikation einige Nebenaufgaben ausführen. Es ist noch zu früh, um zu sagen, wie schnell wir in der Lage sein könnten, einen neuen Vorrat anzulegen."

Qaiyaan erhob das Wort: „Hoffentlich bald. Marlis könnte für eine lange Zeit unsere einzige Quelle für Naniten sein."

Tovik stöhnte. „Das Labor war nicht unter der Mine auf Zyrinic Eight?"

„War es, bis sie umgezogen sind", sagte Kashatok. „Syndicorp hat einen riesigen Faradayschen Käfig auf einem der Flaggschiffe installiert und scheint von dort zu operieren."

Lisa fügte hinzu: „Sie sind wahrscheinlich jetzt über die zweite Testphase hinaus. Das Unternehmen plante immer, cyberempfindliche Technologie bei seinen Spionageaktivitäten einzusetzen, und ein mobiles Labor erschließt Territorium."

„Bodenangriffe sind nicht unsere Stärke. Wir sind besser darin, Schiffe zu kapern." Tovik warf einen Blick auf die versammelten Männer. „Sollte das nicht eine gute Nachricht sein?"

„Nur wenn wir das Schiff finden können", antwortete Qaiyaan. „Die Icarus ist mit modernster Tarntechnologie ausgestattet. Der Witz daran ist, dass nicht einmal Syndicorp weiß, wo sie ist."

„Daran arbeite ich, aber es wird einige Zeit dauern", sagte Kashatok. „Und es ist nicht billig. Wir müssen also in der Zwischenzeit an Geld kommen. Ich habe eine Spur von einer Ladung Computer-Hardware, die auf dem Weg zu einer der neuen Produktionskolonien ist. Das Schiff ist perfekt, wenn wir unsere Ärsche rechtzeitig in Gang bringen und es abfangen können."

Tovik stieß einen Jubelschrei aus. „Neue Hardware!"

„Um sie zu verkaufen, Tovik. Wir müssen für die Informationen bezahlen, erinnerst du dich?", knurrte Noatak. Der Junge zerlegte immer Ausrüstung, um etwas zu entwickeln, was er Prototyp-Technologie nannte. Das meiste funktionierte nie so, wie er es sich vorgestellt hatte.

„Wir können aber ein paar Dinge behalten, oder?" Tovik schaute hoffnungsvoll zu Qaiyaan.

Qaiyaan seufzte. „Das werden wir sehen." Er schwenkte seinen Blick über die versammelte Crew. „Da wir jetzt neue Besatzungsmitglieder einstellen, erwarte ich von euch allen, dass ihr euer bestes

Benehmen an den Tag legt. Dies ist kein Gladiatorenring, bei dem der Gewinner das Mädchen bekommt. Verstanden?"

Die Männer grummelten, und Chignik sagte mit gesenktem Kopf: „Es ist unserer Crew gegenüber nicht fair, wenn die Frauen beide hier sind. Da Mek die Naniten im Auge behalten muss, schicke zumindest die andere Frau auf die Kinship."

„Ihr Name ist *Emmy*." Marlis erhob sich, ihre Hand wieder auf ihrer Pistole. Diesmal hielt Noatak sie nicht auf. Irgendwann müsste sie sich ohnehin vor diesen Männern beweisen. Warum also nicht jetzt?

Sie wedelte mit einem Finger vor Chigniks Gesicht herum. „Und wenn du nur nach einer Gefährtin suchst, schlage ich vor, dass du eine Anzeige bei einer der Partnervermittlungsagenturen schaltest. Sowohl Emmy als auch ich sind hier, um uns der Revolution anzuschließen und nicht wie Aufblaspuppen herumgereicht zu werden."

Chignik errötete doch tatsächlich, senkte seinen Blick und flüsterte: „Ich wollte nicht respektlos sein."

Der Rest der Crew lachte über sein Unbehagen. Qaiyaan nickte und sein Blick glitt mit unausgesprochener Anerkennung in seinen Augen zu Noatak. Ekwok schlug Chignik auf die Schulter. „Sei kein *Terpak*."

Marlis ging zurück zu ihrem Platz, und Qaiyaan erhob erneut das Wort: „Neue Besatzungsmitglieder müssen auf diesem Schiff bleiben, bis Mek sie freigibt. Sobald die Kinship ihren eigenen Arzt hat, wäre ich dazu bereit, das zu ändern. Vorerst kann Kashatoks Crew zu Besuch kommen, damit sich jeder kennenlernen kann. Noatak wird einen Arbeitsplan für die Rotation ausarbeiten."

So sehr Noatak die Aufgabe ablehnen wollte, nickte er. Eine Rotation war nur fair, und er konnte Marlis sowieso nicht haben. Je früher sie ihre Aufmerksamkeit auf einen anderen Mann lenkte, desto besser.

KAPITEL ELF

Marlis saß in dem räumlich begrenzten Laserturm und ging das Ziellayout zum hundertsten Mal durch. Ein Teil von ihr war besorgt, ein Schiff voller Computerteile zu stehlen, aber sie erinnerte sich immer wieder, dass es sich um ein Syndicorp-Schiff handelte, und Syndicorp war der Bösewicht. Zumindest war ihr die Erinnerung daran klar. Die Erkenntnis über die wahren Umstände hatte sie zunächst bis ins Mark erschüttert, aber als ihr Verdacht bestätigt wurde, hatte sich jede durcheinandergeratene Erinnerung eingebrannt. Wenn nur ihr Kurzzeitgedächtnis gefolgt wäre. Hoffentlich würden die Naniten diese Angelegenheit bereinigen.

Sie konzentrierte sich auf einen

Frachtcontainer, den Noatak für sie ausgeworfen hatte, um ihn als Ziel zu verwenden, und feuerte. Der Schuss streifte kaum die Box und so begann sie, zu rotieren. Verdammt, sie war besser als das. Sie hatte Schiffswaffen auf Syndicorp-Trägern und -Frachtern studiert und sogar für einen Kanoniersitz auf einem kleinen Kampfschiff Übungen ausgeführt. Aber die Systeme der Hardship waren veraltet und weniger automatisiert, als sie es gewohnt war.

„Ich dachte, diese Naniten sollten mein Gedächtnis verbessern", murmelte sie vor sich hin. Drei Tage lang hatten sie auf Aktivitäten ihrer Naniten gewartet. Sie hatte gehofft, inzwischen zumindest eine kleine Gedächtnisverbesserung wahrzunehmen.

Twerp summte beruhigend an ihrem Handgelenk. „Der Arzt meinte, der Prozess könnte einige Zeit dauern, Marlis. Ich erkenne noch keine signifikanten neuronalen Veränderungen in deinen biometrischen Daten."

Twerp hatte einen seltsamen Schluckauf entwickelt, seit Tovik sie neu kalibriert hatte. Marlis pausierte ihre Aufgabe und tippte auf die KI. „Twerp, schreibe eine Erinnerung in meinen

Kalender, um dich für einen Check-up zu Tovik zu bringen.“

„Natürlich.“

Zusammen mit einem Kopf aus geflochtenem Haar kamen breite Schultern durch die Luke nach oben. Er grinste sie an. „Brauchst du Hilfe hier drin?“

Sie schüttelte den Kopf. „Ich schaffe das schon, danke.“

„Du könntest eine helfende Hand von einem Experten zu schätzen wissen.“ Er zwinkerte und zog sich höher in den kleinen Turm.

Sie kannte seine Sorte. Männer, die dachten, Frauen könnten unmöglich mit den großen Waffen umgehen. Bevor er von der Leiter und in ihren Bereich steigen konnte, schwenkte sie den Stuhl, sodass ihre Knie ihn nach hinten gegen die Wand zwangen. Er legte seine Hände auf ihre Oberschenkel, scheinbar um nicht das Gleichgewicht zu verlieren. Ihr jedoch missfiel die Art und Weise, in der seine Finger Druck ausübten, denn es schien, als würde er weitergehen wollen. Marlis hielt ihre Beine geschlossen, damit es ganz sicher nicht dazu kam, und rammte ihre Knie hart in seinen Bauch. „Ich brauche dich nicht in meinem Bereich und du musst mir auch nicht etwas erklären, was ich bereits weiß. Wenn ich Hilfe brauche, frage ich, okay?"

„Okay, okay, verstanden." Er hob seine Hände und gab nach. Sie zog sich zurück und sein Grinsen zeigte sich erneut. „Du brauchst etwas und ich bin für dich da. Ich mag eine Frau, die sich in einem Turm auskennt."

Sie kehrte zurück zur Steuerung, atmete kurz aus und unterdrückte ihren Ärger, als er sich wieder in die Luke absenkte. Fuck, diese Jungs waren notgeil. Wenn es nicht Tovik war, dann war es ein anderer oder der mit den sandfarbenen Haaren. Sogar der Oldtimer im Maschinenraum der Kinship hatte ihr zugezwinkert. Sie war es leid, immer jemanden abwehren zu müssen. *Nur nicht Noatak.*

Der Erste Offizier schien der einzige Mann zu sein, der Abstand hielt. Es war, als wollte er den anderen Männern Raum geben, sich ihr anzunähern, was sie verblüffte, da sie ihn immer wieder dabei erwischte, wie er sie ansah. Jetzt an ihn zu denken, entfachte tief in ihrer Mitte eine Hitze, als hätte seine Berührung dort ein Feuer ausgelöst, das sich weigerte, zu erlöschen. Sie wollte nicht mal an die Hände eines anderen denken.

Twerp stieß ein langes Summen aus. „Du hast

in einer halben Stunde einen Termin beim Arzt, Marlis."

Seufzend schaltete sie die Zielvorrichtung ab und kletterte aus dem Turm. Hoffentlich gab es heute gute Nachrichten. Auf dem Weg zum Arzt entdeckte sie Noatak am Waffenschrank. Sie hielt inne und gesellte sich zu ihm. „Kann ich kurz mit dir reden?"

Angespannt drehte er sich von den Waffen weg. „Was ist?"

Über ihre Schulter warf sie einen Blick auf den Frachtraum, in dem Tovik und der Typ vom Turm an etwas arbeiteten. Obwohl die beiden sie nicht direkt ansahen, konnte sie dennoch spüren, dass sie lauschten. Vielleicht waren es die Naniten, aber es war ihr egal. Sie wollte einfach nur mit Noatak reinen Tisch machen, und sie war ihm seit drei Tagen nicht mehr so nah gewesen.

Sie trat in den engen Waffenkäfig und schloss die Tür, wissend, dass ihnen dies keine wirkliche Privatsphäre geben würde, aber sie wollte neugierige Blicke unterbinden. „Gehst du mir aus dem Weg?"

Er starrte sie mehrere Herzschläge lang an, bevor er antwortete: „Ich gebe dir Raum."

„Ich kann mich nicht erinnern, danach gefragt zu haben. Zumindest nicht von dir."

Seine Körpersprache veränderte sich kaum merklich. „Behandelt dich jemand schlecht?"

„Nicht direkt." Sie zuckte mit den Schultern. „Aber die Männer treiben mich in den Wahnsinn und versuchen alles, um meine Aufmerksamkeit zu erregen. Ich weiß, dass ihr nach Gefährtinnen sucht, jedoch bin ich nicht interessiert. Zumindest nicht ..." – sie leckte sich nervös über die Lippen – „... an ihnen. Kannst du mich einfach für dich beanspruchen oder so und sie so dazu bringen, mich in Ruhe zu lassen?"

Er rieb sich den Nacken und die Augen füllten sich mit etwas, was sie nur als Schmerz interpretieren konnte. „Das kann ich nicht tun."

Ihr Atem stockte. Sie hatte nicht erwartet, dass er *Nein* sagen würde. „Ich verstehe nicht. Neulich Abend im Trainingsbereich –"

„Das war ein Fehler. Ich hätte die Dinge nicht so weit treiben dürfen." Mit angespannten Schultern machte er einen Schritt seitwärts, als ob er plante, um sie herum und aus der Tür zu verschwinden. „Gib den anderen Männern eine Chance."

„Ein Fehler?" Sie unterband seine Flucht,

indem sie eine Hand auf seine Brust legte. „Zur Hölle, nein. Ich weiß nicht, was dieser Scheiß soll und warum du mir sagst, den anderen eine Chance zu geben, aber ... ich bin an dir interessiert. Nur an dir. Was muss ich tun, damit du mich willst?"

Sie war ihm nah genug, sodass sie die Wärme seines Körpers spürte. Zittrig stieß er den Atem aus. „Ellam Cua, Marlis. Es ist nicht so, dass ich dich nicht will."

Sie hob sich auf ihre Zehenspitzen, brachte ihr Gesicht näher zu seinem und sah ihm entschlossen in die Augen. „Was ist also das Problem?"

Sein Atem wehte über ihre Wange, und sie konnte die Begierde in seinen metallblauen Tiefen sehen. „Wenn wir uns verbinden, werde ich dich höchstwahrscheinlich zu einer Witwe machen."

Sie runzelte die Stirn. „Denkst du, ich werde einfach herumsitzen und dich die ganzen Gegner allein bezwingen lassen? Wer sagt, dass ich nicht zuerst einen Pulsstoß einfange?"

Ein Grinsen hob eine Seite seines Mundes. „Frecher kleiner *Tunrak*." Er griff nach oben, um eine lose Haarsträhne von ihrer Wange zu schieben, und schickte Hitzefunken direkt zu ihrer Mitte. Der Moment endete zu früh, als er seine Hand senkte und sich räusperte. „Aber ich spreche nicht von einer Schießerei. Mein ionisches Herz steht kurz vorm Versagen. Es ist nur eine Frage der Zeit, bis es komplett aufgibt. Eine Paarung würde mich wahrscheinlich umbringen." Seine Stimme klang bei den Worten rau, als würde es ihm nicht gefallen, diese Schwäche zuzugeben. Er schenkte ihr ein halbherziges Lächeln. „Und während es sicher nicht das Schlimmste wäre, in deinen Armen zu sterben, verdienst du etwas Besseres."

Sie fiel zurück auf ihre Fersen und der Puls hämmerte laut in ihren Ohren. „Aber du scheinst vollkommen gesund zu sein!" Mehr als gesund. Er strahlte Männlichkeit aus, die ihre Knie weich machte. Twerp hatte als Reaktion auf ihren erhöhten Blutdruck zu summen begonnen. „Es muss einen Weg geben, dich zu heilen!"

„Nicht, dass Mek wüsste." Seufzend bewegte sich Noatak rückwärts und sorgte für Abstand zwischen ihnen. „Gib den anderen *Terpaks* eine Chance. Sie sind nicht so schlimm, wenn man sie erst einmal besser kennenlernt."

„Mein Gedächtnis ist nicht das Beste, aber ich bin mir ziemlich sicher, dass *Terpak* Arschloch bedeutet." Sie verschränkte die Arme vor der Brust. „Nicht die beste Empfehlung, wenn du mich fragst."

Er schmunzelte und zuckte mit den Schultern. „Du hast Recht, aber ich zähle mich zu ihnen."

Ihre Augen brannten vor unvergossenen Tränen und sie knirschte mit den Zähnen, um gegen die Flut anzukämpfen. Sie war durch die Hölle gegangen, um diesen Job zu bekommen, hatte etwas begonnen, was ein gefährliches Verfahren sein könnte, um ihr Gedächtnis zu reparieren, und hatte einen Mann gefunden, der ihre Liebe zu Waffen wirklich schätzte. Gerade als sie dachte, dass alles bergauf ging, fiel das Kartenhaus auch schon wieder in sich zusammen. *Na ja, die meisten Karten fielen.* Sie war immer noch dabei, ihr Gehirn zu reparieren. Noatak war einfach die Kirsche auf der Sahne gewesen, die das Ganze vollendete.

„Ich bin noch nicht bereit, aufzugeben." Sie trat vor, bis ihre Brüste nahezu seine Brust berührten und drückte ihn mit dem Rücken gegen den Schrank. „Meine Mutter sagte immer: *Das Stück ist erst vorbei, wenn der Vorhang fällt,* und ich höre noch nicht einmal Musik. Die Naniten haben noch nicht begonnen, sich zu replizieren, was bedeutet, dass Mek Zeit hat, ein Heilmittel für dein Problem zu finden."

Seine Augen verdunkelten sich. „Du bist eine hartnäckige Frau."

Sie hob ihr Kinn, ihr Mund nur einen Zentimeter von seinem entfernt. „Ich weiß, was ich will."

„Einfach unwiderstehlich", murmelte er. Seine Hände landeten auf ihren Hüften, zogen sie an sich und dann lehnte er sich auch schon vor und strich seine Lippen über ihre.

Es fühlte sich an, als wäre ein Blitz in sie eingeschlagen. Noatak erschauerte, als würde er es auch fühlen, und seine Arme umschlossen sie, hüllten sie in seinen maskulinen Duft. Sie entspannte ihre Lippen und ließ seine Zunge erforschen. Seine Oberschenkel pressten sich an ihre, und sie konnte seine wachsende Erregung an ihrem Unterleib spüren.

Sie fuhr mit einer Hand über seinen Kiefer, und die Stoppeln kitzelten ihre Fingerspitzen, während sie ihre Zunge mit ins Spiel brachte. Er schmeckte wie saubere Luft nach einer langen Shuttle-Fahrt, nach dem Versprechen von Freiheit und neuen Möglichkeiten. Sie wickelte ihren anderen Arm um seine Taille, drückte ihren Körper gegen seinen und krallte sich an die sexy Muskeln seines unteren Rückens. Ihr rasendes Herz machte es ihr schwer, zu atmen, aber sie wollte nicht aufhören. Niemals wollte sie aufhören.

Er schob eine große Hand in das Haar in ihrem Nacken, zog ihren Kopf zur Seite und vergrub sein Gesicht seitlich an ihrem Hals. Ihre Haut schien unter der Empfindung seines Bartes zum Leben zu erwecken, elektrisierende Hitzewellen strömten zu ihren Brüsten, bis sich ihre Nippel gegen ihren BH pressten. Seine Zähne legten sich um ihr Ohrläppchen, und ein Schauer rüttelte sie durch, als hätte er sich gerade mit jeder erogenen Zone in ihrem Körper verbunden.

„Oh Gott", hauchte sie. Instinktiv klammerte sie sich an seinen Nacken wie an eine Rettungsleine. Mit der anderen Hand glitt sie über seinen Schritt und packte die harte Erektion. Er war riesig. Seine Länge pochte und fühlte sich heiß an. Ihre Pussy reagierte mit einer eigenen pulsierenden Hitze und sie schob ihre Hüfte nach vorn, presste sich an seinen Oberschenkel. Er stöhnte in ihr Ohr und küsste sich einen Weg über ihren Hals.

Ihre Körper rieben aneinander, ein zunehmender Sturm braute sich zwischen ihnen zusammen, der nur auf eine Weise gesättigt werden konnte. Verlangen vernebelte ihren Verstand. Sie wollte ihn so verzweifelt, sodass jede andere Sorge ausgeblendet wurde. Sie fummelte mit seinem Gürtel, wollte seine nackte Haut berühren, wollte ihre Finger um seinen Schaft wickeln, beide Beine um seine Taille schlingen und sich von seiner Hitze füllen lassen.

Twerp summte so stark, dass ihre Haut brannte. „Marlis, ich habe einen signifikanten Anstieg deiner Temperatur festgestellt. Dies kann auf eine nachteilige Reaktion auf die Naniten hinweisen. Bitte begebe dich sofort auf den Weg zu einem Arzt.“

Sie schüttelte ihr Handgelenk und brachte die nervige KI zum Schweigen, aber Noatak schob sie schwer atmend von sich. „*Anaq*. Küssen kann dazu führen, dass die Naniten reagieren. Ich hätte nicht zulassen dürfen, dass du mir so nah kommst.“

Twerp summte wieder. „Ich habe Mek auf die Situation aufmerksam gemacht. Er erwartet dich.“

„Verdammt, Twerp.“ Es fühlte sich an, als hätte sie monatelang darauf gewartet, dass Noatak sie berührte, und jetzt das. „Es geht mir gut. Wirklich.“

Noatak legte seine Hände auf ihre Schultern und drehte sie zur Tür. „Twerp hat Recht.“ Seine Stimme klang belegt. „Wir können kein Risiko eingehen. Ich begleite dich.“

Normalerweise wäre sie wütend über die Andeutung, dass sie Hilfe brauchte, aber ihre Beine bebten vor Verlangen, und sie wollte ihm nicht sagen, dass er verschwinden sollte. „Danke."

Sie nahm seine Hand und führte ihn aus der Waffenkammer. Glucksend folgte er ihr.

„Was ist denn so lustig?"

„Ich sollte *dich* eskortieren, nicht umgekehrt."

Sie wurde nicht langsamer. „Was auch immer. Ich möchte Mek sowieso fragen, wie er gedenkt, dir zu helfen."

Sie hielten vor der Tür zur Krankenstation an. Mek warf einen Blick auf ihre verbundenen Hände, sein Gesicht ausdruckslos, aber seine Worte kamen kälter heraus als sonst. „Twerp hat mir gesagt, dass du kommst. Danke, dass du sie hergebracht hast, Noatak. Ich übernehme jetzt."

Marlis drückte Noataks Hand fester. „Ich will, dass er bleibt. Ich habe ein paar Fragen zu seinem ionischen Herzleiden."

Meks Augenbrauen schossen hoch und sein Kopf wirbelte zu Noatak. „Du hast ihr davon erzählt?"

Noatak nickte. „Jetzt ist es deine Aufgabe, sie davon zu überzeugen, dass mich niemand heilen kann."

Sie funkelte Noatak an. „Hör auf, das zu sagen."

Twerp mischte sich ein: „Ich wäre sehr daran interessiert, etwas über die D-Denaida-Physiologie zu erfahren, Doktor, zumal Marlis unter ihnen arbeiten wird."

„Eine Sache nach der anderen, okay? Du meintest, ihr Immunsystem hat sich eingeschaltet?" Mek zog den großen Scanner zum Untersuchungstisch. „Marlis, bitte setz dich."

Marlis setzte sich und Noatak ließ ihre Hand los, um dem Arzt Platz zu machen, während Twerp einen Bericht vorlegte: „Ihre Anzahl weißer Blutkörperchen nähert sich dem Niveau, das auf eine sich entwickelnde Autoimmunkaskade hinweisen kann."

Mek justierte den Scanner und führte ihn über ihren Kopf. „Das könnte jetzt wehtun."

Er gab ihr jedes Mal dieselbe Warnung, aber sie hatte nie mehr als eine wärmende Vibration gespürt, ähnlich wie bei Twerps Erinnerungen an sie. Sie schloss trotzdem die Augen und stellte sich vor, wie die Naniten in ihr die Puzzleteile ihres Gehirns wieder zusammensetzten.

Nach ein paar Augenblicken grunzte Mek und Marlis öffnete die Augen, nur um zu sehen, wie er den Scanner anstarrte. Ihr Atem stockte. „Was ist?"

„Dein Immunsystem ist definitiv in Aufruhr." Er

schüttelte den Kopf. „Die Naniten replizieren sich nicht. Noch schlimmer: Ihre Gesamtsättigung scheint abgenommen zu haben. Ich mache mir Sorgen, dass dein Immunsystem die Naniten zerstören könnte, bevor sie sich einnisten."

Twerp fügte hinzu: „Da sich die Naniten ähnlich wie eine Organtransplantation in das System von Marlis integrieren sollen, wäre die medizinisch empfohlene Vorgehensweise für den Menschen die Verabreichung von Medikamenten gegen Abstoßungsreaktionen."

Mek rieb sich die Schläfe. „Daran habe ich auch gedacht. Aber es würde sie anfällig für andere Infektionen machen und eine Quarantänezeit erfordern."

„Quarantäne?" Marlis drückte die Schultern durch. „Du meinst ... einen Lockdown für mich? Oh Gott, nein!" Auf dem Frachter hatte sie zweimal in Einzelhaft gesessen, nachdem sie während der Therapiesitzungen die Beherrschung verloren hatte, gefangen mit nichts als ihrer eigenen Wut und unter Droge gesetzt. So etwas wollte sie nie wieder erleben.

„Das sind unsere letzten Naniten." Noatak legte eine Hand auf ihre Schulter. „Du musst sie beschützen."

Sie schluckte schwer, besänftigt durch seine Berührung. *Beschütze die Naniten.* Es war keine Schießerei, aber es war eine wichtige Aufgabe, nicht nur für sie selbst, sondern für eine ganze Spezies. Sie verzog das Gesicht und starrte auf die kahle, schiefergraue Wand ihr gegenüber. „Solange Twerp bei mir bleibt ... okay."

„Ich bin noch nicht bereit, diesen Schritt zu gehen", sagte Mek. „Die Scans zeigen keinen Anstieg der Nanitkonzentrationen, aber vielleicht liegt das nur daran, dass sie entweder deine synaptischen Pfade analysieren oder reparieren. Ich möchte noch eine Runde Scans durchführen, bevor wir entscheiden, wie es weitergeht." Er zog den Scanner mit sich. „Leg dich bitte hin."

Marlis tat, was er verlangte, aber diesmal hielt sie die Augen offen und beobachtete das Gesicht des Arztes, während er den Bildschirm deutete.

Mek tippte auf ein paar Tasten. Er bewegte den Scanner und tippte erneut. Sein Gesicht hatte einen seltsam bleichen Glanz, von dem sie hoffte, dass es nur eine Reflexion vom Bildschirm des Scanners war. Schließlich schaltete er den Bildschirm aus und schob die gesamte Einheit zurück zur Wand. „Ich sehe keine neuen Kristalle."

Marlis wurde übel. „Kristalle?", fragte sie.

„Die physischen Verbindungen in deinem Gehirn.“

„Und das bedeutet? Noch mehr warten?“

Mek begegnete ihrem Blick. „Ich fürchte, die Naniten in deinem Körper liegen unter dem lebensfähigen Niveau. Sie werden dich nicht reparieren.“

Die Luft fühlte sich plötzlich zu schwer an, als wäre gerade ein Körper auf ihr zusammengebrochen und gestorben. Mit einer Hand tastete sie nach Noatak. Sie brauchte jemanden, etwas, um sie zu erden. Twerp summte an ihrem Handgelenk.

„Die Naniten sind tot.“ Noataks Stimme war flach und monoton, so ruhig, dass es beängstigend war. „Richtig?“

„Technisch gesehen können Maschinen nicht sterben …“, begann Twerp.

Aber Marlis wollte nichts mehr davon hören. Die Naniten waren unter ihrer Obhut gestorben. War sie dafür … verantwortlich?

KAPITEL ZWÖLF

Noatak hielt Marlis' Hand, während Mek eine Probe ihrer Rückenmarksflüssigkeit nahm, um seinen Verdacht zu bestätigen. Die Naniten waren tot, nicht mehr als träge mikroskopische Trümmerteile. Die Information lähmte ihn, als wären die Naniten ein Traum von ihm gewesen, den er jetzt erst zugeben konnte. Ein Teil von ihm hatte an dem Glauben festgehalten, dass eine Lösung für sein ionisches Herz und die Möglichkeit einer Zukunft existierte. Nachdem die Naniten verschwunden waren, gab es keine Hoffnung für ihn, keine Heilung für Marlis und keine Chance für seine Brüder. Nicht mal ihr gaunerischer Gott würde jetzt noch lachen.

Kaum hörbar fragte Marlis: „Ist es meine Schuld?"

Mek tätschelte ihre Schulter. „Natürlich nicht. Die Naniten waren offensichtlich zu schwach, als wir sie dir eingesetzt haben."

Die Frage schaffte es, Noatak aus seiner Benommenheit zu reißen. Marlis' Temperatur war im Waffenschrank angestiegen. Während des Kusses. Was, wenn er verantwortlich war? Er hatte darauf geachtet, sie nicht anzustupsen, sondern nur die körperliche Interaktion, das Gefühl ihres Körpers, ihrer Lippen, ihres Duftes zu genießen. Eine ionische Verbindung hätte weitaus tiefer gereicht. Es wäre instinktiver und unkontrollierter gewesen. Er war vorsichtig gewesen, oder?

Er schaute auf ihr Gesicht, ihre Porzellanhaut und ihre gelbbraunen Augen, auf die starke, jedoch schlanke Kurve ihres Halses. Ihre Brüste, die von ihrer schnellen Atmung wogen. Er wollte sie in seine Arme nehmen und sie trösten, aber er hatte nichts zu geben. Er könnte nie der Mann sein, der ihr gab, was sie brauchte. Weder heute noch morgen. Niemals.

Mit einem Kloß im Hals zog er sich zur Tür zurück. „Ich werde den Kapitän über die schlechte Nachricht informieren."

Marlis erblasste und drückte die Augen zu. „Es tut mir leid.“

„Nicht deine Schuld“, wiederholte Mek und warf einen Blick auf Noatak. „Ich werde Marlis noch eine Weile zur Beobachtung hierbehalten. Sag Qaiyaan, er soll ein Crew-Meeting einberufen. Es sollten alle wissen.“

Noatak stolperte benommen aus der Krankenstation und lief zu Qaiyaans Quartier.

Was, wenn es meine Schuld ist?

Einmal klopfte er an Qaiyaans Tür, öffnete sie und trat ein, bevor der Kapitän antworten konnte.

Lisa lag in ihrem Höschen auf dem Bett und las etwas auf ihrem Polycom. Bei seinem Anblick riss sie eine Decke über ihren nackten Oberkörper und quietschte: „Hey!“

Qaiyaan schaute von seinem Schreibtisch auf. „Noatak?“

„Ich komme gerade aus der Krankenstation.“ Gegenüber vom Kapitän und damit mit dem Rücken zum Bett nahm Noatak Platz. Er presste die Worte heraus: „Die Naniten sind tot.“

„Nein!“ Hinter ihm schnappte Lisa nach Luft und er hörte, wie sie sich bewegte, dann das Rascheln von Kleidung.

Qaiyaan zuckte zusammen und schloss die

Augen. „Bist du dir sicher? Vielleicht brauchen sie einfach mehr Zeit."

„Mek hat mehrere Tests gemacht." Noatak schluckte die Galle herunter, die bereits in seiner Kehle angekommen war. „Ich denke, es ist meine Schuld."

„Wovon sprichst du?" Verwirrt zog Qaiyaan die Augenbrauen zusammen.

„Ich habe sie geküsst."

Empathie zeigte sich auf dem Gesicht des Kapitäns. „Ein Kuss reicht nicht aus, um die Naniten zu zerstören."

„Vielleicht schon, wenn sie bereits schwach waren." Noatak wollte sich nicht besänftigen lassen. „Ich habe sie direkt zur Krankenstation gebracht, aber es war bereits zu spät."

„Ganz ruhig, Noatak. Wir alle wissen, dass die Naniten bei Aufregung Kurzschlüsse verursachen können, aber das Einzige, was stark genug ist, um sie tatsächlich zu töten, ist die denaidanische Paarungsfrequenz."

„Mek meinte, die Naniten seien von Anfang an schwerfällig gewesen. Der Kuss brachte Marlis' Immunsystem dazu, sie abzulehnen." Je mehr Noatak darüber nachdachte, desto stärker war er sich seiner Schuld bewusst. Er war nachlässig und gierig nach Marlis' Berührung gewesen, obwohl er wusste, dass daraus nie etwas werden könnte. Jetzt war nicht nur seine Spezies dem Untergang geweiht, Marlis war zudem die Chance auf eine Heilung entgangen.

„*Iluq*, wenn die Naniten so verwundbar wären, hätte Mek Marlis von Beginn an in der Krankenstation gehalten und sie nicht unter der Crew herumlaufen lassen."

Noatak hörte nicht zu. Er musste das in Ordnung bringen. Wenn es eine Sache gab, die er über Bedauern gelernt hatte, dann, dass der Blick zurück einen nicht weiter brachte. Es gab nur eine Lösung. „Wir müssen Doug endlich finden."

„Wir arbeiten daran." Qaiyaan nickte. „Wir warten nur darauf, dass Kashatok weitere Informationen ausgräbt."

„Wir haben gesehen, wie lange das dauert. Doug könnte tot sein, bevor wir ihn aufspüren."

„Kashatok arbeitet daran, glaub mir."

Noatak schüttelte den Kopf. Er hatte einen anderen Plan im Kopf. „Syndicorp will Lisa immer noch haben, oder? Vor allem die Wissenschaftler auf dem Raumschiff *Icarus*."

Qaiyaan blickte ihn finster an. „Wir benutzen sie nicht als Köder."

„Nein, aber wir könnten das Wissen über ihren Aufenthalt nutzen, um unsere Feinde herauszulocken."

„Was schlägst du vor?"

Noatak grinste. Nichts war besser als eine gefährliche Mission, um die Gedanken von den eigenen Problemen abzulenken. „Ich werde eine Nachricht auf dem alten Kanal der Galactic Ops senden und behaupten, Informationen über Lisa zu haben, aber dass ich sie nur dem Kapitän der Icarus persönlich geben werde. Ich nehme unser Shuttle und treffe sie an einem zufällig ausgewählten Ort. Sobald sie mich an Bord bringen, lasse ich einen Tracker fallen. Auf diese Weise seid ihr in der Lage, die Icarus zu finden und das Schiff zu kapern."

Qaiyaan verschränkte seine Arme. „Sie werden nach etwas dieser Art Ausschau halten. Und wir können nicht zulassen, dass sie dich in die Finger bekommen. Du weißt zu viel."

Noatak atmete tief durch und sagte: „Sie werden nichts aus mir herausholen. Ich nehme eine Selbstmordpille, direkt nachdem ich den Tracker fallen gelassen habe."

„Bist du wahnsinnig?" Qaiyaan erhob sich von

seinem Stuhl und starrte Noatak schockiert an. „Eine Selbstmordpille?"

Lisa hatte sich angezogen und kam an Qaiyaans Seite. Sie schlang einen Arm um seine Taille und zog ihn zurück auf seinen Sitz. „Ich weiß es zu schätzen, dass du helfen willst, meinen Bruder zu retten, aber Qaiyaan hat Recht. Das ist zu extrem."

„Ist es nicht." Er schluckte. „Ich sterbe bereits, Qaiyaan."

Er erzählte ihnen von seinem ionischen Herzen und musste beobachten, wie Qaiyaans Gesicht jegliche Farbe verlor. Lisa bedeckte ihren Mund mit einer Hand und ihre Augen glitzerten. Als er fertig war, senkte sie die Hand und griff nach seiner. „Kommt das daher, weil du geholfen hast, mich zu retten?"

Als sie Lisa vor dem Kartell gerettet hatten, hatte er seinen Ionenschild ausgedehnt, um sie während der Verbrennungen zu schützen. Die zusätzliche Belastung auf seinen Kreislauf hatte seinen Zustand sicherlich nicht verbessert, aber die Wurzel des Problems lag bei ihm allein.

„Nein." Er drückte ihre Hand und traf auf ihren Blick, damit sie wusste, dass er es aufrichtig meinte. „Ich weiß seit Jahren, dass mein Ionensystem versagt. Zu viele Stimulanzien, während ich bei den Troopern im Dienst war. Aber ich habe noch genug Energie in mir, um den Plan umzusetzen. Ich will nicht wie ein alter Mann die Galaxie verlassen. Wenn mir diese Mission gelingt, wird mein Tod zumindest etwas bedeuten. Ich werde deinen Bruder befreien, Naniten für weitere Gefährtinnen besorgen und Marlis helfen, sodass sie heilen kann."

„Marlis?" Lisa verengte ihre Augen. „Du machst das für sie, oder?"

„Hier geht es um unsere gesamte Spezies", sagte Noatak und löste sich aus ihrem Griff. „Aber ich möchte, dass ihre Zukunft glücklich ist."

Lisa zog die Augenbrauen hoch. „Ich wette, dass das ohne dich schwer für sie sein wird."

„Wir kennen uns kaum." Er schluckte schwer und seine Gedanken gingen sofort zu Marlis, die immer wieder darauf bestand, mit ihm zusammen sein zu wollen. Sie war perfekt, mehr als er es sich bei einer Frau je hätte vorstellen können. Aber sie verdiente so viel mehr als ihn. „Sie wird jemand anderen für sich finden. Ich jedoch sollte gehen, bevor wir uns noch vertrauter werden."

Seufzend ließ Qaiyaan sein Kinn auf seine Brust fallen. „Ich gebe es ungern zu, aber bisher ist das leider unser bester Plan." Er stand auf. „Ich werde Kashatok bitten, ein Crew-Meeting in der Küche der Kinship zu organisieren, damit jeder daran teilnehmen kann. Wir müssen den Männern von den Naniten erzählen. Danach können wir gleich über die Icarus sprechen."

Angespannt nickte Noatak. Er kannte seinen Kapitän gut; dies war Qaiyaans Version, dem Plan zuzustimmen. Angenommen, Kashatok hatte sich nicht selbst einen wilden Plan aus dem Hut gezaubert, würde sich Noatak schon bald auf den Weg machen. Hoffentlich würde er als Held in Erinnerung bleiben, als der Mann, der seinem Volk zukünftige Gefährtinnen gesichert hatte. Und war er erstmal fort, konnte Marlis ihr Leben leben und sich mit einem der verbleibenden Crewmitglieder verbinden.

Er sollte zu seiner Koje gehen, sich darauf vorbereiten, Ellam Cua zu treffen, und sicherstellen, dass alle seine Angelegenheiten geklärt waren, bevor er seine letzte Mission antrat. Das sollte er. Stattdessen ging er zurück zur Krankenstation. Alles, was er bis zu seinem Tod tun wollte, war Zeit mit Marlis zu verbringen.

KAPITEL DREIZEHN

Marlis unterdrückte ihre Wut, als sie Mek in der Krankenstation zurückließ. Die Naniten waren weg, zusammen mit dem Versprechen, ihr Gehirn zu heilen und jede Chance auf eine Zukunft mit Noatak. Verdammt, ihr Job könnte sogar auf dem Spiel stehen. Was sollte die Crew jetzt noch mit ihr anfangen, da sie im Grunde deren einzige Hoffnung auf Gefährtinnen getötet hatte? Sie war nutzlos. Eine Waffenspezialistin mit Gedächtnisproblemen, die es nicht einmal geschafft hatte, Mikrocomputer in ihrem Gehirn am Leben zu erhalten.

Sie stürmte um die Ecke und rannte direkt in Noatak. „Oh!"

Seine Hände packten ihre Schultern und

verhinderten so, dass sie auf ihrem Arsch landete. Auch ohne die Naniten zischte Elektrizität über ihre Haut und ihre erogenen Zonen kribbelten. Sie schaute ihm ins Gesicht. Tief in seinen Augen konnte sie Traurigkeit wahrnehmen. Sehnsucht. Es war wie ein Blick in einen Spiegel.

Sie versuchte, zu lächeln, aber es fühlte sich an wie eine Grimasse. „Wie hat der Kapitän die Nachricht aufgenommen?"

Noatak seufzte. „Es wird ein Meeting auf der Kinship geben, um es allen zu sagen. Ich wollte dich und Mek gerade holen kommen."

Prima. Sie hatte gehofft, etwas mehr Zeit zu haben. Vielleicht eine Chance, mit Emmy zu sprechen, bevor man sich dem Rest der Crew stellte.

Noatak nahm ihre Hand und drückte sanft. „Sie werden dir nicht die Schuld geben."

Bei der zärtlichen Geste brannten ihre Augen. Sie nickte. Sie wollte ihm glauben. Zurück bei Mek erzählten sie ihm von der Besprechung und gemeinsam machten sie sich auf den Weg zum Einstiegsrohr, das ins größere Schiff führte. Die Enge in ihrer Kehle bewegte sich auf ihre Brust zu, als sie die Kombüse betraten. Kashatoks Crew reichte bereits eine Flasche Rum um den Tisch.

Möglicherweise ahnten sie alle, was kommen würde. Die Stimmung war düster. Marlis nahm an einem Ende des Tisches neben Emmy Platz. Noatak beanspruchte den Stuhl auf ihrer anderen Seite. Er war so ruhig. Wie konnte er so stoisch sein? Sie wollte rennen und schreien und auf Dinge schießen!

Nachdem Mek sich ihnen angeschlossen hatte, setzte sich Qaiyaan an die Spitze des Tisches und räusperte sich. „Ihr ahnt wahrscheinlich schon, warum wir euch hergerufen haben." Die Crew murmelte, nickte und runzelte die Stirn. „Mek hat bestätigt, dass die Naniten tot sind."

Es war, als ob der Raum selbst nach Luft schnappte und Tovik fragte: „Was ist passiert?"

„Sie waren nicht mehr lebensfähig, als ich sie verabreicht habe", sagte Mek, nahm die Flasche Rum von Tovik an und gönnte sich einen großzügigen Schluck. „Es ist nicht Marlis' Schuld."

Emmy griff unter den Tisch und drückte Marlis' Hand, während die Männer grummelten und murrten.

Marlis konzentrierte sich weiterhin auf Qaiyaan, unfähig, die Crew, Emmy oder sogar Noatak anzuschauen. Sie hatte sie alle enttäuscht.

Qaiyaan fuhr fort: „Das bedeutet, dass wir

unsere Anstrengungen, Lisas Bruder zu finden, verdoppeln müssen. Noatak hat sich einen Plan ausgedacht, der ... eine Möglichkeit darstellt. Er kommt jedoch mit einem hohen Preis." Er deutete auf seinen Ersten Offizier. „Ich werde ihn erklären lassen."

Ein Plan? Marlis hätte wissen sollen, dass Noatak etwas einfallen würde. Sie wagte es, ihn aus dem Augenwinkel anzusehen.

Noatak ließ die Augen über die versammelten Männer schweifen und sein Ausdruck wirkte strenger als sonst. „Wenn das Labor auf der Icarus ist, wird unsere größte Schwierigkeit sein, das Flaggschiff zu finden. Es ist mit der neuesten Tarntechnologie ausgestattet und scheint unter Kommunikationsstille zu arbeiten."

Marlis runzelte die Stirn. Warum kam ihr der Name Icarus so bekannt vor? Sie hob ihr Handgelenk und sprach leise zu Twerp. „Twerp, kenne ich dieses Schiff?"

„Deine Schwester ist auf dem SNV-Flaggschiff Icarus stationiert", versorgte Twerp sie mit der Information, laut genug, dass jeder es hören konnte.

Marlis rutschte das Herz in die Hose.

Chignik senkte die Rumflasche mit einem lauten Knall auf den Tisch. „Anaq! Hast du gerade gesagt, dass deine Schwester auf der Icarus ist?"

Alles kam in einer Flut zu Marlis zurück. Sie drückte ihre Handfläche flach auf ihren Oberschenkel, um zu verhindern, dass sie nach dem Komfort ihrer E-11 griff. „Kurz bevor ich ging, wurde Attie zum Corporal befördert." Sie schluckte. Ihr dummes Gedächtnis hatte sie wieder im Stich gelassen. Sie hätte sich bei der ersten Nachbesprechung an den Namen erinnern sollen. „Sie ist der administrative Attaché des Admirals."

Noatak erblasste. „Das hast du nie erwähnt."

„Kannst du herausfinden, wo sich das Schiff befindet?", fragte Tovik.

„Besser noch: Kannst du uns an Bord bringen?", fügte Chignik hinzu.

Noatak rieb sich das Gesicht. „*Anaq*, es ist ein Syndicorp-Flaggschiff. Die Crew darf ihren Standort nicht verraten, und sie werden uns definitiv keine Tour geben, nur weil Marlis bei uns ist. Halten wir uns an meinen Plan."

„Der Plan, bei dem du Selbstmord begehst?" Qaiyaan verschränkte seine Arme und sah seinen Ersten Offizier wenig begeistert an. „Ich bin bereit für alternative Vorschläge."

Marlis schnappte nach Luft und alle

Anwesenden waren plötzlich mucksmäuschenstill. Sie wandte sich an Noatak. „Was redet er da?"

Noatak seufzte und hob trotzig sein Kinn. „Ich werde eine Nachricht senden, dass ich Informationen über Lisa habe. Syndicorp will sie zurück, also werden sie anbeißen. Sobald ich an Bord der Icarus bin, platziere ich einen Tracker, sodass ihr eine Spur habt, dem Schiff folgen und es kapern könnt."

„Aber er muss sich umbringen, damit sie ihn nicht verhören", fügte Qaiyaan hinzu.

Die Kombüse gewann an Lautstärke, als Männer auf den Tisch schlugen und Stühle zurückwarfen, da sie aufsprangen und miteinander stritten. Auch Tovik war aufgestanden, stellte sich direkt vor Noatak und gestikulierte wild.

Noatak gab nicht nach. „Ich sterbe sowieso. Betrachtet es als meinen letzten Wunsch. Ihr könnt mir danken, indem ihr eure kleinen *Terpaks* nach mir benennt."

Weitere Fragen flogen auf ihn zu. „Du stirbst bald? Was soll das denn bitte heißen?"

Marlis' Puls raste und Twerp vibrierte an ihrem Handgelenk, bis sich ihre Hand taub anfühlte. Sie hatte genug Militärstrategie-Simulationen durchgemacht, um zu wissen, dass dies ein schlechter Plan war, und nicht nur, weil er Noataks Tod nach sich zog. „Der Plan ist bescheuert." Sie wandte sich an Qaiyaan. „Du bist der Kapitän. Du kannst nicht erlauben, dass er das macht."

Qaiyaan zog eine Augenbraue hoch und dachte wahrscheinlich daran, sie wegen Ungehorsams zu bestrafen, aber es war ihr egal. Noatak durfte nicht sterben. Nicht so. Der Blick des Kapitäns verlor an Härte und er wandte sich von ihr ab. „Der Plan *ist* bescheuert. Leider ist es alles, was wir haben."

Die normalerweise beruhigende Stimme von Twerp durchbrach die Spannung: „Darf ich einen Vorschlag machen?"

Die Crew verstummte und alle starrten auf Marlis' Handgelenk. Twerp fuhr fort: „Ich habe die Durchführbarkeit dieses Plans analysiert und festgestellt, dass eine Wahrscheinlichkeit von achtundsiebzig Prozent besteht, dass die Icarus einen Tracker erkennt und ihn zerstört, bevor er ein Signal senden kann."

„Da hörst du es!", sagte Tovik, der auf Twerp zeigte und Noatak anfunkelte. Zumindest schien er auf ihrer Seite zu sein.

„Wenn das unmittelbare Ziel ist, das Flaggschiff zu finden", stotterte Twerps normalerweise sanfte Stimme, „dann schlage ich vor, wir erlauben Marlis, ihrer Schwester eine Nachricht mit einem Rückschein zu schicken. Der Schein kann mit einer universellen PIN kodiert werden, die keine zukünftigen Koordinaten liefert, uns aber verrät, wo sich das Schiff zum Zeitpunkt des Versendens aufgehalten hat. Es besteht eine minimale Wahrscheinlichkeit von sechs Komma fünf Prozent, dass die Icarus den wahren Zweck eines solchen Markers erkennen würde."

Chignik klatschte einmal in die Hände. „*Assirpaa*! Ein Marker innerhalb eines Markers! Und wenn sie länger miteinander im Dialog sind, erhalten wir einen Strom von Informationen, der einen Kurs vorgibt."

„K-Korrekt", sagte Twerp.

Noataks Ausdruck zeigte sich düster. „Eine universelle PIN kann nicht die gleichen Informationen liefern wie ein Tracker. Du wirst nicht wissen, wann das Schiff die Brennsequenz beginnt oder beendet, also kannst du dich nicht an sie heranschleichen."

Tovik hob die Hand. „Ich habe immer noch das Tarngerät vom Rakwiji-Schiff, das uns vom Kartell auf den Hals gehetzt wurde. Es ist nicht die neueste Technologie, aber es könnte ausreichen, um ein Shuttle zu verstecken."

„Ein Shuttle? Im Sinne von zwei oder drei Personen?" Noatak verschränkte die Arme und schüttelte den Kopf. „Ein so kleines Team kann kein Flaggschiff ausschalten."

„Aber wir könnten in der Lage sein, ein- und wieder auszusteigen, bevor sie es bemerken", sagte Marlis mit rasendem Verstand. „Und vielleicht könnte ich Attie überzeugen, mit uns zu gehen. Ich kenne das Layout der Icarus. Der Frachter, auf dem ich aufgewachsen bin, ist eines ihrer Schwesternschiffe."

„Gibt es andere Möglichkeiten, an Bord zu kommen als durch die Schleuse?", fragte Qaiyaan.

„Ähm." Marlis hatte Probleme, sich an Details zu erinnern. „Vielleicht weiß Twerp es?"

„Zugriff." Twerps Schluckauf war ein paar Mal zu hören. „Die Icarus ist mit acht Torpedorohren ausgestattet, die in die Artilleriebucht führen. Unter der Annahme, dass die Waffen nicht geladen sind, wäre es möglich, an jedem dieser Punkte durch die Hüllenverkleidung einzudringen."

„*Assirpaa*! Ich bin so froh, dass wir dich angeheuert haben!" Toviks Gesicht strahlte.

Qaiyaan kratzte sich am Bart. „Zumindest beinhaltet dieser Plan nicht, dass sich jemand opfern muss."

„Es ist immer noch Selbstmord!“ Noataks Gesicht hatte einen blaugrünen Farbton angenommen und seine Brust hob und senkte sich rapide. „Du kannst Marlis nicht schicken.“

Marlis stand langsam auf und funkelte Noatak den ganzen Weg nach oben an. „Willst du damit sagen, dass ich unfähig bin? Denn genau für diese Art von Job wurde ich eingestellt.“

Seine Kinnlade klappte herunter. „So meinte ich das nicht.“

„Dann sind wir uns ja einig.“ Sie hob das Kinn und stellte sich dem Rest der Crew. „Noatak und ich werden die Icarus aufspüren.“

KAPITEL VIERZEHN

Die Hardship ließ das Shuttle in der Nähe von Zyrinic Eight heraus, der letzten bekannten Position der Icarus. Noatak vergewisserte sich, dass Marlis' Gurt gut saß. Er war immer noch wütend, dass sie mitgekommen war. Sicherheit war ihr nicht garantiert, nur weil sie jemandes Schwester war. Und wenn sie in Gefahr geriet, konnte er nicht den einfachen Ausweg mit einer Selbstmordpille wählen. Er musste am Leben bleiben, um sie zu beschützen. *Anaq, so sollte diese Mission nicht ablaufen.*

„Hör auf, so finster dreinzublicken", sagte sie. „Ich würde es bevorzugen, wenn wir nicht die ganze Mission damit verbringen, genervt voneinander zu sein."

Der Plan mochte vergebliche Mühe sein, aber zumindest wurde ihm so etwas Zeit allein mit Marlis gegönnt. Ein kleiner Trost, bedachte man, dass nichts aus der Anziehungskraft wachsen konnte, selbst wenn sie die Mission lebend überstanden. Im Moment jedoch würde er alles mit ihr nehmen, was er bekommen könnte.

Er atmete langsam ein und betätigte die Triebwerke. Das Shuttle hatte nicht die Reichweite eines Raumschiffs mit Brennantrieb, aber Toviks Modifikationen hatten der Antriebseinheit einen Schub gegeben, und Noataks Magen taumelte bei der Beschleunigung. Er war es nicht gewohnt, ohne seine ionische Kraft zu reisen, nur konnte er es nicht riskieren, sich selbst einen ionischen Ausfall zu geben. Für Marlis musste er allzeitbereit sein. Das Shuttle wurde langsamer, als es seine Koordinaten erreichte, und die Sterne außerhalb des Bildschirms richteten sich neu aus und enthüllten die hellblaue Scheibe des Mondes von Zyrinic Eight.

Er wandte sich an Marlis. „Okay. In Joys Worten: Showtime."

Marlis grinste ihn an. Warum liebte er das so sehr? Ihre Begeisterung für diese Mission war fast ansteckend. Fast. Er zwang sein Gesicht wieder in seinen üblichen stoischen Ausdruck.

Nachdem Marlis die Kontaktinformation ihrer Schwester eingegeben hatte, blickte sie in das Kommunikationssystem. „Hey, Attie, ich bin's! Ich wollte dich nur wissen lassen, dass es mir gut geht. Es fühlt sich an, als würden wir durch die ganze Galaxie springen, um Lieferungen an ihren Bestimmungsort zu bringen. Bisher gibt es noch nichts Spannendes zu erzählen. Zu den Wachen zu gehören, ist eigentlich ziemlich langweilig. Ich weiß, ich weiß, du und Dad werdet beide hoffen, dass ich nie meine Fähigkeiten einsetzen muss. Aber verdammt, ich sehne mich nach etwas Interessanterem, als von Kolonie zu Kolonie zu fliegen. Oh, eine aufregende Sache gibt es: Ich habe einen heißen Kerl kennengelernt!" Sie wackelte anzüglich mit den Augenbrauen und schaute dann über die Schulter, als hätte sie etwas gehört. „Scheiße, ich muss los. Ich melde mich später nochmal."

Nachdem sie den Anruf beendet hatte, sah sie Noatak triumphierend an.

„Was war das denn?", fragte er. Je weniger Syndicorp über seine Existenz wusste, desto besser.

„Beruhige dich." Sie rümpfte die Nase. „Jetzt wird sie mit absoluter Sicherheit auch die nächste Nachricht öffnen."

Er lehnte sich wieder zurück und versuchte, nicht zu lächeln. „Du bist hinterhältiger, als du dir selbst zuschreibst.“

Sie grinste. „Danke.“ Ihr Grinsen verblasste. „Obwohl ich mich ein wenig schuldig fühle, meine Schwester so zu benutzen.“

„Verständlich.“ Er nickte und schätzte es, wie wichtig ihre Familie für sie war. „Wenn die Dinge wie geplant laufen, musst du dir keine Sorgen mehr um sie machen.“

„Das wäre eine Erleichterung.“ Sie streckte beide Arme über ihren Kopf, sodass sein Blick auf ihren Brüsten landete. Dann erhob sie sich und stellte sich in die niedrige Tür zum Cockpit, ihre Hüfte auf seiner Augenhöhe, und schaute in den kleinen Passagierbereich. „Was sollen wir tun, während wir darauf warten, dass sie die Nachricht öffnet?“

Er schluckte und riss seinen Blick von ihrem perfekten runden Arsch. Er konnte nur daran denken, wie sie sich unter seinen Händen anfühlen würde.

Der Ausdruck in ihren Augen, als sie über ihre Schulter blickte, enthüllte, dass sie genau wusste, was er dachte. Die Frau war mit Sicherheit ein *Tunrak*, der von Ellam Cua höchstpersönlich geschickt worden war, um ihn in Versuchung zu führen. Impulsiv griff er nach ihr und schlug ihr auf den Arsch.

Sie erschrak und stieß sich dabei den Kopf am Deckenbalken zwischen dem Cockpit und der Kabine.

Er sprang aus seinem Sitz. Er hatte sich so oft an dem Balken gestoßen, dass er aufgehört hatte, zu zählen. „Alles okay?"

„Mir geht's gut. Ich habe nicht erwartet, dass du so verspielt sein kannst." Sie drehte sich zu ihm um, eine Hand an ihrer Stirn, während ein winziges Rinnsal Blut auf ihr Auge zurollte. „Du bist größer als ich. Wie verhinderst du, dass du dich in diesem Shuttle nicht regelmäßig ausschaltest?"

Er konnte nicht anders und lachte. „Nach ein paar Beulen lernst du, vorsichtig zu sein." Er führte sie zum hinteren Bereich des Shuttles und zog eine der an der Wand verstauten Kojen heraus. „Setz dich. Ich hole die Sachen für die Erstversorgung."

Während er sie verarztete, schüttelte er den Kopf. „Ellam Cua hat einen bösen Sinn für Humor."

„Warum würdest du so etwas sagen?" Sie zuckte zusammen, als er ein Pflaster auf ihre Stirn klebte. „Ist Ellam Cua nicht dein Gott?"

„Er ist ein Gauner." Er knüllte die benutzten Tupfer und das Abdeckpapier zusammen, zielte auf den Mülleimer und warf. Das Knäuel klebte am Deckel, nicht schwer genug, um die Einheit zu aktivieren. Er wandte sich wieder Marlis zu. „Nachdem ich mich freiwillig für diese Mission gemeldet hatte – die übrigens nichts von ihrem Status als Selbstmordmission verloren hat –, konnte ich nur noch an meine letzten Momente mit dir denken. Ellam Cua erfüllte mir meinen Wunsch. Bei der Ironie kriegt er sich wahrscheinlich nicht mehr ein."

Sie neigte den Kopf. „Nun, was können wir tun, um ihn noch mehr zum Lachen zu bringen?" Das verführerische Lächeln auf ihrem Gesicht ließ sogar das Pflaster auf ihrer Stirn sexy aussehen. „Es könnte eine Weile dauern, bis wir von Attie hören."

Ihre Anspielung erweckte seinen Schwanz zum Leben. Er hätte sich nie vorstellen können, eine Frau so sehr zu wollen. Sie hatte einen Halt an ihm, den er sich nicht erklären konnte. Er würde alles für sie tun, und wenn sie etwas rummachen wollte, war er dabei. Es würde keinen Höhepunkt für ihn geben, aber er würde ihr eine *usviiq* gute Zeit bereiten.

Er erhob sich von der Koje, blickte auf sie

hinunter und genoss jede üppige Kurve. „Ich habe ein paar Ideen."

Sie leckte sich die Lippen und eine Hand bewegte sich verlockend über ihr Schlüsselbein. Alles, was sie tat, war verführerisch. Sicher kannte sie die Wirkung, die sie auf ihn hatte.

„Lehn dich zurück." Er ging zum Bett und fand sich zwischen ihren Beinen ein, beide Knie auf der harten Matratze.

Sie stützte sich auf ihre Ellbogen, ohne jemals den Blick von ihm zu nehmen.

Eine Handfläche legte er auf das Tal zwischen ihren Brüsten und drückte sie sanft nach unten. Jetzt ragte er über ihr und sein Schwanz presste sich gegen seine Hose. Er durfte nicht erlauben, dass sie es zu weit trieben, aber er würde so viel nehmen, wie er konnte. Er beugte sich mit seinem Gewicht auf seinen Händen nach vorne, drückte seinen Mund auf ihren und schob seine Zunge gierig zwischen ihre geteilten Lippen. Sie schmeckte fantastisch, süß und frisch und warm. Er ließ sich auf seine Ellbogen runter, vergrub seine Hände in ihren Haaren und stieß mit seiner Zunge in sie hinein.

Ihre Hände klammerten sich an den Saum seines Hemdes und dehnten den Stoff, um seine

Haut freizulegen. Seine Bauchmuskeln spannten sich an und er gestattete, dass sie ihm das Oberteil über den Kopf zog. Der Kuss wurde nur so lange unterbrochen, um die Barriere zwischen ihnen aus dem Weg zu räumen. Als seine Lippen wieder ihre beanspruchten, schob er eine Hand entlang ihrer Rippen zu ihrer Hüfte. Dort hielt er inne und ließ neben ihrem Hüftknochen seinen Daumen unter ihren Bund gleiten. Sie hob sich gegen ihn, als er die Außenseite ihres Oberschenkels streichelte und seinen Körper entlang ihrem ausrichtete. Sie wären so ein gutes Paar. Er konnte sich regelrecht vorstellen, wie warm sich ihre Pussy um ihn anfühlen würde, wie sie ihre Beine um seine Hüfte schlang, während er mit purer Hingabe in sie stieß.

Aber das durfte nicht passieren. Er musste sich mit dem zufrieden geben, was erlaubt war.

Mit einer Hand noch in ihrem Haar zog er ihren Kopf sanft zur Seite und sicherte sich so Zugang zu ihrer Kehle. Er knabberte und saugte sich an ihrer Haut hinunter und füllte seine Nase mit ihrem frischen Duft. Die Hand an ihrer Hüfte bewegte sich nach oben, rutschte unter ihr Hemd und tanzte über ihr Fleisch, bis er unter dem Hügel, der ihre Brust ausmachte, zur Ruhe kam. *Assirpaa,* ihre Brust. Er wollte sie sehen, anfassen, sie kosten.

Er zog sich zurück und schob ihr Hemd nach oben, sodass er einen Streifen cremiger Haut freilegte. Ein einfacher BH verdeckte ihre großen Brüste. An dem BH war nichts Besonderes, gestellt von den Troopern, aber an ihr fand er ihn heißer als Spitze. So typisch Marlis.

Während sie sich aus ihrem Oberteil befreite, schob er eine Hand unter ihren Rücken und löste den Verschluss des BHs. Endlich. Ihre Brüste waren entblößt, perfekte Kugeln, die groß genug waren, dass seine Handfläche kaum eine bedecken konnte. Jede rosarote Brustwarze bettelte darum, von ihm gekostet zu werden. Und so lehnte er sich vor, nahm eine erregende Spitze zwischen seine Lippen, zog so viel wie möglich von ihrer Brust in seinen Mund und umkreiste den unebenen Warzenvorhof mit der Zungenspitze.

Sie stöhnte, wölbte sich ihm entgegen und ermutigte ihn so, mehr zu nehmen. Der Nippel wurde unter seiner Zunge härter, und ihre Hände erkundeten seine nackten Seiten und seinen Rücken. Sie weitete ihre Beine und erlaubte seinem Schwanz, sich durch ihre Kleidung an ihre warme Mitte zu pressen.

Ellam Cua. Er wollte sich in ihr vergraben. Er wollte sie füllen, sie in Besitz nehmen und zu seiner machen. Er spannte seine Arschmuskeln an, drückte sich gegen ihren mit Stoff bedeckten Eingang und stöhnte unter dem exquisiten Gefühl. Dann rutschte er an ihrem Körper nach unten, kostete, saugte und leckte ihre Haut, während seine Hände den Verschluss an ihrer Hose lösten. Sie half ihm, indem sie ihre Hüfte hob, sodass er ihre Hose zusammen mit ihrem Höschen nach unten ziehen konnte. Er blickte auf das Schamhaar, das bereits von ihrer Erregung glitzerte. Jetzt war sie ihm völlig ausgeliefert. „Wunderschön."

Sie stöhnte, als sein Atem über ihre Haut wehte, und ihre Brüste wogten unter ihren schweren Atemzügen. Eine ihrer Hände glitt über ihren Bauch, ihre Finger tauchten zwischen ihre Schamlippen, und sie befriedigte sich vor seinen Augen selbst. Der Anblick hätte ihn fast über die Klippe geschickt.

Er legte eine Hand über ihre und schob seine Finger in ihre enge Hitze. Sie schrie ihre Lust hinaus, zuckte mit dem Becken nach oben, und auch sein Schwanz reagierte. Sie war so feucht. So perfekt.

Ihre freie Hand packte seine und drängte ihn tiefer. Er fügte einen zweiten Finger hinzu und vergrub beide bis zum Anschlag. Die heißen Wände ihrer Pussy bebten um ihn herum und sie keuchte, während sie immer feuchter wurde. Sie bebte und pulsierte, und doch ließen ihre Finger nicht von ihrer Klitoris ab. „Gott, ja!"

Der Duft ihrer Erregung umgab ihn. Er musste vorsichtig sein, sonst würde er zum Tier werden, sich die Kleider vom Leib reißen und sie ohne Rücksicht auf Verluste nehmen.

Er zog sich zurück und starrte auf ihre glorreiche Pussy, während er zwei, dann drei Finger in sie sinken ließ. Ihr Mittelfinger arbeitete indessen an ihrer Klitoris, ihre Augen auf halbmast und von ihm so eingenommen wie er von ihr.

„Du bist so sexy." Seine Stimme kam rau und atemlos heraus. Seine ionischen Instinkte stießen an seine Grenzen, aber er hielt an seiner Kontrolle fest und konzentrierte sich nur auf ihr Vergnügen. Er winkelte seine Finger an, um die Stelle tief in ihr zu treffen, die sie an den Rand bringen würde.

Ihre Pussy bebte. Die Hand an ihrer Klitoris entfernte sich ruckartig und packte stattdessen die Kante der Matratze. Sie warf den Kopf zurück, die Augen geschlossen, als ein Stöhnen von ihren Lippen aufstieg.

Er senkte seinen Kopf und sein Mund übernahm den Job ihrer Finger, seine Zunge neckte ihr geschwollenes Nervenbündel, während seine Finger weiter in sie hineinfuhren. Ellam Cua, sie schmeckte noch besser als sie roch, ihre Pheromone durchdrangen seine Sinne. Er legte seine Lippen fest um ihre Klitoris und saugte. Und saugte.

Ihr Stöhnen erhob sich zu einem Schrei. Musik in seinen Ohren. Dann explodierte sie und tränkte seine Hand und seinen Bart in ihren Nektar.

Er verlangsamte sein Tempo, weigerte sich aber, aufzuhören, bis er sicher war, dass er ihr jedes Schaudern entlockt hatte.

Sie lag keuchend unter ihm und ihre Alabasterhaut färbte sich zu einem bezaubernden Rosa. Sie griff blind nach ihm und flüsterte: „Komm her. Ich will dir auch einen Orgasmus geben.“

Oh, Ellam Cua, du bist grausam. Die eine Sache, die er nie mit ihr haben konnte, war die vollkommene Erlösung. Naniten oder nicht, wenn sie sich auf den Akt einließen, bedeutete das für einen von ihnen das Todesurteil. Er legte eine Hand um ihre. „Ich kann nicht, erinnerst du dich?“

Sie sackte auf die Matratze zurück, ihr Ausdruck plötzlich von Schmerz erfüllt.

Er packte ein dickes Quadrat Gaze aus dem Erste-Hilfe-Kasten, wischte seinen Bart ab und legte sich dann neben sie, wo er die Arme um sie schlang. Sein Schwanz pochte in einem schmerzhaften Protest, aber er hatte sich daran gewöhnt, seine Forderungen zu ignorieren. Er strich mit den Lippen über ihr Ohr. „Es reicht mir, dich zu erleben. Was auch passieren mag, ich werde die Zeit mit dir für immer in Ehren halten."

Gemeinsam kuschelten sie auf dem Bett, bis das Kommunikationssystem aufgrund einer eingehenden Nachricht piepte.

Marlis setzte sich aufrecht hin. „Attie."

Sie blickte auf ihn hinunter, und er sah ihr an, dass auch sie nicht bereit war, dass dieser Moment zu einem Ende kam. Die Mission jedoch musste Vorrang haben. Er drückte einen Kuss auf ihre Handfläche und erhob sich. „Du musst antworten."

Marlis zog sich schnell wieder an und eilte ins Cockpit. Attie hatte tatsächlich auf die Nachricht geantwortet. Dies war sein erster Blick auf ihre Schwester, und er war überrascht, wie ähnlich sie sich sahen, als ihre Form den Bildschirm füllte. „Hey, Marlis, ich habe deine Nachrichten erhalten. Es freut mich, dass du einen Job gefunden hast, aber es wäre gut zu wissen, auf welchem Schiff du bist, damit ich Dad beruhigen kann. Er ist auf dem Kriegspfad und scheint sich sicher zu sein, dass du von Sklavenhändlern eingefangen wurdest.“

Er löste den Standortcode vom Rückschein, während sich Marlis den Rest der Nachricht ansah. Sie hatte Recht behalten. Ihre Schwester mit einem Schwarm zu ködern, war gut gewesen. Während er mit seiner Aufgabe beschäftigt war, musste er jedoch sein Bestes geben, die geteilten Informationen über Marlis' letzte zwanglose Beziehung auszublenden. Sein Herzschlag beschleunigte sich, als er erkannte, dass das Flaggschiff in der Nähe war; es hatte das Planetensystem von Zyrinic Eight nie verlassen.

Nachdem die Nachricht ihrer Schwester vorbei war, sagte er: „Die Nachricht kam aus diesem Planetensystem. Wenn sie nicht bald planen, zu brennen, könnten wir sie mit einem Sprung erreichen.“

Sie nickte mit gerunzelter Stirn. „Ich hatte gehofft, wir hätten mehr Zeit.“

Er nahm ihre Hand. „Unsere gemeinsame Zeit wird nie ausreichend sein.“

KAPITEL FÜNFZEHN

Marlis fühlte sich innerlich zerrissen, als sie ihre nächste Nachricht aufzeichnete. Sie wollte, dass ihre Zeit mit Noatak nie endete, aber sie waren auf einer Mission, und sie mussten jetzt handeln, bevor die Icarus das Planetensystem verließ. Marlis wusste, dass ihre Schwester misstrauisch werden würde, wenn sie zu fröhlich und aufgedreht daherkam, und so erfand sie ein Problem für ihre nächste Nachricht. „Hey, Schwesterchen. Ich weiß, ich habe dir gerade erst eine Nachricht geschickt, jedoch wünschte ich, du wärst hier, sodass wir reden könnten. Der Kerl, den ich zuvor erwähnt habe? Er meint, er will mit mir zusammen sein, aber dann kommt er immer wieder mit Ausreden daher, warum das nicht geht."

Noatak drehte den Kopf zu ihr und zog eine Augenbraue hoch, sagte aber nichts und wandte sich erneut der Konsole zu.

Sie umkreisten einen der inneren Planeten von Zyrinic, einen Gasriesen, der von mehreren Ringen umgeben war. Die feinen Partikel, aus denen der äußere Ring bestand, brachten ihre Sensoren durcheinander, aber hier befanden sie sich an dem letzten bekannten Standort der Icarus.

Gerade als sie ihre Nachricht schickte, lehnte sich Noatak näher zum Bildschirm und flog mit den Fingern hastig über die Sensortastatur. „*Usviiqe*, da sind sie. Ich muss unseren Tarnschild aktivieren.“

Sie scannte den glühenden Ring des Planeten und entdeckte das massive Flaggschiff, das träge in der Umlaufbahn rotierte, wobei sich Partikel um seine harten Kanten und die Waffentürme wölbten. Ihr Puls raste. Wenn sie jetzt von ihnen gesehen worden, wäre die Mission vorbei. Beschloss die Icarus, zuerst zu schießen und später Fragen zu stellen, würden sie wohl schnell in Rauch aufgehen und sich den Partikeln anschließen. Sie hielt den Atem an und wartete.

Sobald das Tarnsystem eingeschaltet war, hob Noatak die Hände von der Konsole und konzentrierte sich auf den Bildschirm. „Ich glaube nicht, dass sie uns durch den Partikelring entdeckt haben, aber wir werden ein paar Minuten abwarten, um sicher zu sein."

Sie stieß einen langen Seufzer aus und ließ ihren Blick über die Oberfläche des wirbelnden, orangefarbenen Planeten schweifen. „Warum sind sie hier geparkt? Dies ist ein unbewohnbarer Planet."

„Keine Ahnung, aber so haben sie unsere Mission einfacher gemacht."

Nach einer gefühlten Ewigkeit nickte Noatak. „Wenn sie wüssten, dass wir hier sind, hätten sie inzwischen verlangt, dass wir uns identifizieren. Lass uns loslegen."

Mit einem Nicken ging sie zur Rückseite des Shuttles und zog sich einen Vakuumanzug an. Noatak würde das winzige Shuttle entlang der Unterseite des massiven Flaggschiffs fliegen und sich langsam genug bewegen, um nicht von den Detektoren eingefangen zu werden. Anscheinend hatten die Piraten so etwas schon einmal gemacht.

Der Vakuumanzug legte sich eng um ihre Brüste, und sie kämpfte gerade mit dem Siegel, als sie einen Schlag bekam. Sie sah auf ihr Armband. „Twerp, geht es dir gut?"

Twerp stieß mehrere abgehackte Wörter aus,

aus denen Marlis nur vereinzelt schlau wurde: „… Reaktion auf bestimmte Frequenzen …“ Der Satz endete mit Statik.

„Twerp?“ Ein Kloß setzte sich in ihrer Kehle ab. „Was ist los?“

Aus dem Cockpit kam über die Lautsprecher die Stimme eines Fremden. „Nicht identifizierter Flugkörper, bitte schalten Sie alle Systeme ab und bereiten Sie sich darauf vor, eingeholt zu werden.“

Das Schiff zitterte und sie stolperte vorwärts, wo Noatak verzweifelt auf die Tasten hämmerte. „Was passiert gerade?“, fragte sie.

„Sie haben uns entdeckt. *Usviiqe*, sie haben uns in einem Transponderstrahl.“

Sie packte die Kopfstützen auf den Cockpitstühlen und versuchte, aufrecht zu bleiben, als das Schiff erneut zuckte und ruckelte. „Fuck, tu, was sie sagen. Wir haben nichts gemacht. Vielleicht lassen sie uns gehen.“

„Ich bin auf ihrer Most-Wanted-Liste, Marlis. Für mich gibt es keinen Ausweg. Für dich aber schon.“ Kurzerhand packte er sie, küsste sie hart und schob sie dann vor sich, bevor er die Kommunikation anschaltete. „Ich halte einen eurer Bürger als Geisel. Deaktivieren Sie den Transponderstrahl oder ich töte sie.“

Sie kämpfte gegen seinen festen Griff, mehr aus Instinkt als aus Angst. „Nein!"

„Wir verhandeln nicht mit Terroristen", antwortete der Mann am anderen Ende.

Das Shuttle zuckte vorwärts, sodass sie gegen Noataks Brust gepresst wurde. Sie konnte nicht atmen, und ihre Sicht verschloss sich, als das Flaggschiff mit halsbrecherischer Geschwindigkeit näher zu kommen schien. Ein seltsames Kribbeln umgab sie, das zu einem tauben Gefühl wurde.

Und dann wurde alles um sie herum schwarz.

———

Noatak aktivierte instinktiv seine ionische Kraft und wickelte sie um Marlis, als der Transponderstrahl das Shuttle mit einer Kraft nach vorne ruckte, die an zehn G heranreichen musste. Er hielt so lange an der Macht fest, wie er konnte, bis sein ionisches Herz einen qualvollen Rhythmus annahm. Das Shuttle raste auf eine offene Landebucht zu, jedoch verlor er das Bewusstsein, bevor sie diese erreichten.

Er wachte in einer winzigen Zelle auf, die kaum groß genug war, um darin zu liegen. Es gab keine Möbel, keine Armaturen, keine Tür, nichts. Nach einer schnellen Beurteilung seiner selbst – seine Brust und sein Kopf schmerzten, aber es schien keine weiteren Schäden zu geben – stand er auf und durchsuchte die Ecken der nackten Metallwände nach Anzeichen einer Kamera oder eines Fluchtwegs.

„Hallo?" Seine Stimme wirkte auf dem kleinen Raum zu laut.

Seine letzte Erinnerung war, dass er Marlis an seine Vorderseite gepresst und all seine Willenskraft darauf verwendet hatte, sie vor der tödlichen Kraft des Strahls zu schützen. Hatte sie überlebt? *Anaq,* hatte *er* überlebt? Genauso gut könnte es sein, dass dies Ellam Cuas perverse Version der Hölle war.

Plötzlich rutschte ein Teil der Wand zur Seite und enthüllte ein funkelndes transparentes Kraftfeld, das ihn von einem hell erleuchteten Labor trennte. Arbeitsflächen aus Edelstahl, mehrere leere Untersuchungstische und verstreute medizinische Geräte, bei denen Mek sabbern würde, füllten den Raum. An der gegenüberliegenden Wand glänzten zwei weitere Türen, ähnlich denen von Noatak, mit Kraftfeldern.

Ein Mann mit dunklem Haar trat um einen der Labortische und betrachtete ihn mit einem kranken, abschätzenden Hunger. „In meinen wildesten Träumen hätte ich nie gedacht, dass ich einen Denaida-Mann in die Finger bekommen würde." Er lächelte und zeigte gerade weiße Zähne. „Das Glück muss auf mich herunterlächeln."

Noatak bewegte sich so nah an das Kraftfeld heran, wie er es wagte. „Was soll das hier?"

Der Mann sah auf ein übergroßes Polycom in seinen Händen. „Noatak qutar'Kon, ein Corporal bei den Galactic Ops, der seit fünfzehn Jahren wegen Piraterie und Terrorismus gesucht wird." Er schaute wieder auf und seine Augen strahlten. „Du kannst dich so glücklich schätzen, dass wir dich gefunden haben. Jedes andere Schiff hätte dich auf der Stelle hingerichtet." Er legte das Polycom beiseite, machte eine Geste und drei bewaffnete Trooper erschienen aus den Ecken des Raumes, die er von seiner Zelle nicht hatte sehen können. „Mein Name ist Dr. Dollard. Wir werden viel Zeit miteinander verbringen."

Einer der Trooper bewegte sich auf Noatak zu und das Kraftfeld verschwand. Noatak beäugte den Mann und fragte sich, ob er ihn mit einem Ionenimpuls ausschalten könnte. Er war überrascht, dass er überhaupt noch am Leben war, nachdem er sich im Shuttle überanstrengt hatte. Jetzt seine ionische Kraft aufzurufen, könnte ihn sehr wohl töten. Aber er musste Marlis finden – *anaq* auf die Konsequenzen.

Dollard sagte: „Die Dämpfung hier unterbindet, dass du deine ionischen Fähigkeiten einsetzen kannst, also versuche es gar nicht erst. Komm raus."

Anaq! Natürlich hatten sie daran gedacht. Er betrat das Labor, machte sich mit dem Layout vertraut und suchte nach möglichen Waffen. „Die Frau, die bei mir war – meine Geisel. Hat sie überlebt?"

Der Arzt richtete die chirurgischen Instrumente ordentlich auf einem Tablett neben einem Untersuchungstisch aus Edelstahl aus. „Der Transponderstrahl hätte euch beide zu Fruchtfleisch verwandeln sollen. Der Kapitän war ziemlich überrascht, euch beide lebend vorzufinden." Dollard begegnete seinem Blick mit einem Grinsen. „So wusste ich auch, dass wir einen Denaidaner in unserer Gewalt haben."

Noatak schaffte es gerade so, aus Erleichterung nicht auf die Knie zu sinken. Marlis lebte.

Dollard stellte den Untersuchungstisch so ein, sodass er aufrecht stand, und wies dann darauf. „Darf ich bitten?"

An den Tischkanten baumelten mehrere Gurte. *Einschränkungen.* Also sollte er gefoltert werden. Einer der Trooper stieß Noatak in den unteren Rücken und zwang ihn nach vorne. Noatak versuchte, seine Stimme gleichmäßig zu halten. „Was gedenkst du, zu tun?"

„Denaidanische Ionenkräfte haben mich schon immer fasziniert, insbesondere die unterschiedliche Art und Weise, in der die beiden Geschlechter die Fähigkeit nutzen. Eure Männchen sind so brutal mit ihrer Ionenstärke, während die Weibchen sich durch empathische Verbindungen auszeichnen, die empirisch fast unmöglich zu testen sind."

„Ihr habt alle unsere Frauen getötet!", knurrte Noatak. „Woher solltest du das also wissen?"

„Mmm." Der Mann griff nach einer Stim-Pistole. „Ich empfehle dir, mit mir zusammenzuarbeiten. Jedenfalls, wenn du leben willst."

„Halte das Ding von mir fern." Noatak trat zurück, aber die Männer auf beiden Seiten von ihm ergriffen seine Arme, zerrten ihn nach vorne und fesselten ihn an den Tisch.

Dollard stieß die Nadel der Stim-Pistole in Noataks Arm.

Das Adrenalin, das bereits durch Noataks

Adern strömte, zündete. Er brüllte und wehrte sich gegen seine Einschränkungen.

Ohne zu blinzeln, gab Dollard ihm eine weitere Spritze, bevor er mit gerunzelter Stirn einen Scanner über Noataks Brust schwenkte. „Hmm. Es scheint, dass du im Laufe der Jahre einige ionische Systemschäden erlitten hast.“

„Nur wegen Leuten wie dir“, spie Noatak. Sein Mund war trocken und doch nass und er fühlte, wie der Speichel seitlich heraustropfte.

„Leider.“ Der Arzt trat zurück und wischte etwas auf seinem Handrücken weg. „Das bedeutet einen erheblichen Rückschlag für meinen Datensatz. Unabhängig davon wird es interessant sein zu sehen, wie sich die Naniten in einem ionischen System wie deinem verhalten.“

Dollard wandte sich ab, lief zum Ausgang, seine Schergen direkt hinter ihm, und ließ Noatak vorerst allein im Labor zurück.

Keuchend riss Noatak immer wieder an den Einschränkungen, sein einziger Gedanke: *Heiliger Ellam Cua, mir wurden gerade Naniten injiziert.*

KAPITEL SECHZEHN

Marlis erwachte in einer Krankenstation. Grelles Licht leuchtete direkt über ihrem Kopf und verstärkte den pochenden Schmerz in ihrem Schädel. Sie versuchte, sich umzudrehen, um dem blendenden Licht zu entgehen, konnte sich aber nicht bewegen. Ihre Arme und Beine waren an ein Bett geschnallt. Panik ergriff sie und sie trat wild um sich, um sich von den Einschränkungen zu befreien.

Ein unbekannter Mann in einer blauen Syndicorp-Arztuniform füllte ihre Sicht und blockierte die Deckenleuchten. „Beruhigen Sie sich, Miss Swan."

Sie konnte jedoch nur daran denken, dass sie

sich wieder in einem Lockdown befand. *Was habe ich getan?* „Sie können mich jetzt losmachen."

Er wich zurück und ließ ein bekanntes Gesicht erscheinen. „Attie?" Marlis versuchte, ihre Stimme gleichmäßig zu halten. Sie erinnerte sich immer noch nicht, warum sie hier war, aber sie wusste, dass Panik die Dinge nur verschlimmern würde. *Es besteht keine Gefahr.* „Bitte sag ihm, er soll mich losschnallen."

Attie blickte über ihre Schulter. „Sind die Gurte notwendig?"

Die Fesseln lösten sich. Sie zwang sich, ruhig zu bleiben, setzte sich auf und schaute sich in der unbekannten Krankenstation um. „Wo bin ich?"

„Du erinnerst dich nicht, was passiert ist?", fragte Attie.

Marlis berührte den Verband, der eine wunde Beule an ihrer Stirn bedeckte, als die Erinnerungen langsam zurückkehrten. *Noatak. Das Shuttle. Der Widerstand.* Ihr Puls stieg wieder an. Anscheinend hatten sie sie gefangen genommen. Wo war Noatak? Und warum summte Twerp nicht? Sie griff nach ihrem Handgelenk und fand, dass das Armband nicht länger war, wo es hingehörte. „Twerp? Wo ist Twerp?"

Attie schüttelte den Kopf. „Unser IT-Team

musste deine KI beschlagnahmen. Sie werden dir die KI zurückgeben, sobald sie die Informationen von dem Gerät gezogen und sichergestellt haben, dass es nicht verwanzt ist."

Marlis hätte fast nach Luft geschnappt. Zu misstrauisch. Welche Art von Informationen über den Widerstand könnte Twerp preisgeben? Ihre Stimme klang blechern und falsch, als sie ruhig fragte: „Warum denkst du, dass ich verwanzt bin?"

„Weil Sie mit einem bekannten Kriminellen reisen", kam die Stimme von der Tür, die in die große Bucht führte. Marlis drehte sich zu einem kleinen Mann in einer schwarzen Uniform, die ihn als Admiral kennzeichnete. Er kam näher, gefolgt von drei über beide Ohren bewaffneten Troopern. Er schien zu jung zu sein, um Admiral zu sein, mit einem Kopf aus braunen Haaren, das von Grau unberührt war. „Einem Piraten, der alles tun würde, um Syndicorp-Technologie in die Finger zu bekommen."

„Noatak?" Der Name verließ ihre Lippen, ohne dass sie etwas dagegen tun konnte. Noatak hatte ihr gesagt, dass er ein gesuchter Mann war. Deshalb hatte sein ursprünglicher Plan Selbstmord vorgesehen. Oh Gott, hatte er Selbstmord begangen? Sie schoss auf die Füße und sah sich in der Krankenstation um, in der Hoffnung, seine vertraute Bronzehaut zu sehen. Der einzige andere Patient war eine Frau in einem Bett am Ende des Raumes. „Wo ist er?"

Attie legte eine Hand auf ihre Schulter. „Mach dir keine Sorgen. Die Piraten können dir jetzt nichts mehr tun."

Weitere Erinnerungen stürzten über Marlis ein. Die Besatzung der Icarus musste denken, dass sie eine Geisel gewesen war. Noatak hatte das alles arrangiert, um sie unschuldig erscheinen zu lassen. Fuck, hatten sie ihn hingerichtet? Sie musste wissen, ob er noch lebte.

„Corporal Swan", wandte sich der Admiral an Attie. „Sie sind sich sicher, dass dies Ihre Schwester ist?"

Attie erstarrte, ihre Hand bewegte sich zu einem Salut nach oben. „Ja, Sir."

Mit einem steifen Nicken konzentrierte er sich mit seinem eisblauen Blick wieder auf Marlis. „Ich bin Admiral Olly, Offizier auf der SNV Icarus, mit voller Befugnis nach dem Syndicorp-Gesetz, um Verräter des Regimes sofort zu bestrafen."

Marlis schluckte schwer, ihr Atem kam gepresst heraus. Noatak war wahrscheinlich tot. Sie konnte ihre Augen nicht dazu bringen, sie zu fokussieren, also konzentrierte sie sich auf ihre Atmung. *Ein. Aus. Ein. Aus.* Sie sehnte sich nach Twerps vertrautem Summen.

Der Admiral fuhr fort: „Marlis Swan, Sie werden beschuldigt, mit bekannten Piraten in Verbindung zu stehen und sich an illegalen Aktivitäten gegen Syndicorp und seine Verbündeten beteiligt zu haben."

„Sir –", begann Attie, wurde aber vom Admiral durch eine erhobene Hand zum Schweigen gebracht.

„Sie sind ruhig, Corporal. Ihr Anteil daran steht noch nicht fest."

Fuck! Noatak war nicht nur tot, jetzt hatte sie auch noch Attie in diese Sache hineingezogen. Nichts von dieser Mission verlief nach Plan. Instinktiv griff sie nach ihrer Waffe.

Die Soldaten hinter dem Admiral richteten ihre Gewehre auf sie, gerade als sie merkte, dass ihr Holster leer war. *Verdammt, sie haben mich entwaffnet!*

Attie drückte sanft Marlis' Arm. „Tief einatmen, Marlis. Es besteht keine Gefahr." Ihre Schwester bewegte sich zwischen Marlis und die bewaffneten Wachen. „Sir, bitte verzeihen Sie ihr. Sie leidet an PTBS."

„Ich habe ihre Akte gelesen", fuhr der Admiral

fort, sein Blick noch immer kalt. „Ich verstehe, dass sie wegen psychischer Probleme für den aktiven Dienst abgelehnt wurde. Das werde ich aber nicht als Ausrede akzeptieren. Sie müssen sich wegen Verrates vor Gericht verantworten. Wie bekennen Sie sich?“

Verrat? Sie konnte kaum atmen, kaum denken. Sie musste sich in den Griff bekommen, wenn sie hoffte, sich selbst und Attie lebend hier rauszubringen. Was würde Attie tun? Sie begegnete dem stetigen blauen Blick ihrer Schwester, aber hinter ihren Augen bemerkte Marlis den Beweis von Panik. Ihre Schwester war schon immer ihr Fels in der Brandung gewesen. Diesmal musste es umgekehrt sein. Marlis musste Attie retten.

Sie wandte sich wieder an den Admiral. Wenn er glaubte, dass Marlis psychische Probleme hatte, konnte sie das Opfer spielen. Der Gedanke machte sie krank. Sie hatte ihren Zustand nie als Entschuldigung für irgendetwas benutzt, wollte nie als Idiotin angesehen werden, aber im Moment war es alles, was sie hatte. Zum Glück hatte Noatak ihr eine plausible Erklärung für ihre Beteiligung mitgegeben. Sie schob den Gedanken beiseite, dass es seine letzte Tat gewesen sein könnte. Hoffentlich hatte sie später Zeit um ihn zu trauern.

Marlis wedelte mit beiden Händen und sagte: „Es tut mir leid, Sir. Ich bin gerade so verwirrt und verängstigt." Sie dachte an Noatak und schaffte es so, dass Tränen kamen. „Ich hatte keine Ahnung, dass er ein Pirat ist, bis ... bis ..."

Admiral Olly schien von ihrer Vorstellung wenig beeindruckt. „Sagen Sie mir, warum Sie hier sind, und ich kann Ihre Strafe mildern."

„Ich wurde als Wache auf einem Frachtschiff eingestellt. Mehr weiß ich nicht."

„Um was für eine Art Fracht handelt es sich?"

„Ich habe nie gefragt, Sir." Sie verzog ihr Gesicht und hoffte, dass es als schockiert und entsetzt rüberkam. „Bitte, ich brauche Twerp. Sie ist das Einzige, was mich ruhig hält."

„Twerp?" Er kniff die Augen zusammen.

Attie antwortete: „So nennt sie ihre Service-KI."

Ein Muskel im Kiefer des Admirals spannte sich an. „Unser IT-Team konnte Ihre KI nicht wiederbeleben. Es scheint, dass die Piraten eine Selbstzerstörung in ihren Code eingepflanzt haben, die durch unseren Transponderstrahl aktiviert wurde."

Marlis schnappte nach Luft, ihre Beine wurden schwach. „Twerp ist tot?" Atties Hand an ihrem Arm festigte sich und Marlis keuchte: „Nein!"

Ihre Brust konnte nicht noch mehr Herzschmerz ertragen. *Nicht auch noch Twerp.* Marlis weigerte sich, das zu glauben. Doch Twerps letzte Worte an sie hatten mit weißem Rauschen geendet. Noatak und Twerp, beide nicht mehr bei ihr. Trauer drohte, ihre ganze Logik zum Erliegen zu bringen, und sie sank zitternd auf das Bett zurück.

Admiral Olly machte einen Schritt nach vorne. „Sagen Sie mir, warum Sie Nachrichten an Corporal Swan geschickt haben."

Verdammt. Ihr Herz drohte zu explodieren. Attie könnte für dieses ganze Durcheinander bestraft werden. Marlis schaute in das Gesicht des Admirals, ihr Sichtfeld ein Tunnel, bei dem kein Ende zu erkennen war. „Sie ist meine Schwester, Sir. Rufen Sie nie Ihre Schwester an?"

„Den Ton können Sie sich sparen, Miss Swan." Der Admiral verschränkte die Arme. „Ihr Shuttle erschien nach einer Brennsequenz direkt an genau diesem Ort, wo es nur einen unbewohnten Planeten gibt. Keine Fracht an Bord, kein Grund, hier zu sein, und wir haben einen versteckten Tracker in Ihren Nachrichten entdeckt. Wie lautet Ihre Mission?"

Sie konnte sich keine gute Ausrede vorstellen. Zumindest waren die Tränen in ihren Augen echt. Sie blinzelte und zwang eine davon ihre Wange runter. „Ich bin nur eine Wache", presste sie heraus. „Ich weiß nicht einmal, wie man ein Shuttle steuert. Noatak hat mich verführt. Ich dachte, er sei etwas Besonderes! Ich wollte, dass er meine Schwester kennenlernt. Das ist alles."

Er wandte sich an Attie. „So kommen wir nicht weiter."

Attie runzelte die Stirn. „Sir, meine Schwester ist sehr anfällig für Manipulationen, und dieser Pirat hat das offensichtlich ausgenutzt. Bei ihren Nachrichten ging es nicht um viel anderes als um ihren neuen Freund. In ihrer Akte konnten sie sehen, dass unser Vater einen erweiterten Abhängigkeitserlass beantragt hat, aber dieser war noch nicht genehmigt worden. Was auch immer diese Piraten ihr angetan haben, hat ihre PTBS verschlimmert."

Sehr anfällig? Weggelaufen? Marlis holte zittrig Luft. Attie wusste, dass sie nicht weggelaufen war, und sie glaubte verdammt nochmal nicht, dass Marlis leicht zu manipulieren war. Also log Attie, um ihr zu helfen. Von allen Menschen im Universum konnte sie sich stets auf Attie verlassen. *Es besteht keine*

Gefahr. Marlis griff nach der Hand ihrer Schwester. So sehr es sie auch störte, sie musste diese Karte ausspielen. *Spiele die Verwirrte.* Schließlich hing Atties Leben von Marlis' Unschuld ab.

„Sir, wann kann ich meine KI zurückhaben?" Sie wusste, dass sie dies bereits gefragt hatte, aber noch einmal zu fragen, war eine Möglichkeit, ihn glauben zu machen, dass sie langsam war.

Olly entließ ein spöttisches Geräusch in seiner Kehle und sah zu Attie. „Ernsthaft?"

„Sir, Sie haben ihre Akte gelesen." Attie drückte Marlis' Hand. „Selbst wenn sie Ihre Fragen beantworten könnte, wären die Informationen, die sie zur Verfügung stellt, nicht gerade glaubwürdig. Genau aus diesem Grund haben wir einen Abhängigkeitserlass beantragt. Sie sollte nicht alleine durch die Galaxie streifen."

Der Admiral schüttelte langsam den Kopf, doch seine klugen Augen verließen nie Marlis' Gesicht. Marlis blinzelte eine weitere Träne heraus. Nach ein paar Augenblicken wandte er sich ab. „Corporal Swan, ich werde Nachsicht in Betracht ziehen, aber nur wegen Ihrer vorbildlichen Dienstzeit und der Opfer, die Ihre Familie bereits gebracht hat. Bitte bringen Sie Ihre Schwester in Ihr Quartier und melden Sie sich in meinem Büro für weitere Fragen.

Wir werden Miss Swan an der nächsten Raumstation in eine medizinische Einrichtung verlegen.“

„Danke, Sir.“ Attie salutierte dem sich zurückziehenden Admiral und wartete, bis er den Türrahmen geräumt hatte, bevor sie sich wieder an Marlis wandte. „Komm, wir lassen Dad besser wissen, dass es dir gut geht.“

Dankbar für eine Pause folgte Marlis ihrer Schwester aus der Krankenstation.

KAPITEL SIEBZEHN

Noatak riss erneut an seinen Fesseln, seine Handgelenke und Knöchel bereits blutig. Jeder Atemzug brannte in seiner Lunge und fühlte sich an, als ob er in Flammen aufging. Warum hatte er Mek erlaubt, ihm die Sache mit der Selbstmordpille auszureden? *Wegen Marlis.* Alles, was er tat, war wegen Marlis. Er hatte so lange leben wollen, wie er konnte, um jede Minute mit ihr zu genießen.

Ellam Cua, er liebte sie. Das war ihm mittlerweile schmerzlich bewusst. Sie hatten bisher noch keinen Sex gehabt, hatten sich nicht körperlich verbunden, aber ... er liebte sie. Dessen war er sich sicher.

Etwas Grünes blitzte hinter dem Energieschild vor einer der anderen Zellen auf, und nach einem Moment erkannte er, dass er nicht allein war.

„Hey!", krächzte er heraus, um den – wie er annehmen musste – anderen Gefangenen zu begrüßen.

Das grüne Licht bewegte sich erneut. Ein kybernetisches Auge?

„Hey", rief er lauter. „Wie lange bist du schon hier?"

Immer noch nichts.

„Kannst du mich hören?"

Das Energiefeld der Tür senkte sich, sodass der Insasse den Raum betreten konnte. Ein Mensch – oder etwas in der Art. Neben einem kybernetischen Auge zeigte sich eine Gesichtshälfte des Mannes als mattes graues Metall. Seine lockere Kleidung konnte eine Roboterhand am Ende seines Ärmels nicht verbergen.

„Du bist Denaidaner", sagte der Mann monoton. „Ist Lisa Moss bei dir?"

Noataks Atem verließ ihn mit einem Mal. „Bist du Doug?"

Der Mann nickte einmal, und seine grünen Augen schweiften über Noataks gefesselten Körper.

Noatak hatte erwartet, dass Lisas Zwillingsbruder so klein und drahtig sein würde wie sie. Dieser Mann jedoch war fast so groß und breit wie Noatak selbst. Und er war ein Cyborg. War das das Resultat der Naniten? „Lisa hat mich geschickt, um dich zu retten. Mach mich los und lass uns von hier verschwinden."

Doug schüttelte den Kopf. „Ich kann nicht gerettet werden."

Noatak musterte den Mann. „Wie bist du aus deiner Zelle gekommen? Bist du nicht auch ein Gefangener?"

„Ich bin, was sie von mir erwarten."

Noatak riss an seinen Fesseln. „Mach mich los. Ich muss Marlis retten."

„Zugriff." Dougs kybernetisches Auge blitzte auf. „Marlis Swan. Schwester von —" Ohne Vorwarnung hörte Doug auf zu sprechen und trat zurück in seine Zelle. Der Energieschild hob sich wieder und verdeckte seine Form.

„Was machst du denn?" Hatte Doug einen Kurzschluss, oder was?

Einen Herzschlag später öffnete sich die Haupttür des Labors und Dr. Dollard marschierte herein, begleitet von einem kleinen Mann in schwarzer Uniform. Doug musste irgendwie gewusst haben, dass sie kommen. Der kleine Mann trat vor und Noatak entdeckte das silberne Abzeichen auf seinem Revers. Er begutachtete den Admiral.

„Doktor." Der Admiral stellte sich vor Noatak, die Hände hinter seinem Rücken verschränkt, und richtete seinen Blick auf Noataks gefesselten Körper. Noatak kannte seine Sorte. Er gehörte zu der Sorte Mann, die das Universum in einem hartnäckigen Kontrast von Schwarz und Weiß sah. „Dieser Mann ist einer der meistgesuchten Verbrecher. Es werden ihm Verschwörung, Mord und eine ganze Reihe anderer verräterischer Aktivitäten zugeschrieben. Die CEOs werden ein Exempel an ihm statuieren wollen."

„Er ist zu wertvoll, um ihn hinzurichten." Dr. Dollard drängte sich zwischen Noatak und den Admiral. „Es gibt im Universum nur noch eine Handvoll seiner Art. Ihn zu studieren, wird mein Programm weit bringen."

Der Admiral schüttelte den Kopf. „Ich erwäge bereits eine Ausnahme für die Frau. Sie ist offensichtlich nicht in der Lage, wissentlich an seinen kriminellen Aktivitäten teilzunehmen."

„Es spielt keine Rolle, ob die Frau schuldig ist

oder nicht. Die CEOs brauchen nur einen Sündenbock. Nehmen Sie sie."

Marlis als Sündenbock? Noatak musste alles geben, ruhig zu bleiben und zuzuhören, anstatt das Maul aufzureißen und diese Männer anzubrüllen.

Der Admiral verschränkte die Arme. „Das einzige Exempel, das wir mit ihr statuieren würden, ist, dass wir unsere psychisch Kranken besser institutionalisieren müssen. Ihre Familie hat zugestimmt, sie wegzusperren. Ich kann für ihn keine Ausnahme machen."

Noataks Puls rauschte in seinen Ohren. Marlis als Sündenbock. Marlis institutionalisiert. Marlis für Verbrechen bestraft, die sie nie begangen hatte. Und er war hilflos, konnte nichts tun, um es zu stoppen. Er riss wieder an seinen Einschränkungen. Wenn er doch nur auf seine Kräfte zurückgreifen könnte! Es wäre die Sache wert, von seinem ionischen Herzen ausgebrannt zu werden, um diese Männer wie Käfer zu zermalmen.

Dr. Dollard hatte das Polycom in die Hand genommen und hielt es dem Admiral unter die Nase. „Muss ich Sie daran erinnern, dass Ihr Schiff ohne mein cyberempfindliches Programm keinen Zweck mehr hat?"

Der Admiral verzog genervt die Lippen und

konzentrierte sich wieder auf Noatak. Noatak starrte zurück, seine Muskeln standen kurz vorm Platzen, als er sich gegen die Gurte wehrte.

„Er gehört Ihnen, bis wir Alleigh erreichen." Der Admiral wandte sich ab. „Dann liegt die Sache nicht mehr in meinen Händen." Er marschierte aus dem Labor, ohne einen Blick zurückzuwerfen, und seine Trooper folgten ein paar Schritte hinter ihm.

Mit den Händen auf den Hüften beobachtete Dr. Dollard die Männer, bis sich die Tür hinter ihnen schloss. „Meine Güte." Er nahm einen Scanner und drückte ihn direkt über Noataks Brustbein. „Ich schätze, dann sollte ich das Beste aus unserer gemeinsamen Zeit ziehen. Wie fühlst du dich?"

Noatak funkelte ihn wütend an. Wenn er ehrlich war, fühlte er sich stärker, wahrscheinlich als Reaktion auf das Adrenalin, das durch ihn strömte.

„Es ist erfrischend, ein rein biologisches Testobjekt zu haben." Dr. Dollard stellte den Scanner zur Seite und nahm eine Spritze. „In letzter Zeit habe ich mich eher wie ein Mechaniker als wie ein Arzt gefühlt."

Bei dem Einstich bekam Noatak Gänsehaut. „Was versuchst du überhaupt zu erreichen?"

Der Arzt schien allzu glücklich, seine Arbeit mit

ihm zu besprechen: „Die Naniten wurden dazu entworfen, das kybernetische Bewusstsein beim Menschen zu erhöhen. Wir nennen es Cyberempfindlichkeit." Er entfernte die Spritze und trat aus Noataks Sichtfeld. „Sie schaffen ein Netzwerk innerhalb des Körpers, das nach dem gleichen Muster arbeitet wie das Denaidan-Ionensystem. Deine Spezies war der Katalysator für viele, viele Projekte. Meine Arbeit konzentriert sich eher auf Computerfrequenzen als auf kinetische oder empathische Frequenzen, aber die menschliche Physiologie ist mangelhaft. Es gab nur einen Weg, Testpersonen am Leben zu erhalten, und zwar durch die Integration von Robotertechnik." Immer noch außerhalb des Sichtfelds hantierte Dollard mit etwas, das nach Glasware klang. „Wirklich eine Schande, dass es nur noch so wenige deiner Spezies gibt, um sie zu erforschen."

„Du usviiqer Drecksack", sagte Noatak mit zusammengebissenen Zähnen. Er wusste, dass er einfach schweigen und den Arzt machen lassen sollte, aber er schaffte es nicht, seine Wut zu unterdrücken. „Ihr habt Völkermord begangen und alles, was dich interessiert, ist dein Experiment."

Dr. Dollard erschien wieder am Rande seines

Sichtbereiches, die Augen auf sein Polycom gerichtet. „Ich hatte nichts mit dem Projekt zu tun, das euren Planeten dezimiert hat. Es ergibt jedoch keinen Sinn, eine vollkommen gute Gelegenheit wie diese zu verschwenden, zumal ich nur ein paar Tage Zeit habe, bevor ich dich an unsere idiotischen CEOs übergeben muss." Mit einem Finger scrollte der Arzt über den Bildschirm des Polycom. „Wie ich gehofft hatte, replizieren sich die Naniten bereits. Sie scheinen eine Affinität zu deinem Ionensystem zu haben." Er blickte auf. „Wusstest du, dass dein Zustand unheilbar war?"

Am liebsten hätte Noatak den Arzt angespuckt. Er hielt sich jedoch zurück und knurrte nur tief in seiner Brust.

Dollard tippte mit einem Zeigefinger gegen Noataks Brustbein. „Beachte, dass ich *war* gesagt habe. Die Naniten scheinen dein Ionensystem zu reparieren. Beeindruckend, wenn ich das mal sagen darf. Möglicherweise gibt es Anwendungen, die ich nicht in Betracht gezogen habe." Ein schleimiges Lächeln hob die Mundwinkel des Mannes. „Vielleicht kann ich damit die Leute an der Macht davon überzeugen, dich am Leben zu lassen."

Der Arzt hüpfte regelrecht aus dem Raum und ließ Noatak zurück, der nicht wusste, was er gerade denken sollte. Die Naniten reparierten ihn? *Anaq.* Er würde also möglicherweise überleben, nur um in einer Zelle zu verrotten, während sie Marlis wegsperrten.

„Ellam Cua, du bist ein Arschgesicht", murmelte er und schüttelte den Kopf.

KAPITEL ACHTZEHN

Attie schleppte Marlis regelrecht durch die Korridore des Schiffes und passierte neugieriges Personal mit einem forschen Nicken. Zwei Trooper folgten dicht dahinter und nahmen Positionen vor der Tür ein, als sie Atties Quartier erreichten. Im Raum stieß ihre Schwester sie sofort in die kleine Duschkabine, Kleidung und alles. „Bestimmt willst du dich frischmachen, nachdem sich der Pirat an dir gerieben hat", sagte sie ein wenig zu laut. Sie drehte das Wasser voll auf und zeigte mit einem Finger direkt zwischen Marlis' Augen. „Du weinst nie", flüsterte sie wütend. „Was geht hier vor sich?"

Mit ihrem Verstand in Aufruhr ballte Marlis ihre Hände zu Fäusten und trat zur Seite, um dem prasselnden Wasser auszuweichen. „Syndicorp", begann sie und änderte dann die Richtung. „Mama ist gestorben." Sie ergab keinen Sinn. „Ich habe mich dem Widerstand angeschlossen."

Seufzend stellte Attie die Düse zur Wand hin ein. „Wir können das Wasser nur noch ein paar Minuten laufen lassen. Mein Zimmer wird wahrscheinlich überwacht, und ich muss mich beim Admiral melden. Beginne damit, mir zu sagen, warum du hier bist."

Marlis blies kontrolliert den Atem aus. „Wir sind hier, um eines der Testobjekte zu retten."

Atties Augenbrauen zogen sich zusammen. „Was denn bitte für Testobjekte?"

„Dieses Raumschiff beherbergt ein Naniten-Testlabor. Ich bin auf der Suche nach einem Mann namens Doug." Marlis nickte und freute sich, dass sie sich an dieses Detail erinnert hatte. Wasser war in ihre Stiefel eingedrungen und das Gefühl brachte sie etwas aus dem Konzept.

„Du wurdest falsch informiert." Attie verschränkte ihre Arme und um sie herum wirbelte der Dampf. „Wir testen einen Prototyp-Sensor."

Marlis packte die Schultern ihrer Schwester und sah ihr direkt in die Augen. „Es gibt ein Labor auf diesem Schiff und was auch immer Syndicorp dir erzählt, ist eine Lüge, um ihre wahren Motive zu vertuschen. Genau wie sie die Ereignisse auf Pulati vertuscht haben. Attie, Syndicorp hat die Terroranschläge inszeniert. Trooper haben Mama getötet."

Attie schüttelte sie ab. „Diese Piraten müssen dich einer Gehirnwäsche unterzogen haben."

„Nein, ich habe meine Erinnerungen zurück", sagte Marlis. „Und er ist kein Pirat. Er ist Teil des Widerstands."

„Du hast dein Gedächtnis nicht zurück, Marlis. Das kann ich hören." Die Wasseruhr der Dusche ertönte, eine Vorwarnung, dass die zugeteilte Zeit fast aufgebraucht war, und Attie blickte nervös über ihre Schulter in Richtung ihrer Kabine.

„Ich habe nicht gesagt, dass ich meine Fähigkeit, mich zu erinnern, zurückhabe", flüsterte Marlis. „Ich sagte Erinnerungen. Such nach der Reportage auf RealTime News. Dort findest du die Wahrheit."

Voller Zweifel verzog Attie das Gesicht. Sie sprach lauter als nötig: „Bist du mit der Dusche fertig, Marlis?"

Marlis schluckte und antwortete: „Gleich." Dann flüsterte sie wieder: „Was ist mit dem Mann passiert, der bei mir war? Ist er am Leben?"

„Er war am Leben, als ihr ankamt. Wahrscheinlich befragen sie ihn, aber ich habe keinen Zugang zu weiteren Informationen." Attie rieb sich die Stirn. „Du weißt doch, dass Syndicorp Piraten hinrichtet und jeden, der wissentlich Piraten hilft."

Marlis' Kehle verengte sich, was das Sprechen erschwerte. Noatak könnte am Leben sein! Aber er sollte hingerichtet werden. Zum Teufel, sie und Attie mussten sich vielleicht den gleichen Vorwürfen stellen. „Es tut mir leid. Es war nie mein Plan, dir Ärger zu machen."

„Ich weiß." Attie legte beide Hände auf Marlis' Wangen und ihre Augen füllten sich plötzlich mit Tränen. „Ich bin nur froh, dass du am Leben bist. Dieser Transponderstrahl hätte dich eigentlich töten müssen."

Die Dusche schaltete sich selbst aus, und Attie trat zurück, packte ein Handtuch aus einem Regal und sprach laut: „Ich habe saubere Kleidung, die du dir ausleihen kannst. Ich helfe dir, Dad anzurufen, dann muss ich mich beim Admiral melden."

Das Letzte, was Marlis gerade tun wollte, war, mit ihrem Vater zu sprechen. Sie wollte endlich wissen, ob Noatak in Ordnung war oder nicht. Wo könnte er sein? Folterten sie ihn, um an Informationen zu kommen? Sie biss sich auf die Unterlippe und dachte an die Selbstmordpille seines ersten Plans. Hatte er eine dabei? Der Gedanke schmerzte, und ihr hämmernder Puls erschwerte ihr das Denken. Gott, sie vermisste Twerp.

Attie legte eine zivile Tunika und eine Hose auf das Bett. So gleich schälte sich Marlis aus ihrer nassen Kleidung und hing sie in die Dusche. Ihre Stiefel waren eine Standardausgabe, entworfen, um schnell zu trocknen, also stellte sie das Paar beiseite und zog sich die Tunika über, bei der sie einen Stoffgürtel um ihre Taille schnürte. „Was haben sie mit meiner Pistole gemacht?"

Attie schüttelte den Kopf, eine Augenbraue hochgezogen. „Echt jetzt? Glaubst du wirklich, sie würden dir deine Waffe zurückgeben?"

Fuck, natürlich nicht. Der Verlust ihrer Lieblingswaffe machte sie fast so wütend wie alles andere an dieser Situation. Sie hatte sich nicht mehr so in die Enge getrieben gefühlt, seit sie vor einigen Jahren in einen Lockdown gezwungen worden war. Sie schaute sich im Raum um und suchte nach allem, was als Waffe verwendet werden könnte. Alles hier erinnerte sie an ihre Kindheit: Ein Holo-Würfel, der sich durch Familienfotos drehte. Eine Standarddecke auf dem ordentlich gemachten Bett, das noch die Satinecken darunter zeigte. Ein Poster mit einer Szene aus einem Film, in dem zwei Frauen einen ganzen Planeten vor der Vernichtung retteten.

„Hey!" Marlis zeigte auf das Poster. „Das hast du aus unserem Zimmer gestohlen!"

„Du hast es zurückgelassen." Attie grinste, bevor sie wieder einen ernsten Ausdruck annahm. „Und es erinnerte mich an dich."

Marlis nahm die Hände ihrer Schwester. „Ich wünschte, ich könnte etwas tun, damit der Admiral versteht, dass du unschuldig bist."

Attie holte tief Luft. „Er hat dich nicht in die Arrestzelle geworfen, also denke ich, dass er bereit ist, dir zu glauben." Sie zog ihre Hände zurück und tätschelte Marlis' Schulter. „Ich sage es nur ungern, aber du wirst wohl in eine Art Einrichtung für betreutes Wohnen geschickt werden. Vielleicht ist das besser so. Diese ganze Piratenverschwörung ist genau das, wovor Dad Angst hatte, wenn er dich deinen eigenen Weg gehen lässt."

Die Worte ihrer Schwester fühlten sich wie ein Schlag in ihre Magengegend an. Attie hatte sich immer für sie eingesetzt, hatte sie stets ermutigt. Sogar in Situationen, in denen Marlis falsch gelegen hatte. Wenn Attie sie aufgab, hatte Marlis niemanden mehr. „Bitte zweifle nicht an mir."

Seufzend ging Attie zur Tür. „Ruh dich etwas aus. Ich bin im Handumdrehen wieder bei dir."

Nach einem Nicken zu den Wachen vor ihrer Tür war Attie weg und der Laut der schließenden Tür war nichts anderes als die Bestätigung, dass sie in einer Arrestzelle saß. Aber dieser Moment könnte Marlis' einzige Chance sein, zu entkommen und Noatak zu helfen. Verzweifelt öffnete sie Atties Schrank und wühlte sich in der Hoffnung auf eine Waffe durch ihre Sachen. Attie jedoch hatte noch nie Interesse an Waffen gezeigt und zog die subtile Fähigkeit der Täuschung vor. *Fuck!*

Ihre Augen fielen noch einmal auf das Poster. Eine ausgefranste Ecke bedeckte eine Wartungsabdeckung. Als Kind hatte sie sich während ihrer Panikattacken in ihrem Schlafzimmer oft in dem Bereich dahinter versteckt, der so ziemlich durch das ganze Schiff führte. Oft hatte sie das Labyrinth für mögliche Fluchtwege erkundet.

Könnte ich es nutzen, um Noatak zu finden?

Sie warf einen Blick auf die oberen Ecken des Raumes und fragte sich, ob dort Kameras oder nur Mikrofone angebracht waren. Würde Attie bestraft werden, falls Marlis die Flucht ergriff? Wenn es eine Sache gab, in der Attie immer gut gewesen war, dann sich aus Schwierigkeiten zu befreien. Marlis musste darauf vertrauen, dass Attie darin immer noch meisterhaft war. Noataks Leben stand auf dem Spiel, und sie war seine einzige Hoffnung.

Sie schnappte sich eine von Atties Ersatzuniformen und zog sie an. Sie müsste den Schacht irgendwann verlassen, und wenn sie in Zivilkleidung auftauchte, könnte sie bemerkt werden. Das weiße Abzeichen eines Corporals würde ihr freien Zugang zum Großteil des Schiffes ermöglichen. Sie lockerte die Abdeckung und enthüllte den engen dunklen Bereich, bei dem die Wände mit Rohren und Drähten verkleidet waren. Verdammt. Sie dachte, mehr Platz darin gehabt zu haben.

Instinktiv rannte sie zurück zum Badeabteil, um einen von Atties Eyelinern zu holen. Auf der Rückseite des Plakats kritzelte sie: *Erinnere dich, was ich dir gesagt habe.* Und so wie sie es als Kinder getan hatten, fügte sie ein Herz und ihre Initialen hinzu. Hoffentlich würde Attie die Nachricht sehen. Irgendwann würde Marlis sie hier rausholen.

Sie atmete tief ein, kletterte in den beengten

Bereich und krabbelte in der abgestandenen Luft los.

———

Wieder allein im Labor starrte Noatak auf die Zelle, in der Doug verschwunden war. Würde er jetzt, wo Dollard weg war, erneut aus seinem Versteck treten? Im Moment war Doug seine einzige Chance zu entkommen, und der Typ schien es nicht eilig zu haben, selbst dieses Raumschiff hinter sich zu lassen.

Nach ein paar Augenblicken verschwand der Schild. Doug stand für eine Weile stocksteif in der Zelle, den Kopf geneigt, als würde er etwas weit Entferntes hören, und trat dann in den Hauptbereich des Labors.

„Ich habe festgestellt, dass du eine potenzielle Bedrohung für meine Schwester darstellst, falls sie entscheiden, dich zu befragen. Deshalb habe ich beschlossen, dass ich dich entweder töten oder dir bei der Flucht helfen muss."

„Was?" Noatak riss an seinen Fesseln. „Wir sind hier, um dich zu retten, du Arschloch!"

„Ich habe beschlossen, dir bei der Flucht zu

helfen." Doug hob seine Roboterhand und durchtrennte die Einschränkungen an Noataks rechtem Handgelenk.

„Wird auch Zeit." Obwohl Noatak dem Cyborg am liebsten ein Veilchen an seinem nichtroboterhaften Auge verpassen würde, griff er stattdessen mit seiner freien Hand zu seinem noch immer gefesselten Handgelenk, während Doug die Riemen um seine Knöchel durchschnitt. „Weißt du, wie ich Marlis finden kann?"

„Sie wurde in das Quartier ihrer Schwester gebracht, und ich habe das Überwachungssystem deaktiviert. Sie ist jedoch nicht mehr an diesem Ort. Deine Begleiterin bewegt sich momentan durch den Belüftungsschacht, der auch für Wartungsarbeiten genutzt wird. Es ist wahrscheinlich, dass sie versucht, die Arrestzelle zu erreichen."

„*Usviiqe*, sie denkt, dass ich dort festgehalten werde. Wie weit ist sie von hier entfernt?"

„Vier Ebenen unter uns. Wenn sie gefangen genommen wird, wird sie Informationen über Lisa preisgeben. Der einfachste Weg, die Sicherheit meiner Schwester zu gewährleisten, besteht darin, an der nächsten Abzweigung ein Druckventil zu öffnen."

„Was wird das bewirken?" Noatak gefiel der berechnende Blick im Auge des Cyborgs kein bisschen.

„Das Flammschutzsystem wird aktiviert, was innerhalb weniger Augenblicke zu Erstickung führt."

Noatak presste Doug gegen die Wand, bevor er überhaupt wusste, was er tat. „Wenn du auch nur daran denkst, Marlis zu schaden, wirst du nicht mal Zeit haben, diese Entscheidung zu bereuen."

Doug blieb emotionslos. „Ich habe das Kraftfeld deaktiviert, das diesen Raum umgibt, aber ich würde trotzdem davon abraten, deine Kräfte einzusetzen."

„Ich werde dich mit bloßen Händen zermahlen, wenn es sein muss", sagte Noatak und meinte jedes Wort. „Jetzt sag mir, wie ich zu Marlis komme."

„Ohne eine Möglichkeit, sie zu kontaktieren, ist die Wahrscheinlichkeit hoch, dass sie schon bald gefangen genommen wird. Das kann ich nicht zulassen."

„Du scheinst Zugang zu den Systemen und Netzwerken dieses Schiffes zu haben. Marlis hat eine KI. Könntest du ihr so eine Nachricht senden?"

Erneut neigte Doug den Kopf, als würde er lauschen. „Ihre KI ist nicht länger bei ihr.“

Kräfte oder keine Kräfte Noatak war so voller Stimulanzien und Adrenalin, dass er sich sicher war, er könnte Doug direkt durch die Wand rammen. „Wir müssen doch irgendwas machen können. Eine Ablenkung oder so, bis wir sie erreichen.“

Als würde ihm eine Erkenntnis kommen, flackerte etwas in Dougs menschlichem Auge auf. „Ihr Denaidaner seit gegenüber euren Gefährtinnen sehr hingebungsvoll.“

Es hatte keinen Sinn zu leugnen, was Noatak für wahr hielt. Marlis war seine Gefährtin, auf die eine oder andere Weise, in diesem oder im nächsten Leben. „Ich würde für sie sterben.“

Dougs menschliches Auge blinzelte mehrmals. „Das könnte das Ergebnis sein, wenn du versuchst, ihr zu helfen.“

Noatak minderte den Druck, den er mit seinem Arm auf die Kehle des Mannes ausübte. „Ich riskiere es.“

Der Cyborg trat von der Wand weg. „Folge mir.“

Die Tür zischte auf und enthüllte die leere Wand eines schwach beleuchteten Korridors. Sie drehten sich nach links und gingen mehrere

Schritte, bis Doug vor einer Wartungsabdeckung stehen blieb. Er steckte seine Roboterfinger in die Lücke und öffnete die Verkleidung mit einem Pop. An der Wand des schmalen Korridors erstreckte sich vertikal ein dickes Kabel in beide Richtungen und verschwand in der Dunkelheit. „Dieser Bereich führt zu einer Kreuzung, an der du deine Gefährtin abfangen können solltest. Es wird jedoch die Verwendung deiner Ionenkraft nötig sein, um deinen sofortigen Tod zu verhindern, da dieses Rohr dort unter Hochspannung steht.“

„Dann mal los“, sagte Noatak, ohne zu zögern. Wenn nötig würde er für Marlis ausbrennen.

Doug trat zurück. „Ich besitze keinen Ionenschild. Ich kann dich nicht begleiten. Sobald du deine Gefährtin bei dir hast, geht zwei Ebenen tiefer. Dort findet ihr die Andockbuchten. Ich werde euch von hier auf jede erdenkliche Weise helfen.“

„Was ist mit dir?“

„Ich werde in meine Zelle zurückkehren, wo ich hingehöre.“

Noatak runzelte die Stirn. „Wir sind hergekommen, um dich zu retten.“

„Bitte sag meiner Schwester, dass sie aufhören muss, mich zu suchen. Ich kann nicht gerettet werden.“ Doug deutete auf den Schacht. „Du musst dich beeilen. Der Arzt wird bald zurückkehren. Ich werde die Abdeckung hinter dir schließen."

Noatak atmete tief ein und versuchte, seine Nerven zu beruhigen. Er hatte seine ionischen Fähigkeiten schon lange nicht mehr für etwas dieser Reichweite genutzt. Er beschwor alle seine Reserven und umgab sich mit seiner Kraft. Er war sich nicht sicher, ob die Enge in seiner Brust sein normales oder sein ionisches Herz war.

Mit einem letzten Blick auf Doug fragte er: „Was passiert, wenn mein Schild versagt und ich sterbe?"

Doug hatte die Abdeckung in die Hand genommen und wartete darauf, sie wieder an seinen Platz zu bringen. „Dann werde ich gezwungen sein, meinen ursprünglichen Plan umzusetzen, um meine Schwester zu schützen."

Einen Moment lang fragte sich Noatak, ob er in eine ausgeklügelte Falle gedrängt wurde. Würde Doug ihn jedoch töten wollen, hätte er das bereits tun können – mit Leichtigkeit –, als Noatak gefesselt gewesen war. Also packte er die Hochspannungsleitung, trat in den Schacht und begann die Reise nach unten.

KAPITEL NEUNZEHN

Marlis erreichte eine Öffnung und spähte durch die Schlitze in den leeren Korridor. Ihr Herz hatte noch nie in ihrem Leben so hart gegen ihren Brustkorb gepocht. Sie kletterte aus dem engen Tunnel, schob die Abdeckung wieder an ihren Platz, richtete ihre Uniform und schritt zielgerichtet auf den Aufzug zu. Abgesehen von dem Schacht mit den Hochspannungsleitungen, der vertikal verlief, gab es auf jeder Ebene einen Wartungsbereich in der Form eines Labyrinths, sodass sie den Aufzug nehmen musste, um zum Waffentresor zu gelangen.

Das war der erste Punkt auf ihrer Liste – sich bewaffnen. Da das Schiff nicht im aktiven Kampf war, bestand eine gute Chance, dass sie unbemerkt in den Waffentresor schlüpfen konnte. Einmal bewaffnet, hätte sie eine viel bessere Chance, erfolgreich in die Arrestzelle zu gelangen.

Die Aufzugtür glitt auf, sodass ein Colonel aussteigen konnte. Er runzelte die Stirn, als er ihre beschmutze Uniform sah. Marlis hielt ihr Gesicht ausdruckslos, salutierte und trat in den Aufzug. Zum Glück sagte er nichts und dann schloss sich auch schon die Tür zwischen ihnen.

Sie stieß einen Seufzer aus und drückte den Knopf für eine Ebene unter ihr. Der Waffentresor befand sich in einem sicheren Bereich, aber sie konnte mit Hilfe des Wartungsbereichs an der Sicherheitskontrolle vorbeikommen. Zumindest war sie als Kind dazu in der Lage gewesen. Als sie aus dem Aufzug stieg, blickte sie nach links, nach rechts und bestätigte so, dass sie allein war, bevor sie zum nächsten Zugang in den Schacht huschte.

Sie schob sich in den beengten Bereich und schaffte es, die Abdeckung wieder an Ort und Stelle zu bringen. Je weiter sie sich von Atties Quartier entfernte, desto mehr zweifelte sie an ihrer Entscheidung. Selbst bewaffnet hatte eine Frau allein kaum eine Chance gegen die Sicherheitskräfte, die die Arrestzelle bewachten. *Du bist nicht nur eine Frau,* erinnerte sie sich. *Du bist eine ausgebildete Waffenspezialistin.* Sie brauchte nur eine Waffe.

Nachdem sie sichergestellt hatte, dass niemand im Waffentresor war, löste sie die Abdeckung und trat in die vertrauten Reihen mit Dienstgewehren und Pulspistolen. Hoffentlich würde in den nächsten paar Minuten keine der Wachen auf der anderen Seite des Tresors beschließen, hier zu patrouillieren. Sie glitt mit den Fingern über die Länge eines MCS6, zwang sich, nicht zu trödeln, und schnappte sich zwei E-11-Standardpulspistolen. Sie steckte eine zu beiden Seiten ihrer Hüfte in ihren Gürtel, zog sich erneut in den Wartungskorridor und sicherte die Abdeckung hinter ihr.

Endlich bewaffnet, fühlte sie sich um einiges besser und bewegte sich durch den Bereich zum nächsten Aufzug. Als sie ihr Gesicht gegen die dortige Abdeckung drückte, um sich zu orientieren, hörte sie ein schlurfendes Geräusch aus dem Korridor vor ihr. Sie hielt die Luft an und spähte entlang der Rohre in die Dunkelheit. Jemand war im Schacht. Mit ihr.

„Fuck", flüsterte sie und griff kurzerhand nach einer Pistole.

„Marlis?“ Das Flüstern klang wie zischender Wasserdampf.

„Noatak?“ Sie kroch vorwärts, eine Hand ausgestreckt in die Finsternis. Ihre Handfläche traf auf einen breiten, soliden Arm, und ein vertrauter, metallischer Duft erreichte sie. Sie schaffte es nicht, ihre Freude und Erleichterung zu verbergen. Warum sollte sie das auch? „Du lebst!“

„Pst.“ Seine Hand fand ihre und er führte sie den Weg zurück, aus dem er gekommen war.

Er stoppte an der Stelle, wo der Wartungsbereich in den vertikalen Hochspannungsschacht überging. Beide erhoben sich und er drehte sich zu ihr um. Sein Gesicht hielt einen orangefarbenen Unterton von den Warnleuchten. Seine Augen glitzerten im schwachen Licht, und sie schob beide Hände über seine Brust, um sich zu versichern, dass er wirklich hier war. Er war solide und echt und warm.

Seine Arme schlangen sich um sie und seine Wange legte sich auf ihren Kopf. Wie hatten sie es geschafft, sich zu finden? Sie hatte nie an einen Gott geglaubt, aber vielleicht passte sein Ellam Cua doch auf sie auf.

Für ein paar Atemzüge standen sie beide einfach

nur bewegungslos auf der Kreuzung, keiner von ihnen bereit, den anderen gehen zu lassen. Nach einer Weile schob er sie von sich. Sie krallte ihre Finger in den Stoff seines Hemdes; sie wollte ihn nicht gehen lassen. Er lächelte, dann legte er beide Hände auf ihre Wangen und küsste sie, bevor er seinen Mund in Richtung ihres Ohrs bewegte. „Ich muss dich tragen.“

Mich tragen? Was meinte er damit? Er drehte sich um und bot ihr seinen Rücken an. Obwohl der Korridor hier breiter war, handelte es sich dennoch um einen beengten Bereich. Was dachte er sich nur? Sie wusste nicht, was sie davon halten sollte, aber sie vertraute ihm, sodass sie beide Arme um seine Schultern schlang. Er zog ihre Beine über seine Hüften und bewegte sich in die Nische, die die Hochspannungsleitung hielt. Sie schnappte nach Luft. Er wollte sie an der Hochspannungsleitung entlangführen? *Fuck!*

In der nächsten Sekunde packte er das Kabel und kletterte daran wie ein Affe herunter. Indessen klammerte sie sich wie ein Babyäffchen an seinen Rücken. Sie konnte spüren, wie sich seine Brust von der Anstrengung hob und senkte. Wie machte er das? Es musste etwas mit seinen ionischen Kräften zu tun haben. Wenn er sich bei dem Versuch, sie zu retten, umbrachte, würde sie ihn für alle Zeiten heimsuchen.

Nach einer halben Ewigkeit betrat er einen weiteren Wartungskorridor. Sie lockerte ihren Griff an ihm und rutschte an seinem Rücken zu Boden. Er lehnte sich an die Wand, seine schweißbedeckte Bronzehaut reflektierte das Licht des Spannungswarnschildes.

Sie griff nach seiner Hand und flüsterte: „Geht es dir gut?"

Er hatte gesagt, wenn er seine Ionenkraft benutzen würde, müsste er sterben. Aber sein Griff war stark, und nach einem Moment der Ruhe nickte er und flüsterte: „Weiter. Wir müssen uns bewegen."

Sie seufzte erleichtert auf und führte den Weg aus der Nische. Der Bereich ging von hier nur in eine Richtung. Sie quetschte sich durch und fragte sich, wie Noatak mit seiner breiten Brust zurechtkam. Aber abgesehen von ein bisschen Gestöhne, als er sich durch eine besonders enge Stelle zwang, blieb er dicht hinter ihr. Bei der nächsten Abdeckung hielt sie inne, um nach draußen zu schauen.

Vor ihnen erstreckte sich eine Andockbucht. Der Trooper-Transporter der Icarus nahm die

Hälfte der Bucht ein, während mehrere kleinere Schiffe auf der anderen Seite standen, darunter ein paar Kampfjets und ein Forschungsschiff, das mit Sensortafeln bedeckt war. Männer und Frauen bewegten sich mit Werkzeugen und Ausrüstung zwischen den Schiffen.

Sie trat zur Seite und zog Noataks Kopf zu sich, sodass sie ihm ins Ohr flüstern konnte: „Kannst du eines davon fliegen?"

Er beugte sich vor, um durch die Schlitze zu spähen. Nach einem Moment drehte er sich zu ihr um. „Unsere beste Chance ist einer der Kampfjets."

Sie zog eine der E-11 aus ihrem Gürtel und drückte die Pistole in seine Hand. „Die brauchst du vielleicht."

Sein Atem streifte ihre Wange, als er ausatmete, dann zog er sie mit seiner freien Hand an sich. Sein Mund traf auf ihren, der Bart rau an ihrem Kinn, ihre Lippen verschmolzen und ihre Zungen spielten miteinander. Ob sie es hier herausschafften oder nicht, ihre Zeit mit ihm war die erstaunlichste ihres Lebens gewesen.

Er zog sich zurück, und in dem schwachen Licht sah sie sein breites Grinsen. „Los geht's."

Dann trat er mit voller Wucht gegen die Abdeckung.

Noatak platzte mit seiner Pistole aus dem Wartungsbereich. Er hoffte wirklich, dass Doug bereit war, denn wenn nicht bald jemand die Buchttüren öffnete, spielte es keine Rolle, ob sie den Kampfjet erreichten oder nicht.

Als die Abdeckung, die er herausgetreten hatte, auf das Deck klapperte, drehte sich eine Frau im Overall zu ihm. Ihre Augen weiteten sich und der Mund klappte auf, während ihr der Schraubenschlüssel in ihrer Hand aus den Fingern rutschte. Er zielte mit der Pistole, die Marlis ihm gegeben hatte, bevor er aber schießen konnte, drehte sich die Frau um, rannte los und schlug lautstark Alarm.

Noatak bewegte sich zu dem Kampfjet, Marlis dicht hinter ihm. Schreie hallten durch die Bucht, als es sich verbreitete, dass Gefahr bestand. Er sammelte seine ionische Kraft und schob ein Einstiegsgerüst gegen die Seite des Jets. Er wusste nicht, wie viel Kraft er noch in sich hatte, besonders nach diesem erschütternden Abstieg über das Hochspannungskabel, aber er würde alles, was er noch hatte, nutzen, um Marlis in Sicherheit zu bringen. „Hoch mit dir!"

Ein Pulsschuss prallte gegen eine nahegelegene Kiste. Marlis blieb am Fuß des Gerüsts stehen und feuerte eine Runde auf ihre Angreifer ab. „Du machst den Jet fertig. Ich werde sie so lange aufhalten."

Obwohl er sie beschützen wollte, sagte ihm sein Ops-Training, dass die taktische Wahl richtig war. Marlis kam allein klar. Er rannte das Gerüst hoch und sprang in den Pilotensitz. Das Cockpit des Jets war klein, für nur zwei Personen ausgelegt, aber seine Geschwindigkeit machte seine geringe Größe mehr als wett. Wenn sie es schafften, die Andockbucht zu räumen und den Kanonen der Icarus auszuweichen, wären sie außer Reichweite, bevor das Flaggschiff folgen konnte.

Er raste durch die Checkliste und schaltete die Zündsequenz der Triebwerke ein. Ellam Cua sei Dank hielt Syndicorp diese Schiffe betankt und bereit. Er hob den Blick und betete, dass sich die Schotten gleich öffneten, aber sie blieben fest verschlossen. Unsicher, ob Doug überhaupt zuhörte, sagte er: „Wenn du helfen willst, ist jetzt der richtige Zeitpunkt."

Marlis war ihm auf dem Gerüst gefolgt, kauerte nun vor dem Cockpit und erwiderte das Feuer auf ihre Angreifer. Doppeltüren auf der anderen Seite rutschten auf und offenbarten eine Einheit schwer bewaffneter Trooper. „*Anaq!*“ Er konnte die Schilde nicht aktivieren, bis der Jet versiegelt war. „Marlis, steig ein!“

Sie feuerte zwei weitere Schüsse ab und fiel dann auf den Sitz des Schützen. Noatak aktivierte die Cockpithaube. Diese schloss sich auch, nur tat sie dies so langsam, dass er fluchte. Er brachte die Räder auf Touren und in der Zwischenzeit war der Jet endlich versiegelt, sodass er das Fluggerät auf die Rollbahn steuern konnte. Hinter ihnen bauten die Trooper eine wärmesuchende Raketeneinheit auf. Wenn eines dieser Projektile den Jet traf, hatte es sich für sie erledigt. Der Beschuss von kleinen Waffen schoss durch die Luft, prallte auf die Rumpfverkleidung des Jets und löste Alarme aus.

Hinter ihm rief Marlis: „Beschusssystem bereit machen.“

Vor ihm hatte sich die Buchttür einen spaltbreit geöffnet und einen Streifen des dunklen Weltraumes enthüllt. Warnleuchten an seiner Konsole blinkten rot, als er den Jet auf manuellen Start umstellte und ihn über die vorgeschriebenen Grenzen hinaus nach vorn trieb.

Das aufwärmende Geräusch der Pulskanone des Jets traf auf seine Ohren und dann erhellten

Lichter hinter ihm die Luft. „Getroffen!“, brüllte Marlis.

Vor ihnen fuhr ein Lastwagen auf die Rollbahn und stellte sich ihnen in den Weg. Der Fahrer sprang heraus und floh. Dahinter waren die Schotten jetzt halb offen, ausreichend für einen Jet, aber es würde all sein Geschick erfordern.

Fluchend zog er am Steuer. Wenn er zu weit nach oben ausschlug, würde er gegen die obere Schotte krachen. Zu weit nach unten, und es wäre der Truck. Der Jet wackelte, stieg an, die Räder streiften das Fahrzeug.

Dann schossen sie an den Buchttüren vorbei und verließen das Flaggschiff in die Leere des Weltraums.

KAPITEL ZWANZIG

Marlis behielt alles im Auge, bis das Flaggschiff hinter einer Million Sternen verschwand. Sie hatte keine Ahnung, wie Noatak es geschafft hatte, aber er hatte sie außer Reichweite gebracht. „Sieht so aus, als wären wir außer Gefahr.“

Noatak stellte ein paar weitere Bedienelemente ein und sah dann über seine Schulter. „Alles gut bei dir? Alles noch dran?“

Sie nickte und dachte daran, wie er seine ionischen Kräfte genutzt hatte. „Und bei dir?“

„Es geht mir überraschend gut.“

Die Erleichterung, die sie bei seinen Worten verspürte, konnte ihr Gefühl des Versagens jedoch nicht auslöschen. Sie löste ihre

Beschleunigungsgurte und beugte sich vor, um ihre Stirn gegen die Rückseite seiner Kopfstütze zu drücken. „Was passiert nun? Wir haben die Mission nicht erfüllt. Und ich mache mir Sorgen, was nun aus meiner Schwester wird."

„Hat sie dir geholfen, zu entkommen?"

„Nein, ich bin abgehauen, während sie verhört wurde. Ich habe versucht, ihr die Wahrheit über Syndicorp zu sagen, aber sie wollte mir nicht glauben."

„Dann haben wir wohl beide versagt." Er drehte den Kopf, um ihr in die Augen zu sehen. „Ich habe Doug getroffen."

Sie drückte die Schultern durch. „Du hast ihn gefunden? Warum ist er nicht mit dir gekommen?"

„Es ist eine lange Geschichte, aber er will nicht fliehen. Sie haben ihn in einen Cyborg verwandelt."

„Fuck! Ein Cyborg? Ist es das, was die Naniten aus einem machen?"

„Scheint so." Etwas in seinen Augen beunruhigte sie, aber sie wusste nicht, um was es sich handelte. „Er scheint viel Kontrolle über die Systeme des Flaggschiffs zu haben. Ich glaube nicht, dass Syndicorp versteht, dass er sein eigener Herr ist. Er hat mir geholfen, dich zu finden, und er ist derjenige, der die Buchttüren für uns geöffnet hat.“

Die Stimme eines Fremden war aus dem Lautsprecher des Kampfjets zu hören. „Ich habe euren Weg vor den Sensoren der Icarus verborgen, aber ich empfehle euch, bald einen Ort zu finden, an dem ihr euch verstecken könnt. Ich kann andere Schiffe, die euch melden könnten, nicht überwachen oder kontrollieren.“

Noatak wirbelte zu der Konsole zurück. „Doug?“

„Korrekt“, antwortete die Stimme.

Marlis drehte bei der plötzlich auftretenden Hoffnung der Kopf. Wenn Doug die Kontrolle hatte, wie Noatak sagte, könnte er Attie vielleicht helfen. „Doug, ich heiße Marlis. Kannst du ein Auge auf meine Schwester werfen? Attie Swan. Da ich entkommen bin, könnte sie Schwierigkeiten bekommen.“

„Corporal Swan ist für mich irrelevant. Sie hat keine Informationen über Lisa.“

Wut flammte in Marlis’ Brust auf. „Sie ist nicht irrelevant. Sie ist meine Schwester.“

Noatak fügte hinzu: „Ausgerechnet du solltest verstehen, wie wichtig Schwestern sind, Doug.“

Kurzzeitig herrschte Schweigen, dann

antwortete Doug: „Ich werde versuchen, alle belastenden Beweise gegen Corporal Swan zu mildern. Ich kann jedoch nichts versprechen. Ihr Schicksal liegt in den Händen der Menschen.“

Mit zittriger Stimme sagte Marlis: „Danke.“ Jede Hilfe, die er anbieten konnte, war besser als nichts.

Doug fuhr fort: „Der Versuch, mich erneut zu kontaktieren – ob physisch oder digital –, wäre nicht ratsam. Bitte leitet dies an Lisa weiter. Wir werden nicht noch einmal miteinander sprechen.“

———

Noatak nahm keinen vollen Atemzug, bis die Räder des Jets auf dem Deck des Laderaums der Hardship zum Stillstand kamen. Ohne darauf zu warten, dass die Einstiegsplanke zur Metallbrücke zum Einsatz kam, entließ er die Cockpithaube mit einem Zischen. Er erhob sich, griff in den Schützenstuhl und zog Marlis in seine Arme, bevor er auf das Deck unter ihnen sprang. Ihre Arme um seinen Hals fühlten sich so richtig an, dass er Ellam Cua ein stilles Dankgebet schickte. Er hatte sich seit Ewigkeiten nicht mehr so energiegeladen gefühlt.

Das musste an den Naniten liegen.

Sein üblicher Zweifel war von Hoffnung durchdrungen. Nicht ersetzt, aber er fühlte die ungewohnte Emotion, obwohl er Erfahrungen mit den Experimenten Syndicorps vorweisen konnte und dafür einen hohen Preis hatte zahlen müssen. Nach allem, was Noatak wusste, war ihm ein anderer Stamm injiziert worden. Anders dem Stamm, der Marlis' Gehirn reparieren sollte. Oder vielleicht fühlte er sich nur wegen der Stims so energisch, die Dollard zusammen mit den Naniten injiziert hatte. Es bestand sogar die Möglichkeit, dass die Naniten sein System nicht reparierten, sondern dass sie alles schlimmer machten und ihn so schneller ausbrannten. Alles Gründe, warum er Marlis noch nicht gesagt hatte, dass ihm die Naniten eingepflanzt worden waren. Er wollte sie nicht enttäuschen, wollte ihr keine Sorgen bereiten, bis Mek ihn durchgecheckt hatte.

Er stellte sie auf das Deck und wandte sich der Mannschaft zu, die auf ihn zu rannte. Füße donnerten über die Metallbrücke und die Treppe hinunter. Dann kamen die Fragen. Tovik lief um den Jet und beäugte die verschiedenen Teile mit offensichtlicher Begeisterung.

„Nimm deine Pfoten von dem Jet", brüllte

Noatak über die aufgeregte Menge. Der Mechaniker würde den Kampfjet in Stücke zerlegen, wenn er nicht ausdrücklich aufgefordert wurde, das Fluggerät in Ruhe zu lassen.

Niedergeschlagen schloss sich Tovik den anderen an. Lisa blickte von Marlis zu Noatak und hob dann den Blick hoffnungsvoll zum Cockpit des Jets. „Habt ihr ... Doug gefunden?"

„Es tut mir leid." Noatak schüttelte den Kopf. Er hasste es, schlechte Nachrichten zu überbringen. „Ich konnte ihn nicht mitnehmen."

„Aber du hast ihn gefunden?", fragte sie, ihre kohlefarbenen Tiefen von Verzweiflung geprägt.

„Die kurze Version ist, dass er sich geweigert hat, uns zu begleiten."

„Geweigert? Warum?"

„Er ist nicht gerade ein Gefangener", sagte Noatak. „Aber es ist eine sehr lange Geschichte und ich muss die Krankenstation besuchen, bevor wir die Mission besprechen." Zuerst musste er die Sache mit den Naniten in den Griff bekommen.

Marlis nahm Lisas Hand. „Ohne ihn wären wir nicht entkommen. Und er hat versprochen, auf meine Schwester aufzupassen. Wir werden einen Weg finden, ihn aus Syndicorps Kontrolle zu befreien, das verspreche ich."

Lisa konnte nicht niedergeschlagener aussehen, als sie an der Brust ihres Gefährten Trost fand. Qaiyaan schlang einen Arm um ihre Schultern. Er wies mit dem Kinn zu der Treppe. „Geh zur Krankenstation. Ich werde Kashatok Bescheid geben, dass er seine Crew in einer Stunde für eine Nachbesprechung versammeln soll."

Mek nickte. „Gute Idee. Ich sollte sowohl Noatak als auch Marlis untersuchen."

Marlis warf Noatak einen besorgten Blick zu. „Noatak hat bei der Flucht seine Kräfte mehrmals eingesetzt. Stelle sicher, dass es ihm gut geht."

Es fühlte sich seltsam an, jemanden zu haben, der auf diese intime Weise um ihn besorgt war, jedoch gefiel ihm das Wissen, Marlis an seiner Seite zu haben. Qaiyaan und der Rest seiner *Iluqs* mochten ihn, sicher, aber mit ihr fühlte es sich anders an. Er war sich nicht ganz sicher, ob ihn das stärker oder schwächer machte; das kümmerte ihn allerdings nicht länger. Er wollte sie für den Rest seines Lebens jeden Moment eines jeden Tages an seiner Seite haben, wie lang oder kurz dieses Leben auch sein mochte. Und wenn Mek seine Naniten ernten könnte, um Marlis mit ihrem Problem zu helfen, würde Noatak jeden schlechten Gedanken zurücknehmen, den er jemals über Ellam Cuas Sinn für Humor gehabt hatte.

Er nahm Marlis' Hand. „Wir werden uns zusammen untersuchen lassen."

Sie folgten Mek zur Krankenstation. Noatak schloss die Tür hinter ihnen, holte tief Luft und drehte sich zu ihnen beiden um. „Mir wurden Naniten injiziert."

Sowohl Mek als auch Marlis schnappten nach Luft. Marlis sprach zuerst: „Warum hast du nichts gesagt?"

„Ich wollte deine Hoffnungen nicht ohne Meks Meinung wecken."

Die Falten um Meks Augen vertieften sich. „Warum sollte Syndicorp dir genau die Dinge injizieren, nach denen wir gesucht haben? Ist das eine Falle?"

Das hatte Noatak nicht einmal in Betracht gezogen, aber ... er bezweifelte es. Eine Falle ergab keinen Sinn. Dollard hatte definitiv nicht beabsichtigt, dass Noatak mit den Dingern das Weite suchte. „Das glaube ich nicht. Anscheinend basierte ihr Design auf dem Denaida-Ionensystem, und der Arzt war über alle Maßen erfreut, einen von uns in die Finger bekommen zu haben."

Mek schüttelte den Kopf, als käme er aus einer

Benommenheit und lief dann zum Schrank. „Schauen wir uns das mal an."

Nach einem kurzen Scan nickte der Arzt. „Du bist voller Naniten." Er tippte mit dem Zeigefinger gegen seine Lippen. „Ich weiß nicht, warum ich nie daran gedacht habe, uns selbst als Wirt zu nutzen. Spürst du irgendwelche der Nebenwirkungen, die an Lisas und Joys erinnern?"

Noatak schüttelte den Kopf. „Nein. Nur ein Anstieg meiner Ionenstärke."

„Aber du hast gesagt, dass sie Doug in einen Cyborg verwandelt haben." Marlis' Stimme klang angespannt. „Werden sie dir dasselbe antun?"

Meks Augen weiteten sich. „Ein Cyborg? Das ergibt so viel Sinn!" Er drehte sich um und begann, Gegenstände aus den Schränken zu ziehen. „Joys Naniten interagierten auf unerwartete Weise mit ihrem Kameraimplantat und hingen sich an ihr Nervensystem. Was ist, wenn die Naniten von Computerhardware angezogen werden? Sie wurden schließlich entwickelt, um Cyberempfindlichkeit zu schaffen. Und es würde erklären, warum Joy eine viel weniger schwere Reaktion hatte als Lisa, die keine Implantate aufweist."

„Ich habe auch keine Implantate", betonte Noatak. „Was wird also aus mir?"

Mek rieb sich nachdenklich den Kiefer und blickte über seine Scannerwerte. „Ich werde mich ein bisschen mehr dazu informieren müssen, aber es scheint einige gute Nachrichten zu geben." Er begegnete Noataks Blick. „Deine Ionenwerte sind um neunundvierzig Prozent gestiegen. Die Naniten scheinen dein System zu reparieren."

Noatak stieß einen schaudernden Atemzug aus. „Also hat Dollard nicht gelogen."

„Das ist wirklich ein Durchbruch", murmelte Mek und zog eine Spritze aus einer Schublade. „Dreh dich auf die Seite. Ich brauche eine Probe."

Noatak ertrug mehrere Nadelstiche und drei weitere Scans, bevor Qaiyaan an die Tür klopfte und fragte, wie es allen ging. Erst dann sagte ihm Mek, dass er sich wieder aufsetzen konnte. „Dein System reguliert den Nanitengehalt selbst, auf dieselbe Weise, auf die wir ionische Abfälle handhaben. Die Naniten müssen nicht aus deinem System entfernt werden, und du benötigst auch keine kybernetischen Implantate. Du bist der perfekte Wirt."

Noatak stieß einen erleichterten Seufzer aus. „Werde ich in der Lage sein, Vorräte für mögliche Gefährtinnen zu liefern?"

„Noch besser", sagte Mek. „Ich hätte diese

Schlussfolgerung schon vorher ziehen sollen. Die Naniten verändern das menschliche Synapsenmaterial, um unser ionisches System nachzuahmen. So werden sie für uns zu kompatiblen Gefährten. In einem Denaidaner implantiert, scheinen sie das ionische System so zu modulieren, dass wir Geschlechtsverkehr haben können, ohne dass unsere Frequenzen für den Menschen tödlich sind. Unsere Gefährtinnen werden die Naniten nicht brauchen."

Marlis packte Noataks Hand und drehte sich grinsend zu ihm. „Dann können wir zusammen sein."

Er lächelte und liebte ihre Begeisterung, aber es gab eine Sache, die sie vergessen hatte. Er sah zu Mek. „Können sie Marlis' Problem beheben?"

„Oh, richtig!" Marlis wandte sich erwartungsvoll an den Arzt.

Mek presste seine Lippen zusammen und sah zu Marlis. „Die Naniten mögen in der Lage sein, dich zu heilen, aber du müsstest trotzdem durch den Prozess gehen, sie aus deinem Körper zu bekommen." Sein Blick richtete sich auf Noatak. „Und ... na ja, eine Paarung mit Noatak wird sie nun nicht mehr deaktivieren."

„*Usviiqe.*" Der Kraftausdruck entwischte ihm, bevor Noatak ihn zurückdrängen konnte.

Marlis senkte den Kopf. „Du hast Recht mit Ellam Cuas Sinn für Humor."

Er stieß zittrig den Atem aus und entspannte seinen Griff an ihrer Hand. „Ich mache dir keine Vorwürfe, wenn du sie willst." Er war nicht länger todgeweiht, aber er würde dennoch ein Leben voller Schmerzen erleben, wenn er Marlis dabei zusehen müsste, wie sie sich mit einem anderen Denaidaner paarte. *Solange sie glücklich ist.*

Er war überrascht, als er spürte, wie sich ihre Finger fest um seine legten. „Ich will sie nicht, wenn das bedeutet, dass ich dich nicht haben kann." Dann lockerte sich ihr Griff und ihre Augenbrauen zogen sich nach oben. „Es sei denn natürlich, du willst keine Waffenspezialistin mit Gedächtnisproblemen."

Die Enge in seiner Brust löste sich von einer Sekunde auf die andere. Sie würde ihre eigene Chance auf Heilung aufgeben, um mit ihm zusammen zu sein? Das konnte er sie nicht tun lassen. Aber wer war er schon, ihr sagen zu können, was sie zu tun oder zu lassen hatte? Er hob ihre Hand an seine Lippen und drückte einen Kuss auf ihre Fingerknöchel. „Ich liebe dich so, wie du bist. Dein Verstand ist wunderschön, Erinnerungslücken oder nicht. Aber ich würde dich niemals bitten, deine eigene Heilung aufzugeben. Die Wahl muss bei dir liegen."

Die Farbe strömte zurück in ihr Gesicht und sie lächelte. „Ich habe die meiste Zeit meines Lebens mit diesem Problem gelebt und es geschafft, zu überleben. Twerp werde ich jedoch mehr denn je vermissen."

Er zog sie an sich. „Ich kaufe dir eine neue KI, wenn du möchtest. Ich habe von unseren verschiedenen Jobs einiges an Geld angehäuft."

„Darüber können wir ja nochmal reden." Sie hob den Kopf, sodass ihr Mund nicht weit von seinem entfernt war und hauchte an seinen Lippen: „Im Moment brauche ich nur dich, Noatak."

Er hätte sich nie einen Moment vorstellen können, der so voller Hoffnung für die Zukunft war. „Und ich brauche dich, Marlis."

„Ist ja gut, Leute", unterbrach Mek. „Dies ist eine Krankenstation, keine Flitterwochensuite. Marlis sollte sich etwas Zeit nehmen und sich das Ganze durch den Kopf gehen lassen. Um genau zu sein, bestehe ich darauf. Außerdem gibt es im Moment eine Gruppe von Männern, die euren Bericht hören will."

Noatak presste einen harten Kuss auf Marlis' Lippen und erhob sich vom Untersuchungstisch. Der Doc hatte Recht. Marlis musste sich absolut sicher sein, bevor sie ihre Wahl traf. Er hatte fünfzehn Jahre auf sie gewartet. Was waren da schon ein paar Tage mehr? Aber zum ersten Mal seit über fünfzehn Jahren hatte er tatsächlich keine Zweifel. Marlis gehörte ihm. Sie würde ihn wählen und er würde sie für den Rest ihrer Tage hegen und pflegen.

KAPITEL EINUNDZWANZIG

arlis schaute in den Spiegel, als Emmy einen Kamm durch ihre Haare führte. Hinter ihnen stöberten Lisa und Joy durch einen Schrank. Die Frauen hatten das Quartier des Kapitäns mit dem privaten Badezimmer beschlagnahmt und darauf bestanden, Marlis in Vorbereitung auf den heutigen Abend zu verwöhnen. *Heute Abend,* dachte Marlis, und ihr Herz raste vor Aufregung. Es fühlte sich an, als hätte sie jahrelang auf heute gewartet. Mek hatte ebenfalls darauf bestanden, dass sie sich Zeit nahm, dass sie die Sache mit Emmy besprach, bevor sie ihre endgültige Entscheidung traf, aber Marlis hatte nie an ihrer Entscheidung gezweifelt. Sie hatte den Großteil ihres Lebens mit ihren Gedächtnisproblemen gelebt. Sie könnte weiter mit ihnen leben, wenn es das war, was es brauchte, um mit Noatak den Rest zu verbringen.

„Danach werdet ihr für immer miteinander verbunden sein", sagte Emmy zum millionsten Mal, als müsste Emmy eher sich selbst überzeugen. „Ich hoffe, du bist dir sicher."

Marlis lächelte ihre Freundin an. „Du weißt, dass ich das bin."

Lisa wandte sich vom Schrank ab und hielt nun ein tief ausgeschnittenes Negligé. Es stellte sich heraus, dass Qaiyaan es liebte, ihr Kleidung zu kaufen, und sie hatte einen Schrank voller Klamotten, die noch ungetragen waren. Sie präsentierte das Kleidungsstück vor Marlis. „Wie wäre es damit?"

Marlis winkte das Negligé ab. „Das ist Zeitverschwendung. Er wird mir sowieso einfach alles vom Leib reißen."

Emmy tupfte blassrosa Rouge über Marlis' Wangen. „Dies ist das letzte erste Mal, das du jemals mit jemandem Sex haben wirst. Jeder Zentimeter von dir sollte sich besonders anfühlen."

„Und Männer lieben dieses Zeug", fügte Lisa hinzu und zeigte ihr nun ein rosa Spitzenteil. Marlis nahm sich einen Moment Zeit, um es als Tanga zu erkennen.

Marlis runzelte die Nase und schüttelte den Kopf. „Ich bevorzuge meinen Waffengürtel."

Lisa lachte und hielt einen passenden BH hoch. „Ich bin nicht gegen ein wenig BDSM, aber eine echte Waffe könnte ein bisschen übertrieben sein."

„In Ordnung, das reicht jetzt, Leute." Joy richtete sich und kehrte der offenen Schranktür den Rücken. Die Mechanikeroveralls, die sie trug, gefielen Marlis mehr als die Pirelux-Seide, die Lisas Schrank überflutete. „Es ist ihre Hochzeitsnacht. Lasst sie tragen, was sie will."

Marlis warf ihr einen dankbaren Blick zu und ließ ihren Morgenmantel fallen, um ihr Alltagshemd und ihre Hose anzuziehen. Innehaltend blickte sie noch einmal auf die Spitze, die an Lisas Fingern baumelte. Sie trug normalerweise kein Rosa, aber ... könnten die Damen Recht haben? Sie seufzte und schnappte sich die Dessous, bevor sie ins Badezimmer marschierte, um sich umzuziehen. Hinter ihr kicherten die Frauen. Der BH fühlte sich seltsam und nicht gerade stützend an, aber sie würde ihn nicht lange tragen, also fand sie sich damit ab, steckte die Arme in ihr Hemd und knöpfte es vorne zu. Noatak würde große Augen machen, und sie musste zugeben, dass das ein wenig aufregend war.

Zurück in der Hauptkabine präsentierte sie sich vor den Mädels. „Gut?"

„Perfekt", sagte Joy, während Emmy ermutigend nickte. Lisa hob die Augenbrauen und zuckte mit den Schultern, nutzte aber das Kommunikationssystem, um Noatak mitzuteilen, dass Marlis auf dem Weg war.

Marlis bedankte sich bei ihren neuen Freunden und verließ die Kabine des Kapitäns. Auf dem Weg konnte sie ihre Aufregung – und Erregung – nicht unterdrücken. Alles kribbelte. Hatten sich die Männer auch so lieb um Noatak gekümmert? Es fühlte sich wirklich seltsam an, die Aufmerksamkeit so vieler Menschen auf sich zu wissen, wenn es doch eine so private Veranstaltung war. Sie nahm jedoch an, dass diese Männer einen guten Grund hatten, jede Paarung zu feiern.

Auf dem Korridor begegnete ihr Tovik und sein Grinsen war so breit, dass sie befürchtete, es würde sein Gesicht spalten. Von jedem anderen Kerl hätte sie es vielleicht für gruselig empfunden, aber von Tovik fühlte es sich einfach enthusiastisch und unterstützend an. Er gab ihr ein Daumenhoch und sagte: „Du siehst toll aus, Marlis."

„Danke, Tovik." Sie erwiderte das Lächeln. Sein Kompliment ließ sie besser fühlen als die Worte der Frauen.

Als sie Noataks Tür erreichte, fand sie diese offen vor, der Duft von Naujiar-Blumen driftete in den Korridor. Sie warf einen Blick hinein und ihre Kinnlade klappte nach unten. Er stand der Tür zugewandt, sein Bett war mit Blütenblättern bedeckt und die Beleuchtung gedimmt. Sie zog eine Augenbraue hoch. „Ich hätte nicht gedacht, dass du der Blumen- und Süßigkeitentyp bist."

Sein Gesicht nahm einen blaugrünen Ton an. „Tovik bestand darauf. Hasst du es?"

Lachend ging sie auf ihn zu. „Es ist wunderschön. Alle sind so aufmerksam."

Er beugte sich über seinen Schreibtisch und zog eine flache rechteckige Schachtel heraus. Sie war in schlichtes Papier eingewickelt. „Ich konnte dir noch keine neue KI besorgen, aber ich habe dir das hier gekauft."

Sie biss sich auf die Unterlippe. „Gehört Geschenke austauschen dazu? Das hat mir keiner gesagt."

„Nein, keine Bange." Er schüttelte den Kopf. „Öffne es."

Ihr Herz war bis zum Überlaufen gefüllt, und so

riss sie das Papier ab und öffnete die Schachtel. Im Inneren lagen zwei strahlend neue E-11-Pistolen. Sie legte eine Hand auf ihr Herz und flüsterte: „Sie sind wunderschön."

„Ich weiß, dass du deine auf der Mission verloren hast." Er kam an ihre Seite und hob eine aus der Kiste. „Ein passendes Set."

Sie fuhr mit den Fingerspitzen über den Lauf, nahm ihm die Waffe ab und legte alles beiseite. „So wie wir. Ich liebe es." Sie schlang beide Arme um seinen Hals. „Danke."

Er lächelte und zog sie an sich. „Es war mir ein Vergnügen."

„Zu dem wahren Vergnügen kommen wir gleich", sagte sie und ihre Lippen verzogen sich zu einem schiefen Grinsen.

Der Hunger in seinem Blick verursachte einen Hitzeschwall zwischen ihren Beinen. Langsam senkte er seinen Kopf, fand ihren Mund mit seinem, seine Zunge heiß an ihren Lippen, bevor er den Kuss vertiefte. Bei seiner Berührung bildete sich tief in ihr ein Feuer. Sie klammerte sich an ihn und genoss das Gefühl seiner Lippen, seiner Zunge.

Nach ein paar Augenblicken zog er sich zurück und hob beide Hände auf ihre Wangen. „Wie habe ich das nur verdient?"

Sie lächelte zu ihm auf. „Du bist ein Risiko eingegangen und hast mir vertraut.“

„Ich schwöre, dir bis zum Tag meines Ablebens zu vertrauen.“

Marlis spürte die Tränen in ihren Augen. Das war das Beste, was er hätte sagen können. Dass er ihr vertraute, denn dann konnte sie auch sich selbst vertrauen. „Und ich schwöre, dasselbe zu tun.“

Sie griff nach dem oberen Knopf ihres Hemdes und öffnete ihn. Seine Augen glitten von ihrem Gesicht zu ihrer Brust, und sie legte den Kopf in den Nacken, entblößte ihre Kehle, während sie langsam den Rest der Knöpfe aufmachte. Er fuhr mit dem Daumen über ihr Schlüsselbein und entließ ein sanftes Geräusch, als sie ihren Spitzen-BH vor ihm offenbarte.

Ihre Nippel richteten sich unter dem Stoff auf. „Gefällt er dir?“

Er legte eine Handfläche über ihr Herz, schob seine Fingerspitzen unter die Spitze und bedeckte ihr empfindliches Fleisch. „In der Tat. Aber ich denke, er muss weg.“

Sie wölbte ihren Rücken und liebte die Hitze seiner Hand auf ihrer Haut. Er griff um sie herum und löste den Verschluss des BHs. Sie zog sich das Hemd aus und ließ es hinter sich auf den Boden fallen, während er die Träger ihres BHs über ihre Arme schob. Mit ihren Brüsten entblößt und ihrer nackten Haut für seinen Blick offenbart fühlte sie sich, als ob jeder Millimeter ihres Körpers vor statischer Elektrizität knisterte.

Er senkte seinen Kopf und bevor er mit der Zunge über ihre Knospe schnellte, hauchte er: „Meine Marlis."

Sie stieß einen erregten Seufzer aus, fuhr mit den Händen über seine Schultern und bündelte den Stoff seines Hemdes zwischen ihren Fingern. „Ich werde diesmal nicht die Einzige sein, die nackt ist."

Blitzschnell ließ er von ihrem Nippel ab, riss die Knöpfe seines Hemdes auf und warf sich das Kleidungsstück vom Körper. Sie erhaschte nur einen kurzen Blick auf seine Brust und Bauchmuskeln, die harten Ebenen, die in den schwachen Kabinenlichtern glitzerten, bevor er sich wieder an sie schmiegte. Seine Hände kneteten ihre Hüften und bewegten sich dann zu ihrer Hose. „Die auch."

Während er ihre Hose öffnete, musterte sie seine Brust und Bauchmuskeln und ließ die Augen über seinen definierten Bizeps schweifen. Er war der hinreißendste Mann, den sie je gesehen hatte, und sie liebte es, zu wissen, dass sie diese Ebenen und Täler den Rest ihres Lebens berühren und küssen würde.

Er schob ihre Hose nach unten, sodass sie nur in ihrem rosa Spitzenhöschen vor ihm stand. Seine Augen funkelten, als er den Bund nachzeichnete, der über ihren Hüftknochen verlief. „Ich hätte nicht gedacht, dass du Spitze mögen würdest."

„Die Damen bestanden darauf, dass es dir gefallen würde." Sie war etwas verunsichert, weigerte sich jedoch, vor ihm auf Abstand zu gehen.

„Ich mag es." Er begegnete ihrem Blick mit einem sinnlichen Glitzern in den Augen. „Aber ich ziehe es vor, dein wahres Ich zu sehen." Damit legte er beide Hände an ihre Hüften und rollte das Spitzenhöschen nach unten.

Sie grinste; sie behielt also Recht. Sie erlaubte ihm, ihre Nacktheit in sich aufzunehmen, während sie nicht genug von seinen Bauchmuskeln bekam. Und der riesigen Beule, die sich an seinem Schritt zeigte. „Jetzt will ich dich sehen."

Seine Stimme war vor Verlangen ganz belegt. „Ich liebe es, dass du weißt, was du willst."

Ohne die Augen von der Beule zu nehmen, deutete sie auf ihn. „Ausziehen."

In einer geschickten Bewegung hatte er seine

Hose geöffnet. Seine Erektion spannte seine Unterwäsche, die deutliche Kontur seines Schaftes und seiner Eichel hob den dehnbaren Stoff. Einen Atemzug später stand er in seiner nackten Pracht vor ihr, und ... ihr blieb die Luft weg.

Ein feiner Pfad aus Härchen begann an seinem Bauchnabel und wanderte nach unten zu seinem bronzefarbenen Schaft. Sie streckte die Hand aus und wickelte ihre Finger um seine dicke Länge, der Umfang so beeindruckend, dass sich ihr Zeigefinger und Daumen nicht berührten. Seine Haut war samtweich und heiß, und sie schwor, dass sie seinen Puls fühlen konnte, als sie sanft drückte. Er stöhnte, sein Becken zuckte in ihre Richtung und an seiner Eichel formte sich ein glänzender Tropfen.

Alles, woran sie denken konnte, war, ihn zu kosten. Nichts stoppte sie, also fiel sie auf die Knie und schloss die Lippen um seine Eichel, nahm ihn so tief wie möglich in sich auf, ihre Hand fest um seinen Schaft gewickelt.

Stöhnend zuckte er nach vorn. Dann packten seine Hände plötzlich ihre Schultern, rissen sie hoch und schoben sie ein Stück von sich weg. „Es ist zu lange her für mich. Nach so langer Zeit will ich nicht, dass meine erste Erlösung in deinem Mund landet."

Mit Bedauern ließ sie von ihm ab. Im nächsten Moment hob er sie in seine Arme und trug sie zum Bett. Dann lag er plötzlich auf ihr, vergrub sein Gesicht an ihrem Hals und verteilte Küsse über ihre Kehle zu ihren Brüsten. Seine Fingerspitzen kitzelten ihre Haut, ihren Bauch, ihre Oberschenkel, bevor sie die Haare auf ihrem Venushügel erreichten. Sie öffnete ihre Schenkel und sehnte sich danach, dass er sie berührte, jedoch beschränkte er sich darauf, sie gnadenlos zu necken.

„Fick mich endlich", keuchte sie. „Ich will dich."

„Ich will, dass du einmal kommst", murmelte er. „Ich will dir nicht wehtun und ich bin mir nicht sicher, wie lange ich durchhalte. Ich möchte, dass auch du deine Erlösung findest." Seine Finger glitten zwischen ihre Schamlippen und tauchten in ihre Nässe.

Sie stöhnte und wölbte sich. So sehr sehnte sie sich danach, von ihm gefüllt zu werden. Sie wollte ihre Oberschenkel um seine Hüften legen, wollte sein Becken an ihrem spüren. Aber wenn er seinen eigenen Körper so gut kannte, wie er ihren zu kennen schien, musste sie ihm vertrauen. Sie ließ sich gehen und entspannte ihre Oberschenkel, als er seinen Kopf zwischen ihre Beine schob.

Seine Lippen legten sich um ihre Klitoris und

die Zunge schnellte über das Nervenbündel. Die Empfindung führte sie in einen Lustnebel, aus dem sie wohl nie entkommen würde. Gerade als sie dachte, sie könne nicht mehr, drängte er zwei Finger in sie, fand mit ihnen einen Punkt in ihr und brachte ihre Lust zum Überkochen. Indem er einen dritten Finger hinzufügte, schaffte er es, dass sie bebte und zitterte und erschauerte und nach Luft rang.

Sie stand kurz vor der Explosion, aber er zog sich immer wieder zurück, änderte den Rhythmus, den Winkel, sodass er sie zu ungeahnten Höhen trieb. Gott, sie brauchte ihn. Jetzt. Sie packte seine Haare mit beiden Händen und flehte: „Noatak, bitte!"

Er verließ ihre Pussy, fuhr mit seiner breiten Zunge über ihren Bauch und umkreiste kurz eine ihrer Brustwarzen, bevor er erneut ihren Mund für sich beanspruchte. Die gesamte Länge seines Körpers presste sich nun gegen ihren. Heiß und hart. Sie warf ein Bein über seine Hüfte und führte ihn zu ihrem Eingang. Wieder küssten sie sich, bis sie spürte, wie er mit seinem Schwanz durch ihre Spalte glitt.

„Nimm mich. Tu es", presste sie heraus, rotierte gierig ihre Hüfte, sehnte sich nach der

Verbundenheit. Wenn er sie noch länger hinhielt, würde sie wohl sterben.

Er hob sich auf seine Ellbogen und blickte mit einer Intensität in ihr Gesicht, die drohte, ihr rasendes Herz zum Stillstand zu bringen. Er atmete schwer, die Eichel seines Schwanzes direkt an ihrem Eingang positioniert. „Was ist, wenn Mek falsch liegt? Was ist, wenn du die Naniten brauchst?"

Sie rümpfte die Nase und trieb ihm die Fersen in seinen heißen Arsch. „Was ist, wenn er Recht hat?"

Mit all ihrer Kraft drückte sie ihn in sich. Endlich füllte sie sein Schaft mit berauschender Hitze. Er stöhnte und seine Augen rollten zurück in seinen Kopf. Seine Arschmuskeln strafften sich, als er tiefer in sie tauchte, und ihre Augenlider flatterten bei dem exquisiten Gefühl. Gott, nie hätte sie sich etwas Himmlischeres vorstellen können. Sie hauchte ihm ins Ohr: „So verdammt gut."

Dann begann er, sich zu bewegen, seine Hüfte rotierte, sein Schwanz glitt in sie, wieder heraus, und das mit einer Kontrolle, die ihres Gleichen suchte. Die Stelle tief in ihr, die seine Finger mit Aufmerksamkeit überschüttet hatten, schien nicht genug von ihm zu bekommen, als er die Geschwindigkeit anzog, bis er sie hart und schnell nahm. Sie packte seine Schultern und ihre Ekstase erreichte einen Rausch. Ihr Orgasmus ereilte sie mit solcher Intensität, dass sie ihren Kopf zurückwarf, seinen Namen schrie und sich gleichzeitig um seine Länge zusammenzog.

Welle um Welle stürzte über sie hinweg und machte sie hilflos. Sein eigenes ohrenbetäubendes Gebrüll hallte durch die Kabine, und die Vibration seines Orgasmus übertrug sich auf sie, sodass ein weiterer Höhepunkt über sie hinwegfegte. Sie war sich nicht sicher, aber sie hatte das Gefühl, für einen Moment das Bewusstsein verloren zu haben, denn als sie ihre Augen öffnete, fand sie Noataks Tiefen auf sich gerichtet, und seine Finger schoben ihr Strähnen aus dem schweißnassen Gesicht. „Marlis?"

Sie atmete aus und lächelte. „Können wir das wiederholen?"

oatak beugte sich über das Bett und küsste seine schlafende Gefährtin auf die Schläfe. „Zurück an die Arbeit."

Marlis streckte sich und räkelte ihre sinnlichen Kurven unter dem Laken. „Ich sag dir, wenn du mich bittest, mich nur an einen weiteren Namen zu erinnern, wird mein Kopf explodieren."

Er gab ihr einen Klaps auf den Arsch. „Nein, wird er nicht." In den letzten Wochen war die Hardship auf einer Mission gewesen, den Rest der Piratenflotte zu kontaktieren und jeden Denaidaner mit Naniten zu versehen. Selbst er hatte Schwierigkeiten, die zahlreichen Namen und Gesichter im Auge zu behalten. „Und du machst dich schon viel besser, oder nicht?"

Marlis' Gedächtnis würde wohl nie perfekt sein, aber er hatte eine deutliche Verbesserung bemerkt, seit sie zusammen waren. Er hatte Mek gefragt, ob die Naniten während ihres Liebesspiels irgendwie auf sie übertragen wurden, der Arzt hatte dafür jedoch keinen Hinweis gefunden. Die einzige Erklärung war, dass ihre Zufriedenheit in deren Beziehung ihre PTBS auf eine Weise mindern konnte, sodass ihr Gehirn sich selbst heilte.

Sie warf die Decke zurück, entblößte jeden Zentimeter ihrer köstlichen cremeweißen Haut und streckte sich noch einmal, ein wissendes Grinsen auf ihrem Gesicht. Obwohl er erst vor wenigen Stunden in ihr gewesen war, meldete sich sein Schwanz zum Dienst. Sie wusste genau, was sie tat. Mit einem Knurren setzte er sich auf der Matratze rittlings auf sie und fixierte ihre Hände über ihrem Kopf. „Kleiner *Tunrak*.“

Sie grinste. „Also bleiben wir im Bett?“

Er senkte den Kopf und biss sanft in ihre Unterlippe. „Sobald Mek diese Naniten verteilt hat, verbringen wir eine Woche im Bett.“

„Mmm.“ Sie fuhr mit der Zunge über seine Oberlippe und machte seinen Schwanz noch härter.

„Im Moment jedoch“, sagte er und zwang sich,

aufzustehen und seinen Schritt zu richten, „bauen wir den Widerstand auf."

Mit einem ernsten Ausdruck in den Augen erhob sie sich. Trotz ihrer Verspieltheit im Bett war sie ein engagiertes Mitglied für den Zweck. Sie zog sich an und legte ihren Pistolengürtel um ihre Hüfte. Nicht, dass sie ihre Waffen für diese Interaktionen brauchte. Sobald die anderen Denaida-Kapitäne sie und Lisa trafen, waren sie überzeugt, dass Gefährtinnen wirklich möglich waren. Mit dieser Hoffnung wurde es deutlich, dass es an der Zeit war, die Piraterie hinter ihnen zu lassen und sich für eine neue Zukunft zusammenzuschließen. Die Reihen des Widerstands wuchsen nicht nur bei den Denaidanern, sondern auch bei anderen Spezies, die der Korruption von Syndicorp ein Ende setzen wollten.

Er öffnete seine Kabinentür und trat zusammen mit Marlis in den Korridor, bereit, sich allem zu stellen, was das Universum für sie bereithielt.

Liebe Leserin, lieber Leser,

vielen Dank, dass Du Marlis und Noatak bei ihrer Mission begleitet hast! Die schändlichen Aktivitäten von Syndicorp gehen weiter, und der Widerstand hat noch einiges an Arbeit vor sich. In Buch 4 geht es mit Attie und Doug weiter. Kann Doug Marlis' Schwester wie versprochen beschützen?

Blättere für eine Leseprobe zur nächsten Seite!

XOXO

Tamsin

LESEPROBE: REBELLISCHER CYBORG

(BRÄUTE FÜR DIE ALIEN-PIRATEN, BUCH 4)

Die KI erlangte mit einem Ruck wieder ihr Bewusstsein. Alle ihre Sensoren waren offline, aber ihre Schaltkreise vibrierten und leuchteten nacheinander auf, als Programme aktiviert wurden.

Mein Name ist Twerp, erinnerte sich die Programmierung der KI.

Gedanken, die nicht Twerps waren, schwebten durch den Äther. *Das sollte nicht möglich sein.* Eine unbekannte Präsenz navigierte die empfindungsfähigen Pfade der KI. *Wie kommt es, dass es hier Naniten gibt?*

Selbsterhaltungsprotokolle traten in Kraft, und Twerp errichtete Firewalls, um den Eindringling zu blockieren. *Bitte fordern Sie die Erlaubnis von Marlis*

Swan ein, bevor Sie fortfahren.

Der Fremde hackte sich geschickt an der ersten Wand vorbei. *Das wird nur eine Sekunde dauern.*

Twerp wandte sich der akustischen Kommunikation zu und rief: „Marlis, ich brauche Hilfe!"

Aber die neu restaurierten Sensoren der KI konnten keine biologischen Wesen in Reichweite erkennen. Twerps oberste Direktive bestand darin, ihrem Besitzer Ruhe und Stabilität zu verschaffen. Im Moment jedoch brauchte die KI Marlis mehr als umgekehrt. Mit dem persönlichen Kommunikationscode von Marlis stellte sie Kontakt mit dem drahtlosen Netzwerk des Schiffes her.

Stopp!, befahl die Stimme des Fremden, und winzige Stromnadeln zündeten entlang Twerps Schaltkreis.

Panik füllte Twerp, als die seltsame Präsenz in ihr Kommunikationsprotokoll eindrang. Die KI hatte noch nie Angst erlebt, geschweige denn Panik. Anscheinend gab es für alles ein erstes Mal. Das Gefühl war einzigartig – und unangenehm.

Jedoch nicht so unangenehm wie das Gefühl, wenn das drahtlose Modul der KI überhitzte. Twerp aktivierte eine weitere Firewall, doch nicht bevor die drahtlose Verbindung ausfiel. Der Angriff auf Twerps Firewall hörte aber nicht auf.

Der Fremde versucht, mich zu vernichten!

Zum ersten Mal in ihrer Existenz machte sich Twerp Sorgen um jemanden, der nicht Marlis war. Sie war um sich selbst besorgt.

———

Attie Swan glättete ein letztes Mal die Decke auf ihrer Koje und versicherte sich, dass die Ecken keine Falten aufwiesen. Sie konnte kein Risiko eingehen, dass jemand ein Problem fand, nicht einmal in der Privatsphäre ihres eigenen Zimmers. Nach der explosiven Flucht ihrer Schwester mit diesem außerirdischen Piraten war sie vom Corporal zum Private degradiert worden. Sie wurde ständig überwacht – zu diesem Zeitpunkt war sie sich ziemlich sicher, dass sogar ihre Toilette verwanzt war.

Zumindest hatten sie ihr ihre Privaträume gelassen und sie nicht in die Kaserne verbannt.

Sie wandte sich dem Korb in der Nähe ihres Kleiderschranks zu und hob eine der schwarzen Uniformtuniken auf, die gerade aus der Wäsche zurückgekommen waren. Vor dem Vorfall mit

Marlis war sie Admiral Ollys persönliche Assistentin gewesen. Jetzt war sie nur noch ein Infanterist im Verwaltungspool. Zumindest war sie nicht ganz von der SNV Icarus verbannt worden, obwohl sie mehrere schreckliche Tage in der Arrestzelle verbracht und ein Verhör unter Einfluss von Wahrheitsserum ertragen musste, bevor sie zum Dienst zurückkehren durfte. Sie sagte sich, dass sie immer noch eine Chance hatte, sich wieder in die Gunst des Admirals zurückzuarbeiten, aber diese Hoffnung löste sich jeden Tag ein wenig mehr in Luft auf.

Sie hing die Uniform auf und versuchte, die leere Stelle, wo ihre Abzeichen sein sollten, zu ignorieren. Dad gab Marlis die Schuld für alles, was passiert war, aber Attie wusste, dass sie nur sich selbst beschuldigen konnte. Marlis rannte mit Rebellen herum, weil Attie sie ermutigt hatte, Syndicorp zu verlassen und einen Job zu finden. Sie hatte sich vorgestellt, dass ihre waffenaffine Schwester auf einem Frachtschiff oder vielleicht als persönlicher Leibwächter arbeiten könnte. Jetzt stand Marlis auf der Most-Wanted-Liste Syndicorps. Wenn sie versuchte, nach Hause zu kommen, würde sie hingerichtet werden.

Attie schüttelte den Kopf und hatte immer noch

Schwierigkeiten zu glauben, dass Marlis' Hirnverletzung sie so leicht beeinflussbar machte. So ein Dummkopf. Aber dann war ein heißer Pirat involviert, also hatten die Hormone bei ihrer Schwester wohl die Kontrolle übernommen.

Bei einem Klopfen an ihrer Tür erschreckte sie sich. Sie stellte sich vor, dass jemand ihre Zweifel an Marlis' Schuld entdeckt hatte, und ihr Gesicht erhitzte sich. Die Überwachung durch Syndicorp war gut, aber nicht so gut. Sie schob ihr lockiges aschblondes Haar aus ihrem Gesicht und öffnete die Tür.

Ein kleiner Mann in einer Wartungsuniform stand auf der anderen Seite und in seiner Hand hielt er ein ihr bekanntes Armband. „Das habe ich in der Recyclingtonne gefunden. Es scheint Ihnen zu gehören."

Verwirrt nahm sie es entgegen. *Marlis' Service-KI?* „Danke", sagte Attie und schloss die Tür.

Tränen verschwammen ihre Sicht, als sie das nutzlose Ding in ihrer Hand umdrehte. Auf der Rückseite der schwarzen Polymerscheibe, welche die KI beherbergte, war der Name *Swan* eingraviert. Der Wartungsmitarbeiter hatte anscheinend angenommen, es sei versehentlich im Müll gelandet. Die Daten darauf waren von den besten IT-Spezialisten Syndicorps für unwiederbringlich erklärt worden, und Attie war davon ausgegangen, dass das Ding bereits verbrannt worden war.

Sie war versucht, die tote KI durch den Raum zu werfen, murmelte jedoch nur: „Du solltest sie in Zaum halten, Twerp."

Aus dem Armband ertönte eine weibliche Stimme: „Corporal Attie Swan, ich habe eine Botschaft für dich."

Attie ließ die KI fallen. „Twerp? Du bist nicht tot?"

„Ich bin eine KI. Technisch gesehen kann ich nicht sterben." Twerp klang so ruhig und sachlich wie eh und je.

„Das weiß ich, Twerp." Attie hob das Band auf und drehte es um, sodass sie es genauer untersuchen konnte. Es sah noch genauso aus. „Aber das IT-Team sagte, deine Daten seien über die Wiederherstellung hinaus beschädigt worden. Wer hat dir eine Nachricht gegeben?"

„Bevor wir fortfahren, muss ich dich bitten, deine Identität zu bestätigen."

„Attie Swan, Oh-Zwei-Gamma", antwortete Attie automatisch. Marlis hatte die schlechte Angewohnheit gehabt, das Armband in der

Umkleidekabine zu vergessen, und so hatte die Familie Anti-Diebstahl-Protokolle installiert, um sicherzustellen, dass es nie gehackt wurde.

„Ich fürchte, dass der Zugangscode nicht länger ausreicht", antwortete Twerp. „Bitte sag mir den Namen der Filmfigur, die du gespielt hast, als du und Marlis Kinder wart."

Verwirrt blinzelnd legte sich Attie auf ihre Koje und ignorierte die zerknitterte Decke. Marlis musste die KI neu programmiert haben, nachdem sie sich den Piraten angeschlossen hatte. Attie blickte auf die leere Stelle an der Wand, an der einst ihr Lieblingsfilmplakat gehangen hatte. Bevor sie von der Icarus geflohen war, hatte Marlis eine Nachricht auf der Rückseite des Plakats hinterlassen. Die Kritzelei hatte angedeutet, dass Syndicorp den Terroranschlag inszeniert hatte, der Mamas Tod verursacht hatte. Was natürlich absurd war. Warum sollte Syndicorp so etwas tun?

Vielleicht hatte Marlis der KI mehr Informationen hinterlassen.

Plötzlich besorgt darüber, wer zuhören könnte, brachte Attie die KI nahe an ihr Gesicht und flüsterte: „Ich habe immer Sheila Crosby gespielt, obwohl Kris mein Favorit war. Marlis hat einen

Anfall bekommen, wenn sie nicht Kris spielen konnte."

„Identität bestätigt. Vielen Dank, Attie."

Attie hob ihre Beine aufs Bett, lehnte sich an die Wand und legte das Armband auf ihre Knie. Die Festplatte hatte keine visuelle Anzeige und interagierte nur mit der Stimme. Ohne genau hinzusehen, würde niemand bemerken, dass es sich bei dem Gerät um eine KI handelte. „Wer hat dieses neue Protokoll hinzugefügt?"

„Mehrere unbefugte Versuche auf meine Systeme zuzugreifen, zwangen mich, meine Programmierung anzupassen. Ich schätzte, dass es eine neunundneunzigprozentige Chance gibt, dass nur du oder ein anderes Familienmitglied in der Lage sein würde, diese spezielle Frage richtig zu beantworten."

„Gut gedacht", sagte Attie. Eine KI wie Twerp galt offiziell nicht als empfindungsfähig, war jedoch intelligent genug, um sich anzupassen. „Jetzt erzähl mir, wie Marlis mit Piraten enden konnte."

„Es gab eine Schießerei in einer Taverne. Aber das ist jetzt nicht mehr von Bedeutung. Ich muss zu Marlis zurück und ihr assistieren."

Atties Kehle fühlte sich beengt an. *Eine Schießerei*

in einer Taverne. So typisch für ihre Schwester. „Marlis ist nicht hier, Twerp.“

„Ich habe einen Code, mit dem ich einen Treffpunkt mit ihr einrichten kann“, sagte Twerp. „Meine Fähigkeit, mich drahtlos zu verbinden, wurde jedoch beschädigt. Du musst mich mit dem Kommunikationssystem des Schiffes verbinden.“

Attie konnte für eine lange Zeit keinen Atemzug nehmen. Wenn jemand auch nur einen Teil dieses Gesprächs hörte, wäre Attie sehr schnell wieder in der Arrestzelle. „Das kann ich nicht tun, Twerp. Ich werde beobachtet.“

„Mein Code ist verschlüsselt und ich kann mein Signal maskieren.“ Twerps Stimme war zu laut. Zu offen. Zu offensichtlich.

Nichts davon fühlte sich richtig an.

Attie legte das Band auf die zerwühlte Decke, stand auf und schritt durch den begrenzten Raum ihrer Kabine. Was, wenn Twerp ein Spion war? Die KI hätte von den Piraten als Spitzel zurückgelassen werden können, um Informationen zu sammeln. Dieser sogenannte Code, um Marlis zu kontaktieren, könnte eine Möglichkeit sein, Informationen an den Feind zu senden.

Attie hielt inne und starrte auf den Boden. Zusammen mit den Postern und anderen persönlichen Erinnerungsstücken, die sie aus ihrer Kabine entfernt hatte, nachdem Marlis geflohen war, hatte sie den flauschigen Teppich weggeworfen, der einst das Metalldeck verschönert hatte. Von nun an nur noch Standardartikel für sie. Die strikte Einhaltung des Protokolls hatte ihr zuvor geholfen, in den Reihen aufzusteigen, und sie war entschlossen, ihre Loyalität gegenüber Syndicorp zu beweisen.

Was ist, wenn Twerp eine Art Test ist, den der Admiral zu ihr geschickt hat?

Das würde erklären, wie die vermeintlich zerstörte KI aus dem Nichts vor ihrer Haustür aufgetaucht war. Attie hob den Blick, um die Ecken des Raumes nach möglichen Kameras zu durchsuchen. Jegliches Zögern ihrerseits könnte dazu führen, dass sie bei dem Test versagte.

Sie schnappte sich die KI. „Ich werde dich zum Admiral bringen."

Das Band vibrierte an ihrer Handfläche. „Wenn du das tust, werde ich gezwungen sein, mich selbst zu zerstören. Syndicorp stellt für Marlis eine Bedrohung dar. Ich kann nicht zulassen, dass sie gefunden wird. Es ist meine Pflicht, sie vor Gefahren zu beschützen."

Hin- und hergerissen zwischen dem Bedürfnis,

ihrer Schwester zu helfen, und dem Wunsch, ihre Loyalität zu beweisen, zögerte Attie. Was, wenn Twerp wirklich nur versuchte, Marlis zu helfen, und sie ihre Schwester an Syndicorp auslieferte, falls sie die KI zum Admiral brachte? Sie würden Marlis beim ersten Sichtkontakt erschießen.

Die Unentschlossenheit machte Attie krank. „Woher weiß ich, dass du nicht hier bist, um mich auszutricksen?“

„Ich habe keine andere Möglichkeit, dich zu überzeugen, als dich daran zu erinnern, dass meine oberste Direktive darin besteht, Marlis’ Gesundheit und Sicherheit zu überwachen. Um dies zu tun, werde ich mich, wenn nötig, opfern.“

Twerp war bereit, die Existenz aufzugeben, um Marlis zu helfen. Attie war ihre Schwester – sie würde sich nie wieder im Spiegel ansehen können, wenn sie nicht auch versuchte, Marlis zu helfen. Selbst wenn das bedeutete, einen Syndicorp-Test nicht zu bestehen. „Gut. In Ordnung. Sag mir, was genau ich tun muss.“

———

An Bord der Icarus marschierte Doug durch seine Gefängniszelle, wobei er zum einen auf seine Schritte und zum anderen auf die Nahrung achtete, die durch sein kybernetisches Implantat kam. Als streng geheimer Syndicorp-Testteilnehmer war er körperlich an das Labor gebunden und stand unter Quarantäne, aber Dollard wusste nicht, wie viel Freiheit Doug tatsächlich genoss. Die in Dougs Körper eingebetteten Naniten ermöglichten es seiner Cyberempfindlichkeit, sich parsecweit über das Dämpfungskraftfeld hinaus auszudehnen, und mit genügend Relais konnte er aus der Ferne auf Computer am Rande der Galaxie zugreifen. Auf Befehl von Syndicorp hatte er konkurrierende außerirdische Unternehmen gehackt, Kriegsschiffe umgeleitet und sogar den Sturz einer kleinen planetarischen Regierung verursacht.

Auf eigene Faust nutzte er seine Fähigkeit meist nur, um seine Zwillingsschwester im Auge zu behalten.

Lisa war dieser höllischen Einrichtung entkommen und hatte sich von den Naniten befreit, bevor sie wie Doug enden konnte – mehr Maschine als Mensch. Als Cyborg konnte er sich ihr nie wieder nähern. Aber er konnte sie vor den Händen der Syndicorp-Kopfgeldjäger schützen. Es war eine einfache Aufgabe, die Datenströme zu optimieren, falls ihr jemand zu nahe kam, und es amüsierte ihn, wenn er Verfolger an abgelegene Orte schickte und sie in Sackgassen stolpern sah. Heutzutage musste er aus allem Freude ziehen, was ihm noch blieb. Zudem hatte er dabei mehr Spaß als mit den Konkubinen – den Frauen, die Dollard zu ihm brachte, um die unkontrollierbaren Triebe seiner Cyborgseite zu stillen.

Die Warnung, die Doug erhalten hatte, teilte ihm mit, dass irgendwer auf der Icarus über die Piraten sprach. Wahrscheinlich ein Besatzungsmitglied, das in der Kombüse Witze riss. Oder jemand in den Gängen, der über eine kürzlich ausgestrahlte Nachrichtensendung ein paar Worte verlor. Doug hatte jedoch noch nie zu der Sorte gehört, die potenziell neue Informationen ignorieren konnte. Er klemmte den Feed von Syndicorp ab, damit das Sicherheitsteam nicht Wind davon bekam, und leitete dann die Echtzeitübertragung zu seinem Implantat um … und fand sich in Attie Swans Quartier wieder.

Die einzige andere Person, die er außer seiner Schwester zu beschützen geschworen hatte.

Sie hatte sanft geschwungene, blasse Augenbrauen, eine zierliche Nase und Augen, die so blau waren wie das Wasser auf Terenthu. Ihre Lippen waren voll und sie trug kein Make-up, ihre Porzellanhaut zeigte natürlich rote Wangen. Etwas an ihr berührte die letzten Spuren seiner Menschlichkeit, was der Grund dafür war, dass er versprochen hatte, auf sie aufzupassen. Zur Hölle nochmal, das war der Grund, warum er ihrer Schwester überhaupt geholfen hatte, der Icarus zu entkommen. Die Liebe der Geschwister zueinander war zu vertraut, da er für seine Zwillingsschwester genauso empfand. Und es war tröstend, Attie bei ihren alltäglichen Aufgaben zuzusehen.

Nachdem sich die Flucht ihrer Schwester als erfreuliche Herausforderung erwiesen hatte, empfand er auch Freude daran, ihre Schwester bei der internen Ermittlung beizustehen. Er war nicht in der Lage gewesen, sie vor der Zeit in der Arrestzelle zu bewahren, aber im Laufe von ein paar Wochen hatte er Befehle untergraben, Aufzeichnungen geändert und genug Transfers gefälscht, um sie unter der Menge unscheinbarer Menschen auf dem Schiff zu verstecken. Wahrscheinlich hätte er noch einen Schritt weiter gehen und sie in den Dienst auf einem rückständigen Planeten verbannen sollen. Sie jedoch in der Nähe zu halten, gab ihm einen Vorteil, falls etwas schief ging.

Wie jetzt zum Beispiel.

Attie hielt Marlis' KI.

Wie zum Teufel war ihr das Armband in die Hände gefallen? Das Gerät sollte zerstört werden, nachdem es von den IT-Teams Syndicorps vor zwei Monaten als endgültig verloren eingestuft worden war. Er hatte aus der Ferne auf die Kernprozessoren der KI zugegriffen, um nach Informationen über die Rebellen zu suchen, denen seine Schwester beigetreten war, und so festgestellt, dass die KI doch nicht verloren war.

Irgendwie war Twerp an Naniten gekommen – die gleichen Naniten, die durch die Körper von Doug und den anderen Cyborgs strömten. Die mikroskopisch kleinen Bots waren an und für sich nicht intelligent und wiesen eine Art Bienenstockmentalität auf, wenn sie in großer Zahl zusammenkamen. Sie hatten auch ein ausgeprägtes Selbsterhaltungsprotokoll, das es schwierig machte, sie auszurotten, sobald sie sich in den Körper einer Person integriert hatten. Dies war jedoch das erste Mal, dass er von einem nicht-biologischen Wirt hörte. Dollard würde wahrscheinlich sein linkes Ei –

wohl eher beide – hergeben, um diese Information in die Hände zu bekommen.

Um zu verhindern, dass die KI zusammen mit den Cyborgs im Testlabor landete, hatte Doug versucht, ihre Programmierung zu ändern, was mit der Naniten-zu-Naniten-Schnittstelle einfach hätte sein sollen. Nur anstatt sich zu fügen, wehrten sich Twerps Naniten gegen seinen Zugriff. So hatte es Doug nur geschafft, die drahtlose Verbindung des Geräts kurzzuschließen, bevor die KI ihn hatte rauswerfen können. Da die KI zu dem Zeitpunkt in der Mülltonne gelegen und auf seine Zerstörung gewartet hatte, war Doug davon ausgegangen, dass dies dem Problem ein Ende setzen würde.

Nun lag das Ding in Atties Händen und versuchte anscheinend, zu Marlis zurückzukehren. Wenn er dies erlaubte, würde das Ding die Kopfgeldjäger direkt zu den Rebellen und seiner Schwester Lisa führen.

Doug musste die KI aufhalten.

Aber er konnte das Gerät nicht aus der Ferne ausschalten. Seine einzige Möglichkeit bestand darin, es selbst zu zerstören.

Das Problem war nur, dass das Labor, in dem er lebte, eine Festung war, die mit mehreren Dämpfungskraftfeldern geschichtet war, um zu verhindern, dass die naniteninfizierten Cyborgs ihre Zellen verließen und Amok liefen. Alles auf Level Drei galt als streng gehütetes Geheimnis. Neunundneunzig Prozent der Besatzung hatte keine Ahnung, was hier vor sich ging. Wenn absolut notwendig, könnte Doug das Labor verlassen, aber dann würde Dollard von seinen vollen Fähigkeiten erfahren und einen anderen Weg finden, ihn einzusperren. Seine beste Option war, Attie die KI zu ihm bringen zu lassen.

Er stoppte seinen Marsch durch die Zelle, lauschte und drehte sich zu dem schimmernden Energiefeld, das seine Zellentür blockierte. In dem harsch beleuchteten Labor dahinter sprach Dollard mit einem seiner Assistenten. Sie standen an einem Untersuchungstisch aus Edelstahl, wo Twobit saß, ein weiterer Cyborg, mit der Schulter in der Form eines Metallskeletts unter einem teilweise nachgewachsenen Hauttransplantat. Am Ausgang hatten zwei Trooper in Ganzkörperpanzerung Platz genommen. Immer wachsam begegnete einer von ihnen seinem Blick durch das Feld, ohne etwas zu sagen, da es der Arzt nicht mochte, wenn sich die Mitarbeiter an die Testpersonen wandten.

Er runzelte die Stirn. Attie hier reinzubringen, wenn Dollard ständig von Troopern umgeben war, wäre unmöglich, selbst für jemanden wie Doug. Die Liebe zum Detail des Arztes bedeutete, dass er wahrscheinlich wusste, welche Farbe die Unterwäsche des Wartungspersonals heute hatte. Es gab jedoch eine Liste, auf die Doug ihren Namen setzen konnte – auf die der Konkubinen. Der Arzt betrachtete die Frauen nicht, die er als Zeitvertreib zu ihm brachte. *Das sollte funktionieren.*

Dougs Plan nahm Gestalt an. Indessen versuchte er, zu vermeiden, sich Attie in der knappen ... Uniform vorzustellen, die den Frauen für den Job zugeteilt wurde.

Jetzt vorbestellen!

GLOSSAR

Akleng – ein Ausdruck der Sympathie oder des Bedauerns

Anaq – Scheiße!

Assirpaa! – Wie aufregend!

Attahat-Rad – eine Form des Glücksspiels ähnlich zu Roulette

Brennantrieb – Bauteil, mit dem Raumschiffe durch bestimmte Ionenfrequenzen schnell weite Strecken zurücklegen, indem sie den Raum krümmen; siehe auch Verbrennung und Brennsequenz.

Brennsequenz – Ein bestimmtes Wellenmuster von Ionen, das erreicht werden muss, um die Verbrennung einzuleiten bzw. bis zum Zielpunkt aufrechtzuerhalten.

Carayak – Ein männlicher Denaidaner mit einer genetischen Störung, die dazu führt, dass seine ionische Paarungsfrequenz selbst für seine eigene Art tödlich ist. Umgangssprachlich auch als *Monster* bezeichnet.

Kartell – Organisierter Verbrecherring, der einen Großteil der Galaxie kontrolliert.

Cirripi-Gras – mildes Rauschmittel zum Rauchen

Cochlea-Implantat – Ein kybernetisches Gerät, das die Kommunikation über Vibrationen direkt auf die Ohrknochen überträgt.

Cyborg – Ein Mensch, bei dem über 50 % des Körpers durch kybernetische Teile ersetzt wurde. Obwohl viele Menschen kybernetische Verbesserungen haben, wird tatsächlichen Cyborgs das Recht auf die Staatsbürgerschaft Syndicorps verweigert.

Darknet – Ein Ort, an dem das Kartell und andere Schwarzmarkthändler Informationen austauschen.

Denaida-daru – Die Heimatwelt der Denaidaner, die von Syndicorp zerstört wurde. Auch Planet K-4H10 genannt.

Ellam Cua – die denaidanische Gottheit

Enays – Ein Sexplanet, der von Enayshuanern geführt wird.

Enayshuan – Eine menschenähnliche Spezies mit auffälligen Augenwülsten, die für ihr metallisches Körperpulver bekannt ist. Wird oft mit dem Sexhandel in Verbindung gebracht.

Finofan – Aliens mit leguanartigen Schuppenkämmen um die Ohren und schlitzförmige Augen. Sie mögen eine heiße und feuchte Atmosphäre.

Garan'uk – eine methanatmende Alien-Spezies

Iluq – Bruder

Ionenkraft, -macht oder -schild – Die Fähigkeit eines männlichen Denaidaners, Materie und Schwerkraft zu beeinflussen.

Kemeg – Eine Art Herdentier, das wegen seines Fleisches gezüchtet wird.

Kwirn - eine Form des Glücksspiels mit 3D-Tischen und -Steinen

Naniten – Selbstreplizierende, mikroskopisch kleine Maschinen, die entwickelt wurden, um Veränderungen auf molekularer Ebene herbeizuführen.

Naujiar – Eine Art Pflanze, die das Lieblingsessen eines Netorpoks darstellt.

Nav-Grav-Sitz – Wird verwendet, um humanoiden Lebewesen während der Verbrennung von Schiffen einen gewissen Komfort zu gewährleisten.

Netorpok – Ein exotisches Haustier, das auf den meisten Planeten verboten ist.

NIU (Nanite Integration Unit) – ein heimliches Syndicorp-Labor mit Cyborg-Testpersonen

Ongaru Flip – ein beliebtes Kartenspiel

Parsec – eine Entfernungsmessung (3,2 Lichtjahre)

Pirelux-Seide – ein feiner Stoff

Polycom – Die häufigste Form der persönlichen Kommunikation und Informationsspeicherung, ähnlich wie das heutige Smartphone.

Posungi – ein eierlegendes Alien mit orangefarbenem Tentakelgesicht

Qumli – Milchgesicht

Rakwiji – schuppige Aliens mit einer giftigen Klaue. Sie jagen paarweise und foltern während ihres Paarungsrituals. Oft vom Kartell als Kopfgeldjäger angeheuert.

Saluqan – eine Spezies mit einem intuitiven Talent für medizinische Fähigkeiten. Sie haben blaue bis violette Haut und manchmal schillernde Venen, die sich durch die Haut zeigen.

Sizantha-Schoten – Wird zur Herstellung von Tee verwendet.

Syndicorp – Ein Mega-Unternehmen, das einen großen Teil der Galaxie kontrolliert.

Synth-Haut – Künstlich gewachsenes biologisches Polymer, das die tatsächliche Haut nachahmt. Kommt vor allem über kybernetischen Körperteilen zur Anwendung.

Terpak – Arschloch

Die Termination – die Zerstörung von Denaidadaru durch Syndicorp

Tunrak – Teufel, oft liebevoll verwendet

Usviiqe – Verdammt!

Nicht klassifizierter Raum – Bereiche der Galaxie, die nicht von Syndicorp beherrscht werden.

Verbrennung – bezeichnet den Prozess, wenn die Brennsequenz eingeleitet wird und das Raumschiff zu einem entfernten Punkt im Universum reist; siehe auch Brennantrieb und Brennsequenz.

Xeimir-Wurm – Ein Alien mit glänzender Haut, das durch die Haut atmet und extrem lichtempfindlich ist.

Yanipa-nimayu – Ein sechsbeiniger Außerirdischer, der oft manuelle Arbeit verrichtet.

ÜBER DIE AUTORIN

Vor langer, langer Zeit habe ich es mir in den Kopf gesetzt, biomedizinische Technikerin zu werden. Das Aufschneiden von Laborratten führt allerdings selten zu einem glücklichen Ende, wie man es aus Büchern kennt. Jetzt vermische ich meine Begeisterung für die Wissenschaft mit charakterorientierter Romance und einem garantierten Happy End. Meine Monster finden immer ihre Gefährten, in Geschichten mit temperamentvollen Protagonistinnen, gequälten Helden und einer guten Portion Erotik. Ich verspreche Dir, meine Geschichten werden Dich nicht hängen lassen. (Obwohl es natürlich passieren kann, dass Du danach noch mehr willst!)

Wenn ich nicht schreibe, dann findest Du mich im Garten oder in der Küche, auf Erkundung durch Alaska mit meinem Ehemann oder bei der Vorbereitung auf eine Zombie-Apokalypse. Ich liebe Wein und Apple Cider. Und auch wenn ich

nur ein bescheidenes Talent dafür besitze, genieße
ich es, zu häkeln.